KB040348

글=주몬지 아오 일러스트=시라이 에이리

재와 환상의 그림갈

vol. 8 — 그리고 우리는 내일을 기다린다

하루히로 팀이 뿔뿔이——?!

거대 늑대가 온다.

온다.

다가온다.

그리고 우리는 내일을 기다린다

재와 환상의 그림갈 level. 8

주몬지 아오

그 외의 캐릭터
Other Characters

클랜 새벽 연대 멤버(일부)
DAY BREAKERS

—— 소우마의 동료들 ——

케무리 _class_ : 성기사
드레드 헤어.

핑고 _class_ : 사령술사
나이 불명.

시마 _class_ : 주술의
힐러 누님.

리리야 _class_ : 검무사
츤데레 엘프.

—— 타이푼(태풍) 록스 ——

록 _class_ : 전사
키가 작고 외곬.

카지타 _class_ : 전사
스킨헤드.

모유기 _class_ : 암흑기사
변태 신사.

크로우 _class_ : 전사
사냥꾼 출신으로 활을 사용.

사카나미 _class_ : 도적
록스에서 제일가는 변태.

츠가 _class_ : 신관
상식인. 귀중한 딴지 역할.

모구조 _class_ 전사

곰과. 약간 둔하지만 믿음직한 곰.
그에게 지나치게 의존했다.

마나토 _class_ 신관

파티의 총괄역이었다.
좋은 녀석이었다(과거형).

소우마 _class_ 무사

클랜 '새벽 연대'를 창립한다.
뭔가 목적이 있는 모양.

초코 _class_ 도적

하루히로와 아는 사이였다?
오크 보루 전투에서 쓰러진다.

Characters

유메
class —— 사냥꾼

천연 힐링계.
살짝 수상한 칸사이 사투리?

하루히로
class —— 도적

졸린 눈이다.
초식계 잠정 리더.

시호루
class —— 마법사

내성적.
노력가이고 존재감이 희미하다.

란타
class —— 암흑기사

촐랑이에 제멋대로에 적당주의
인간. 인기 없기로는 넘버 1.

메리
class —— 신관

쿨한 미인. 의용병으로서는
선배이며 약간 어른스럽다.

쿠자크
class —— 성기사

새로운 동료.
의욕이 있는 건지 없는 건지.

그 통로는 마냥 어둡고 구불구불했다. 군데군데, 이건 막다른 길 아닐까? 의심할 만큼 좁아지기도 해서 랜턴 불빛은 한치 앞까지밖에는 비춰주지 않는다. 때때로 손으로 더듬는 좌우의 바위벽도, 발바닥에 전해지는 감촉도 무척 딱딱하고 울퉁불퉁하다.

걸어가면 갈수록 희망의 불은 약해지기만 하고, 살짝 숨을 돌린 것뿐이지 이내 쉽게 꺼져버릴 것 같다. 이대로 신중하게 한 걸음씩 계속 나아간다고 해서 과연 보답받을 수 있는 걸까? 이 선택은 옳은 것이었나? 큰 실수였던 것은 아닐까?

여기에 들어온 처음에는 더울 정도였는데, 이제는 한참 전부터 공기가 제법 차갑다. 물기는 없고 건조한데도 어째서인지 늪지에 있는 것 같은 냄새가 났다.

"야, 하루히로……."

"왜? 란타로노스케."

"너 말이야. 내 근사한 이름에 이상한 걸 덧붙이지 말라고. 죽는다, 짜샤."

"내 이름을 멋대로 바꿔버리는 걸 그만둔다면 생각해볼 수도 있는데."

"퍄루표로링 주제에 나 님의 고유한 권리를 침해하지 마. 그보다, 진짜로 괜찮은 거냐? 이거…?"

"괜찮아." 즉답하고 나서 아랫입술을 가볍게 깨물었다.

단언할 수 있는 건가? 확신은 있는 건가?

없다.

그런 것, 있을 리가 없다.

괜찮은지, 아닌지 그건 모른다. 어떻게 알겠어?

이 통로는 다룽갈과 그림갈을 연결한다. 근거는? 있다. 운조 씨의 증언이다.

운조 씨는 구 나난카 왕국령과 구 이슈마르 왕국령의 경계 부근에서 안개가 짙은 장소로 흘러들어갔다가 어떤 동굴을 지나 다룽갈에 도달했다. 그는 의용병 출신으로 하루히로 팀에게 있어서는 대선배에 해당한다. 그런 인물이 굳이 헛소리를 지껄인 것이라고는 생각할 수 없다. 그는 신용할 수 있는 남자다.

거짓말을 한 것이 아니라고 해도 기억이 잘못되었을 수는 있다. 또한 운조 씨가 진실을 말했다고 해도, 문제의 동굴과 이 통로가 틀림없이 같은 것이라는 보장이 어디에 있어?

여기는 정말로 통로인 건가?

만약, 아니라면, 아니, 무엇보다도 어떻게 아니라고 판단하지?

앞이 막혀서 더 갈 수 없게 된다면 그때에는 잘못 안 것이라고 인정하는 수밖에 없다.

그렇다. 갈 수 있는 곳까지 가보는 수밖에 없다.

정말로 그런가?

이대로 힘도, 기력도 다 소진될 때까지 걸어갔다가 그 후에 길이 막힌다면? 되돌아가려 해도 돌아갈 수 없게 되기 전에 어딘가에서 접는 게 좋지 않을까? 어딘가라니, 구체적으로 언제? 도대체 어느 타이밍에…?

문득 마음에 걸려 위를 올려다보았다. 랜턴을 들어본다. 천장은 보이지 않는다. 마치 깊은 균열 밑바닥에 있기라도 한 것 같다.

다르네 하고 생각한다.

여기는 그림갈의 원더 홀과 더스크렐름을 연결하는 통로와도, 더스크렐름에서 다룽갈로 왔을 때 지나온 곳과도 분위기가 꽤 다르다.

무엇보다도 그렘린이 없다. 라라가 말했었다. 그렘린에게는 어떤 한 세계에서 다른 세계로 넘어가는 능력, 혹은 세계들 사이의 이음새를 발견해서 그리로 도망쳐 들어가는 힘이 갖춰져 있다고. 이 통로에는 그 그렘린이 없다.

그렇다면 역시 아니라는 것 아닐까?

그런지도 몰라.

그렇지 않을지도 몰라.

모르겠다.

이 통로에 들어오고 나서 어느 정도 시간이 지났을까? 시간 감각은 애매한 정도가 아니라 거의 상실했다. 다룽갈에서 보낸 나날이 아득한 옛날 일 같다. 심지어 그림갈을 떠올려보면, 우리가 정말로 거기에 있었던 건지, 아닌지. 그림갈 같은 것이 실제로 존재하는 건가? 그저 있는 듯한 것뿐 아닐까?

있는지, 아닌지도 정확하지 않은 장소로 돌아갈 수 있을 리가 없다.

전진하든 후퇴하든 마찬가지다.

이제 여기에서 더 나아갈 수 없다.

힘이 다할 때까지 계속 헤매 다닐 뿐이다.

뭐가 괜찮아? 괜찮긴. 괜찮을 리가 없다. 하루히로는 거짓말을 했다.

속인 것이다.

동료들을.

그리고 자기 자신을.

후회가, 자기혐오가, 자책의 마음이, 무력감이, 절망이 번갈아가며, 그러다가 한꺼번에 밀어닥쳐 등을 짓누른다. 목을 조른다. 발을 잡아당긴다. 괴롭고 무거운데도 어째서 참고 걸어가는 건가? 발을 멈추려고 하지 않는 건가?

분명히 모두와 함께 있는데도 혼자인 것 같다. 발밑을 비추는 불빛은 있지만 아무것도 보이지 않는다. 캄캄한 어둠 속에 혼자 남겨진 것 같다.

이제 됐지 않아?

그만하자.

무엇보다도, 불공평하다. 왜, 나만?

특히 란타 녀석은 지껄이고 싶은 대로 마음껏 불평을 늘어놓을 수 있으니 마음이 편할 것 같다. 그렇게 못마땅하면 네가 전부 결정해. 책임져. 이 무거운 짐을 짊어져봐. 애초부터 내가 하고 싶어서 하는 게 아니야. 안 해도 된다면 하고 싶지 않다고. 농담이 아니야. 이제 지긋지긋해. 누구든 좋아. 차라리 교대해줘.

"그걸로 괜찮은 거야?" 목소리가 들려 돌아보았다.

메리와 눈이 마주쳤다. "…왜 그래?"

'지금…'이라고 내뱉으려던 질문을 도로 삼킨다.

아무도 아무것도 말하지 않았다. 환청이다. 들릴 리 없는 목소리를 들어버린 모양이다. 당연하다. 들릴 리가 없다.

왜냐하면 그건 마나토의 목소리였다.

마나토는 없다. 어디에도 없는 것이다. 하루히로 일행의 기억 속 외에는.

하지만 만약 지금 마나토가 묻는다면?

그걸로 괜찮은 거야?

마나토가 그런 질문을 던진다면 하루히로는 어떻게 대답할 것인가?

상대가 마나토라면 자기도 모르게 응석을 부릴지도 모르겠다. 부탁해. 부탁이니까 돌아와서 교대해줘. 마나토는 약간 난처한 듯이 미소 짓고, '교대해주고 싶어도 그럴 수 없어. 알잖아, 하루히로'라는 말이라도 할까?

"나는, 내가 뭘 안다고 이런 말 하긴 그렇지만⋯."

이상하다.

정말로 이상하다.

모구조 목소리까지 들린다.

"도저히 싫다면⋯ 힘들다면, 그만둬도 되지 않을까? 말하면 다들 이해해줄 거야. 하지만⋯."

"하루히로는 그걸로 괜찮은 거야?" 마나토가 다시 한 번 묻는다.

"⋯피곤하면⋯." 시호루의 목소리를 듣고, 아직 나는 정상인 것 같다고 생각했다.

다리는 어떻게든 계속 움직이고 있다.

하루히로는 "아니, 피곤하지 않아"라고 가볍게 고개를 가로젓고는 다른 사람들은 어떤지 생각했다. 보아하니 머리도 돌아가는 모양이다.

그걸로 괜찮은 거야?

—글쎄? 괜찮지는 않은… 가…? 너희는 어떻게 생각해?

하긴, 나는 리더를 그만둘 거니까 누군가 다른 사람이 해달라느니, 갑자기 그런 말을 꺼내봤자 모두가 난처할 테고. 됐으니까 그냥 해… 그런 비슷한 느낌?

그야 뭐, 하긴 하겠는데. 어차피 아무도 할 마음은 없을 테지. 그러니까 일단 내가 하는데.

어떻게 되든 난 몰라.

만약 험한 꼴을 당하게 되더라도 그건 이런 놈한테 마냥 리더를 맡긴 너희 잘못이야.

리더만 책임 있는 게 아니잖아.

하루히로 한 사람만 있는 게 아니다.

만약 리더인 하루히로가 뭔가 실수를 한다고 해도 그건 모두의 탓이다.

"…그것이 하루히로 군의 속마음?"

그래, 모구조. 아마도. 결국 이 정도인 거야. 각오 같은 건, 못 해. 마나토가 먼저 떠난 후에, 결심을 하기 위한 시간은 많이 있었는데도. 마음의 준비가 되지 않았다는 것을 자각조차 못했었다. 상황에 휩쓸려, 필요에 따라, 눈앞에 쌓인, 하지 않으면 안 될 일을 간신히 처리하면서 헤쳐왔다. 그것뿐인 것이다.

마나토는 달랐다. 짧은 시간밖에 함께 있을 수 없었지만, 마나토를 따라가면 어딘가로 갈 수 있을 것 같았다. 여기보다 좋은 장소로 마나토가 이끌어준다. 마나토가 인도해준다. 그런 느낌이 있었다.

"좋은 파티가 되었어." 마나토가 말했었다.

지금은 생각한다. 그때 마나토에게는 뭔가가 보였었다. 앞으로 거쳐 나갈 여정 같은 것이. 마나토는 미래를 마음속에 그리고 있었다. 맨 앞에 서서, 누구보다도 앞을 보고 있었다. 시선은 수평 방향보다도 높았다.

하루히로에게는 아무것도 보이지 않는다. 애초에 보려고도 하지 않았다. 앞으로의 일 같은 건 생각할 수도 없다. 내일, 아니, 오늘 지금부터 어떻게 되는 건가? 무슨 일이 일어날까? 하루히로는, 아니, 그 누구도 모르는 것이다. 기대하고 싶지 않다. 희망 같은 것 갖고 싶지 않다.

낙담하고 싶지 않다.

타격을 입고 싶지 않다.

목표는 어디까지나 낮게. 가능할 것 같은 일만 바랄 뿐이다.

잘 풀리지 않는다면 그때에는 그때다. 마지막에는 책임을 포기해버리면 된다. 어쩔 수 없어. 어차피 그럴 만한 그릇도 못 되고.

"그걸로 괜찮아?" 마나토가 다시 반복해서 묻는다. 아니.

아니야. 그렇지 않아.

마나토는 이제 아무 말도 해주지 않는다. 말하고 싶어도 할 수 없다. 마나토는 갈 길을 제시해주지 않는다. 모구조가 앞장서서 검을 휘둘러주는 일도 없다. 두 사람은 하루히로를 격려해주지 않는다. 용기를 북돋워주지도 않는다.

두 사람은 여기에 없으니까.

죽어버렸으니까.

하루히로가 멈춰 서자 동료들도 발을 멈췄다. 심호흡을 한다. 뭐라 표현하기 힘들지만, 아까까지와는 냄새가 아주 조금 다르다. 공기가 습하다.

"극복할 수 없는 일도 있어. 살아 있으면 말이지. 어떻게 해도 안 되는, 어떻게 할 수도 없는 일도 역시 있겠지. 분명 다 어떻게든 될 거라고 간단히 말할 수는 없어."

하루히로는 물론 마나토처럼 될 수는 없다. 그래도, 본 적 없는 풍경을 다 함께 보고 싶다. 마나토처럼 모두를 어딘가로 이끌고 가고 싶다. 어쩔 수 없으니까가 아니라, 그것이 자신의 바람이니까, 하루히로 나름대로의 방법으로 이룩해낸다.

그러기 위한 한 걸음 한 걸음이다.

우선은 무슨 일이 있어도 도망치지 않는다. 이 역할, 입장을 내팽개치지도 않는다. 그것만큼은 마음속으로 결정하자.

"하지만 말이야. 이건 극복할 수 있어. 우리도 여러 가지 일을 경험했으니까. 이런 건 힘든 것 축에도 안 들어. 우리가 다 함께 있고. 나는 전혀 걱정하지 않아."

"말은 잘하네. 잘난 척하고." 란타는 흥 하고 코웃음을 쳤다. "뭐, 여차하면 나 님이 있으니까. 어떻게든 되긴 하겠지."

"제일 불안 요소인 주제에…." 시호루가 중얼거리듯 말했다.

"뭐라고, 인마?! 주무른다, 짜샤! 주무르고 싶어지는 가슴을 하고 자빠져서는!"

"…아무리 그래도 욕망이 지나치게 분출되는데."

"닥쳐, 퍄루퍄로롱! 나는 말이다! 분명히 말해서 욕구불만이라고!"

"완전 지나칠 정도로 직설적이네요, 란타 군…."

"시끄러윗! 그럼 쿠잣키, 파루피로. 너희는 어떤데?! 건강 양호한 남자가 이렇게 여자들과 공동생활을 하다 보면 쌓일 게 잔뜩 쌓여 폭발 직전이 되는 게 당연하잖아. 안 그러는 쪽이 오히려 남자로서 이상한 거잖아?!"

"…그런 건… 가?" 메리는 하루히로와 쿠자크를 힐끔힐끔 보면서 그야말로 대답하기 곤란한 질문을 던진다.

"아니…." 하루히로는 쿠자크와 시선을 교환했다. 쿠자크는 머리를 흔들어 보였으나, 뭘 의미하는 동작인지는 확실치 않다. 하루히로는 시선을 아래로 향하고 고개를 갸웃거렸다. "…나는, 별로, 그런 건 딱히 없었는데. 그런 건 개인차가 있다고나 할까, 뭐든지 그렇지만, 사람마다 제각각인 거 아닐까 생각하는데…."

"웅냐…." 유메는 팔짱을 끼더니 한쪽 볼이 불룩 튀어나왔다. "있잖아, 쌓인다는 건 있지, 뭐가 어디에 쌓이는거?"

"어… 그, 건…."

"그리고 있지, 뭐가 어딘가에 쌓여서 폭발해버릴 것 같다면 있지, 내보내버리면 되는 거 아닌가 하고 유메는 생각하는데."

"유메…." 시호루가 왠지 슬퍼 보이기까지 하는 얼굴로 유메의 소매를 잡아당겼다.

유메는 "엉?"이라는 반응. 능청을 떠는 것은 아닌 것 같다는 점이 상당히 고민스럽다.

메리는 눈을 내리깔고 뭔가 생각에 잠긴 건가? 그저 난처해하는 건가?

쿠자크는 어째서인지 위쪽을 보고 있다. 짐짓 자기는 상관없다는 듯이 꾸미려는 것 같다. 치사하다.

"훗훗훗훗…." 란타가 기분 나쁜 웃음소리를 내기 시작했다. "…큭 큭큭. 후웃후웃, 후웃, 후웃! 그렇지, 유메. 네 말이 맞아. 쌓였으면 내보내면 돼! 그거야말로 온리 원, 퍼펙트한 해결법이라는 거다!"

"그렇지. 그러니까 유메가 말했잖아."

"단! 내보려고 해도 뿌붕… 끝!… 이럴 수는 없다니까, 이게."

"엥? 그런 거야?"

"그래. 뭐, 그런 거야. 그러니까 이참에 너로 참아줄 테니까. 네가 말 꺼냈으니까. 가슴 주무르게 해줘. 네 가슴을 주무르게 해줘. 네 가슴을 내가 주무르면서…."

"다크…." 시호루가 이름을 부르자 그것은 보이지 않는 세계에서 문을 열고 나오는 것처럼 나타났다. 새카만 실이 나선형으로 엉켜 사람 같은 형태를 이루고 있다.

엘리멘탈 다크는 시호루의 어깨에 살며시 앉았다.

"…어, 어이." 란타가 뒷걸음질을 쳤다. "자, 잠깐. 응? 하지 마, 시호루."

"내 이름을 입에 올리지 마. 더러워. …다크."

"자자자자자자, 잠깐! 아, 알았어, 그, 그보다 거시기야, 오해야. 조조조조조조, 조크잖아, 센스 있는 조크! 알아줘야지, 그 정도는."

"난 모르겠고, 알고 싶지도 않아."

"미안했다…!" 란타는 바닥에 이마를 처박을 기세로 엎드려 조아리기를 시전했다. "진짜아아아로! 죄송했습니다! 제가 전면적으로 잘못했습니닷! 이제 안 그러겠습니다. 맹세합니다! 믿어주세요! 제발, 제발 부탁입니다…!"

호들갑스러울 뿐인 싸구려 사죄로 시호루가 창을 거둬준 것을 란타는 진심으로 감사해야 한다. 그리고 부디 깊이 반성해줬으면 한다. 무리일까? 응. 무리겠지.

아무튼, 분명 얼마 안 남았다.

공기가 습하다. 희미하긴 하지만 공기의 흐름도 느껴진다. 게다가 진행 방향에서 우리 쪽으로. 그다지 낙관하고 싶지는 않지만 지나치게 비관적이 될 필요도 없다.

어느 쪽이든 얼마 후면 답이 나온다.

걸어가자.

앞으로 나아가면 알 일이다.

"…안개." 메리가 중얼거렸다.

"그러네." 란타가 동의한 뒤에 침묵이 이어졌다. "…어이이이이?! 왜 아무도 아무 말도 안 하는 거야?! 그러네요나, 정말이네나, 말 좀 해봐! 말할 타이밍이잖아, 아무리 생각해도! 왕따시키냐?! 아무리 나라도 상처 입는다고?! 아니, 그렇지도 않은가?"

"…그렇지도 않은 거냐?" 하루히로는 한숨을 쉬었다. 그 터프함은 좀 부럽다.

안개.

확실히 통로에 희미하게 떠돌기 시작한 것은 안개나 박무, 아지랑이라 불리는 것이었다. 시야가 확보되는 거리에 따라서 부르는 이름이 구분되던가? 아지랑이는 더울 때 생기는 것만 가리키는 말이었는지도 모르겠다. 어쨌든 무수한 아주 작은 물방울이 부유해서 뿌옇게 보인다. 걸어감에 따라 조금씩이기는 하지만 짙어진다.

대선배인 운조 씨는 과거에 그림갈의 구 나난카 왕국령과 구 이슈마르 왕국령의 경계 부근에서 안개가 짙은 장소로 잘못 들어가서 길을 잃었었다. 거기에서 발견한 동굴을 지나 다룽갈의 화룡이 사는 산에 이르렀다고 했다.

경사가 약간 급해졌다.

오르막길 끝에 새하얗고 동그란 빛이 있다.

마치 달 같다고 하루히로는 생각했다. 다룽갈에는 해도 뜨지 않고 달도 뜨지 않고, 그림갈의 달은 빨간데.

하얀… 달.

그건 어디에서 본 것이었나? 잘은 모르겠지만, 틀림없이 기억하고 있다. 캄캄한 밤하늘에 떠 있는 하얀 보름달을. 역시 원래 세계에서였을까?

"…출구 아닌가? 저것." 란타치고는 조심스럽고 지나치게 신중한 말투였다.

"천천히 가자." 하루히로는 지독하게 졸린 눈을 하고 있다는 것을 자각했다. 당연히 졸리지는 않다. 졸리기는커녕 모든 감각이 깨어난 상태다.

빨리 저기에 가고 싶다. 하지만 조바심내지 마. 허둥대면 안 된다. 침착하게, 냉정하게 걸어가라. 동료들의 상태를 살핀다. 다들 긴장하고 있다. 흥분하기도 했다. 좀 지나치게 굳은 것 아닐까? 어쩔 수 없다고도 생각한다. 이번만큼은 어쩔 수 없다. 그야… 돌아갈 수 있을지도 모르는 거니까.

뭐랄까, 돌아온 건지도 모른다.

랜턴은 껐다. 불빛 같은 건 필요 없다.

하얗다. 너무 짙은 안개다. 그래도 눈부시다. 눈이 시릴 정도다.

물기를 듬뿍 머금은 차가운 바람을 가슴 한가득 들이켠다. 다룽갈의 공기와는 명백하게 다르다. 맛이, 향기가, 모든 것이 다. 온몸의 세포가 되살아나는 것 같다. 나답지 않게 깡충깡충 뛰며 기뻐하고 싶다. 그러진 않을 거지만. 기뻐하고 있을 때도 아니다.

출구는 바로 코앞에 있다. 앞으로 3미터쯤 걸어가면. 통로가 기울어진 곳도 있고 지금의 보폭은 40센티미터 정도니 일곱 걸음이나 여덟 걸음만 가면 출구다.

여섯 걸음째에서 숨을 들이켜고, 멈췄다. 일곱 걸음째. 여덟 걸음째에 마침내 밖으로 나왔다.

새하얗다.

거의 아무것도 보이지 않는다.

새삼, 기뻐하고 있을 때가 아니구나 하고 생각할 수밖에 없었다. 이래서는 현재 위치는 고사하고 지형도 파악할 수 없다.

"유메네, 돌아온 거지…?" 유메의 목소리가 습기를 띠고 있는 것은 안개 탓은 아니겠지. 시호루가 "하아…" 하고 커다란 한숨을 흘렸다. 메리가 유메와 시호루의 어깨를 감싸 안고 있다.

자기 가슴을 두드리면서 "…웃샤" 하고 기합을 다시 넣는 쿠자크가 보기에 살짝 흐뭇했다.

란타는 이쪽을 보다가 저쪽을 보다가 한다.

하늘은 흐리지만, 안개가 낀 것뿐인가? 태양이 어디에 있는지도 확실치 않지만, 이 밝기를 보니 아직 해가 높이 떠 있는 것 같다.

"여기는 구 나난카 왕국령과 구 이슈마르 왕국령의 경계 부근…이라고 생각해." 자칫하면 허리에서 힘이 빠져 주저앉을 것 같다. 하루히로는 혀를 차고 싶어졌다. 자신의 이런 나약함을 교정하고 싶다. 교정해야만 한다. "…정확한 장소는 몰라. 하지만 남쪽으로

가야 한다는 것만은 분명해. 남쪽은… 그러니까, 유메?"

"후냐? 우오우. 그렇지. 해님이 떠 있으면 알 수 있는데. 그리고 달님이나 별이나. 그루터기라도, 나이테의 폭으로 대충이라면 알 것 같아."

"태양은, 보이지 않네요…." 쿠자크는 하늘을 우러러보고 나서 주변을 둘러보았다. "그루터기라. 나무는 있는데."

쿠자크의 말대로 나무는 무수하게 있다. 곧게 뻗기도 하고 휘기도 했는데, 다들 그리 두껍지는 않고 높다. 지면에는 고사리 같은 식물이 많이 나 있다. 잠시 걸어가보니 흙이 미끈거린다고 표현해도 과장은 아닐 정도로 부드럽다.

"걷기 힘들어…." 시호루가 투덜거렸다.

"쳇." 란타는 이때다 싶은 양 내뱉었다. "가슴이 얼마나 무거운지 모르지만. 구시렁거리지 말라고, 이 정도로."

"아까." 곧바로 메리가 무표정한 얼굴로 헤드 스태프를 높이 쳐들었다. "엎드려 조아리기가 부족했던 것 아닐까?"

"…힉! 그, 그, 그러니까, 농담이라니까요, 농담! 아이, 참 내! 어떤 때도 잊어서는 안 될 것이 유머, 유머! 인간관계의 윤활유, 윤활유! 즉 바로 나!"

이 바보에게 지적질을 해줄 수도 있지만, 그랬다가는 한이 없을 테고, 딴지를 걸면 건다고 또 대들 것이다.

란타는 내버려두고, 출구에서 너무 떨어지지 않도록 움직여본 한도에서만 판단해도, 제법 기복이 심하다. 그루터기는 발견할 수 없었다. 인간이건 다른 종족이건 이런 곳에서 나무를 베거나 하지는 않는다는 것이겠지. 그렇다면 한 그루 베어보면 될까? 소지한 무기를 사용하면 그것도 불가능하지는 않겠지만, 란타의 안식검(RIPer)이나 쿠자크의 검은 날 검은 무기라서 채벌에는 적합하지 않다. 유메의 월이는 헌팅 나이프랑 비슷하니까 가지치기 정도는 할 수 있을 것 같다. 하지만 줄기를 베는 건 좀 어려울까?

"마법으로 나무쯤 사사삭 베지 못하는 거냐? 가슴 말고는 쓸모가 없네…." 란타가 작은 목소리로 그런 말을 했다. 시호루에게는 들리지 않은 모양이지만, 정말 정신을 못 차린다.

굳이 나무를 베어야 하나? 어떻게 할까? 가벼운 결단이지만 의외로 망설이게 된다. 채 결정을 내리지 못하고 있노라니 유메가 "음… 그럼 있지"라며 조언해주었다. "나이테는 대충 방향은 알 수 있는 경우도 있지만 정도는 꽤 낮다고 스승님이 말했거든. 정도가 낮다는 건 아래로 구부러진 거냐고 물어봤더니, 그게 아니라 있지, 정확하지 않을지도 모른다는 거라고 가르쳐주셨어."[주1]

과감한 리더가 되는 것은 어렵다. 그렇기는 해도, 목표로 하지 않으면 변하지 않겠지. 하루히로는 "우선은…"이라고 입에 올려보았다. 잠자코 있으면 모두 분명 불안해질 것이다. 뭔가 말하자. 이야기하면서 생각을 정리하자. "오르타나로 돌아간다. 이것이 최대의 목표인 건데, 꽤 멀어. 아마도 600킬로나 700킬로…."

자기가 말해놓고도 눈이 핑 돌 것 같았다.

오르타나에서 북상해서 풍조 황야를 가로질러, 엘프가 산다는 그림자 숲까지 분명히 300킬로미터 정도. 그림자 숲 북쪽이 구 아라바키아 왕국령으로, 구 나난카 왕국령과 구 이슈마르 왕국령은 더욱 그 너머에 위치할 것이다.

결국, 이곳은 오르타나에서 500킬로미터나 600킬로미터나 700

주1) 일본어로 각도(角度)와 확실도를 뜻하는 '確度(정도)'는 둘다 카쿠도(かくど)로 발음이 같다.

킬로미터는 떨어져 있다. 어쩌면 좀 더.

어떻게 이동하지? 길도 모른다. 게다가 적지다. 그야말로 무리일 것 같다.

아니지. 아니야. 안 된다. 포기하면 어떻게 해?

"…700킬로라고 치고, 하루에 20킬로 걸어가면 35일. 하루에 20킬로는 비교적 현실적인 거리 아닐까 생각하는데, 최소한이라도 그 정도는 잡는 게 좋아. 물과 식량이 필요해. 안개 때문에 시야가 좁은 것은 단점이지만, 한편으로는 장점일 수도 있어. 적이 있어도 들키기 힘들고. 들켜도 도망칠 때 이용할 수 있을 것 같으니까. 방향은… 이 안개도 언젠가는 걷힐 거야. 1년 내내 안개가 낀다면 이렇게 나무가 자라지는 않을 테니까. 섣불리 움직이다가 엉뚱한 방향으로 가면 헛고생을 하는 게 돼. 우선은 출구 부근에서 안개가 옅어지기를 기다리자. 방향을 알게 되고 나서 모두 함께 출발. 나는 길을 잃지 않도록 주의해서 정찰을 하고 온다. 혼자서 움직이는 편이 안전하니까, 다들 진정이 안 되겠지만 쉬고 있어."

"있잖아." 유메가 손을 들었다. "유메, 하루 군을 따라가면 안 돼?"

"그만둬, 너." 란타가 툭 던지듯 말했다. "위험할지도 모르는데…."

"왜 란타가 유메를 걱정해? 괜히 투질 부리려고 그러는 거지?"

"바봇, 거, 걱정을 누가 했다고 그래? 거, 걱정할 리가 없잖아. 멍청아. 그, 그그, 그게 아니라, 그걸 말하려면 투질 부리는 게 아니라 투정을 부리는 거겠지. 투질이 뭐냐? 그, 그건 좀 거시기잖아…."

"아…. 유메, 잘못 말했네. 투질은 꼭 질투 같잖아."

"조, 조, 조심해서 말해!"

"왜 그렇게 동요하는 거야…?" 시호루는 몸을 부르르 떨었다. "기분 나빠."

"정말." 메리는 란타에게 차가운 시선을 던지며 동의했다. "불길한 느낌만 들어."

"나에게 인권을 다오…! 자꾸 그러면 나 운다! 잉… 잉… 잉…. 여자들이 나만 괴롭혀! 가슴 주무르게 해줘! 감촉 확인하는 것만으로도 좋으니까!"

얼마나 주무르고 싶은 걸까? 욕구 불만도 정도가 있잖아. 괜찮을까? 좀 무섭지만, 뭐, 괜찮겠지. 실행으로 옮길 정도의 배짱은 란타에게는 없겠지.

유메는 사냥꾼이다. 그 지식과 기술은 도움이 된다. 눈도 귀도 밝다. 몸도 가볍고 거치적거리지는 않는다.

"좋아. 그럼 유메, 같이 가. 다른 사람은 대기."

"웅냐!"

하루히로는 유메를 데리고 정찰을 나갔다. 만약을 위해 가드 달린 나이프로 나무껍질에 작은 표식을 하면서 걸어간다. 이렇게 해두면 만에 하나 방향을 알 수 없게 된다고 해도 표식을 의지해서 동료들 곁으로 돌아올 수 있다.

그렇다 해도, 엉망진창이랄까, 지독한 토지다. 땅이 갑자기 높아지기도 하고 움푹 파이기도 하고, 평평한 장소가 거의 없다. 이래서는 안개가 걷힌다고 해도 멀리까지는 보이지 않겠지. 실제로 가끔씩 안개가 아무리 옅어져도 바로 코앞의 융기한 지면이나 나무들이 시야를 가로막는다.

"낮이랑 저녁의 중간쯤인 시간일까나? 그냥 감이긴 한데."

"대충 그 정도 시간이겠지. …뭐, 나도 그냥 감으로 말하는 거지만."

하루히로의 감각으로는 출구에서 거의 똑바로 500미터 정도 이동했다. 아무런 발견도 없었다. 이것은 간단한 일이 아니라는 마음만 커지고 깊어질 뿐이다. 그래도 유메가 푸근한 얼굴을 하고 있어서 사태가 심각한 것치고는 그리 무거움을 느끼지 않을 수 있었다.

"유메한테서는 늘 도움만 받네…."

"우엥? 갑자기 뭐여?"

"아니, 유메가 있어주지 않았다면, 우리는 꽤 어두운 파티였을 테니까."

"음냐…. 유메가 없어도 란타는 시끄럽지 않을까?"

"그래도, 란타와 진짜로 부딪치지 않고 넘어갈 수 있는 건 유메 덕분이야."

"란타는 있잖아…." 유메는 문득 발을 멈추고 고개를 갸웃거렸다. "왜 그렇게 가슴을 주무르고 싶어하지? 남자는 여자 가슴을 주무르고 싶어하는 거야?"

"글쎄…." 전체적으로 봐서 주무르고 싶지 않지는 않을지도 모르지만, 일반론으로서 주무르고 싶은 것이라고 대답해버린다면 그건 또 그것대로 어폐가 있는 것 같은. 없는 것 같은. 역시 있는 것 같은. "…사람에 따라서 다르지 않을까?"

"하루 군은 어때?"

"어? 나? 아니, 나는…."

뭐야? 이것.

어쩌지? 부정하는 것이 무난? 하지만, 그것이 정직한 대답인가 하면? 그렇다면 유메에게 거짓말을 하는 게 되나? 소중한 동료에게 거짓말은 하고 싶지 않다. 단, 거짓말도 하나의 방편이라는 말도 있기는 한데. 하지만 딱히 내세울 것 없는 보잘것없는 인간으로서, 적어도 동료에게는 성실하고 싶다.

"…조, 좋아하는 사람이라면?"

"오오…. 그런가. 그런 거구나. 유메도 시호루나 메리 가슴 주무르는 거 아주 좋아하니까. 유메, 시호루와 메리 좋아하고. …응냐?"

"어…?"

"그럼 있지, 란타가 유메 가슴을 주무르고 싶어하는 건, 유메를 좋아한다는 건가? 유메를 싫어한다면 가슴도 주무르고 싶지 않을 테니까."

…유메.

무서운 사람이네.

태연하게 판도라의 상자를 열어버렸습니다요, 이 사람.

실은 하루히로도 살짝, 그런 걸 떠나서라도 마음이 없지는 않은 것 같은데 하고 생각한 적도 있기는 있다. 유메에 대한 란타의 태도는 왠지 좀 이상할까. 하지만 확신을 가질 만한 차원의 확실한 짐작은 아니고, 란타도 스스로 깨닫고 있는지, 아닌지 그 점도 애매하고, 언급하지 않는 게 좋을까? 귀찮으니까. 그런 생각이 안 드는 것도 아니고. 그래서 눈치를 채지 못한 척을 했었다. 애초에 하루히로는 아마도 그런 방면으로는 둔감한 편일 테니 착각에 불과할지도 모르는 거고.

"…싫어하지는… 않겠지. 물론. 그건. 유메를 싫어한다는 건 인간으로서 좀 있기 힘든 경우라고 생각하고… 아니, 그 녀석은 인간으로서 좀 문제가 있다고는 생각하지만…."

"유메를 싫어하면 왜 인간으로서 문제라고 생각해?"

"아, 그야, 왜 있잖아, 뭐지? 유메에게는 싫어할 만한 요소가 없다고나 할까?"

"그런가? 그럼 있지, 하루 군은 유메, 좋아해?"

"응. 좋아하는데." 말해버리고 나서, 어라? 이건 좀 아닌가? 잘못 말했나? 오해를 초래하지 않을까? 불안해지기도 했다.

하지만 표정을 한껏 누그러뜨리고 "그런가"라며 기뻐하는 유메를 보고 있노라니 불순한 자신이 부끄러워졌다. 그래. 그렇다! 그렇다. 그런 거다. 사람에 대한 호의란 본래 인간으로서 좋아하느냐 하는 것이지. 연애 감정이나 심지어 성애적인 것과는 구분해서 생각해야 하겠지. 그런 의미로 말하자면, 하루히로는 틀림없이 유메를 좋아한다. 가슴을 펴고 당당히 그렇게 명언할 수 있다. 물론, 좋아한다. 그야 그렇지요. 유메인걸? 당연하다. 당연히 좋아하지. 그렇긴 하지만….

"유메도." 헤벌쭉 웃는 얼굴로 그런 말을 하는 걸 들으면 아주 약간은 두근거려버린다. "하루 군, 좋아해."

"…고, 고마워." 하루히로는 머리를 긁적였다. "…라고 말하는 것도, 이상… 한가…?"

"글쎄? 하지만 있지, 고맙다고 느끼면 말로 하는 게 좋다고 유메는 생각해. 그러면 들은 쪽도 기뻐지니까. 물론 유메도 지금 무지 기쁘걸랑."

"그렇… 지. 생각은 말로 표현하지 않으면 전해지지 않는 거니까. 응…."

"그러니까, 란타도 유메를 좋아하면 좋아한다고 분명히 말하면 좋잖아? 심술을 부리거나 절벽이라고 하거나 그런 짓만 하고."

"그 녀석도 의외로 솔직하지 못하기도 하니까…."

…그보다, 유메가 말하는 '좋아한다'와 란타의 '좋아한다'는 다소 다른 것 아닐까? 설령 란타가 솔직하게 그렇게 말한다고 해도 유메가 받아들이는 방식은 달라서 더 복잡하게 꼬이는 것 아닐까? 우려되는 일이 너무 많다. 역시 현상 유지가 바람직한 것 같다. 금방 포기하려고 드는 이 성격도 개선의 여지가 있나? 생각해보자. 지금은 됐다. 아무래도 그럴 때가 아닌 것 같다.

하루히로는 입술에 검지를 댔다. 가까이에 있는 나무 옆으로 다가갔다. 유메는 곧바로 하루히로 뒤에 바싹 달라붙었다. 소리가 난다.

무슨 소리지?

유메가 왼쪽 방향을 가리켰다. 하루히로는 그쪽으로 시선을 향했다. 눈을 부릅뜨고 봤다. 안개 때문에 아무것도 보이지 않는다. 그래도 그 방향으로 의식을 집중하자 아까보다도 소리가 분명하게 들렸다. 소리? 목소리? 싸우는 건가? 짐승일까? 아니면…?

판단을 해야 할 타이밍이다. 당연히 위험은 피하고 싶다. 서둘러 돌아가야 하나? 현시점에서는 위험한지, 아닌지조차 알 수가 없으니 우선은 그것을 확인해야 할 것인가? 심정적으로는 도망치고 싶다. 하지만 그것은 하루히로의 걱정증이 발동한 것뿐이다.

소리는 아직 들린다. 점점 가까워지고 있어? 그보다 이건… 목소리. 그렇다. 목소리다. 비명이나 외침이 아니다. 말을 하고 있다. 그렇게 들린다.

"인간…." 유메가 낮게 중얼거렸다.

동감이다. 장소를 생각해보면 믿기 힘들지만, 그것은 분명 인간의, 남자 목소리겠지. 물론 하루히로는 놀랐다. 동요했나? 그 정도까지는 아니다. 심장의 고동은 다소 격해졌지만 냉정함을 유지할수는 있을 거라고 생각한다.

하루히로는 손짓으로, 따라오라고 유메에게 신호를 보내고 걷기시작했다. 그리고 30초도 채 지나지 않아 찌르는 것 같은 기척을 느꼈다. 뒤다.

뒤에 뭔가 있다.

유메는 깨닫지 못한 것 같다. 돌아보면 덤벼들 것이다. 그런 느낌이 들었다. 그래도 이대로 있을 수는 없다. 상대는 언젠가는 반드시공격하겠지. 그전에 움직이는 수밖에 없다.

"유메, 엎드려!" 하루히로는 외치면서 방향을 틀었다. 유메는 이미 엎드리려 하고 있다. 하루히로는 나이프를 왼손으로 바꿔 들고오른손으로는 스틸레토를 뽑으면서 유메를 뛰어넘었다.

"잠깐, 잠깐, 잠깐…!"

사람. 인간이다. 모피 달린 코트 같은 겉옷. 니트 모자를 썼다. 오른손에는 활, 왼손에는 화살. 두 손을 들고 있다. 이 턱수염을 기른 인간 남자가 하루히로 뒤쪽 3미터 정도까지 다가와 있었던 것이다. 믿을 수가 없다. 아니, 믿고 싶지 않다. 이렇게 접근할 때까지눈치 채지 못했다니.

하루히로는 일단 스틸레토와 나이프를 겨누고는 있다. 그러나 충격이 커서 마음이 흐트러져버렸고 머릿속이 뒤죽박죽이다. 이런 상태에서는 도저히 싸울 수 없다.

"잠깐만 기다리라고, 응?" 턱수염 사내는 이목구비의 선이 뚜렷한 얼굴 가득 웃음을 띠고 활을, 그리고 화살을 휙 던져버렸다. "…자. 아무 짓도 하지 않으니까. 괜찮다고. 죽일 생각은 처음부터 없었고. 하지만 수상하잖아? 이런 곳에 너희 같은 인간이 있다는 건. 촌락 사람이라는 느낌도 아니고. 그렇게 따지자면 나도 그렇지만."

"…냥." 유메는 아직 바닥에 엎드려 두 손으로 머리를 감싸 쥔 채로 얼굴을 들었다. "왠지 느낌인데, 사냥꾼 같은 사람이네?"

"오? 아가씨도 사냥꾼인가? 뭐, 나는 예전에 그랬고 지금은 전사지만. 그렇다면 의용병인가?"

"당신도…?" 하루히로는 길게 숨을 내뱉고 싶어졌으나 꾹 참고 다소 얕은 심호흡을 하도록 유의했다. 섣불리 안심하지 마. 정신을 놓으면 안 된다. "의용병… 입니까?"

"그럭저럭 10년 이상 되지. 그 덕에 완전히 아저씨가 되어버렸다."

"그럼, 우리 선배… 가 되는 거네요."

"가르쳐줄 만한 일은, 숙취 남기 딱 좋은 밤샘 술 마시는 방법 정도지만." 턱수염 사내는 어깻짓을 하고 희한하게 무방비한 인상을 주는 웃음을 지었다. "나는 크로우다."

"크로우… 라면…."

잠깐만.

잠깐. 잠깐. 잠깐.

알고 있는 것 같은? 들어본 적 있는 이름이다. 우연인 걸까? 동명이인? 하지만 그 인물일 가능성은 있다. 장소가 장소인 만큼. 이런 곳까지 오는 의용병은 그리 많지 않겠지.

"…설마 새벽 연대의, 크로우 씨?"

"응?" 크로우는 눈을 휘둥그레 뜨면서 자기 자신을 가리켰다. "나는, 유명인인가?"

"아니, 저는… 저랄까, 저희도, 일단은, 그러니까… 새벽 연대라서."

"그 차림, 도적이지? 너. …하루히로?"

"네. …어? 어떻게 아세요? 아, 그건가? 소우마 씨한테서 이야기를…."

크로우는 "풋" 하고 뿜었다. "너희 살아 있었냐? 풋하하하핫!"

"왜, 왜 웃으시는 거죠?! 그게 웃을 일입니까?!"

"실례잖아." 유메는 아직 엎드려 있다. "잘된 일인데. 아니야?"

"오, 잘됐지!" 크로우는 유메를 가리키며 폭소했다. "축하한다! 확실히 그 말이 맞아. 푸와하하핫! 그야, 살아 있어서 다행이야. 잘됐다, 잘됐어! 이건 경사네! 틀림없이 뒈진 줄 알았으니까! 쿠와하하핫!"

아연실색하는 수밖에 없었다. 크로우는 배를 움켜쥐고 눈물까지 흘리고 있다. 아무리 그래도 너무 웃는 것 아니야? 도대체 뭐야? 이 사람. 별꼴이야…. 그보다 솔직히 좀 열받는다.

"이야, 미안, 미안." 크로우는 손가락으로 눈꼬리를 닦고는 화살과 활을 집었다. "하지만, 우연이네. 이렇게 만나나, 보통? 뭐, 적이 아니라서 다행이다. 죽여야 할 성가신 일이 없어졌으니까. 안 그래도 지금 좀 바쁘거든. 그러니 놀아줄 수는 없지만, 행운을 빈다."

화살을 화살 통에 넣고 활을 든 채로 손을 흔들며 크로우는 가버린다. 발걸음은 느긋한 것처럼 보이는데도 신기하게 빠르다. 조용하다. 거의 발소리가 나지 않는다. 얼핏 보기에는 몸에 힘이 빠져 허점투성이 같은 뒷모습이지만, 이쪽이 덤벼들면 쉽사리 피할 것이다. 그 정도가 아니라 혹독한 반격을 당할 것 같다. 이 사람, 뛰어나다. "…그런데… 어라? 어? 그보다, 가버리는 거야…? 무슨, 기, 기다려주세요. 어디로?! 저, 저기요! 저희, 길을 잃어서! 돌아가는 길을 몰라서!"

"엉…?" 크로우는 돌아보더니 또 웃음을 터뜨렸다. "푸와핫! 미아야?! 미아가 된 거냐? 진짜로? 농담이지?! 돌아갈 수가 없다니, 이건 웃기는데! 재미있네, 너희!"

"…웃을 일이 아닌데요."

"음풋." 유메까지 웃기 시작했다. 참고로 아직 엎드려 있다. "왠지 있잖아, 유메까지 재미있어졌어. 니훗, 쿠푸푸푸푸…."

"좋아, 알았다." 크로우는 코밑을 만지면서 손짓을 했다. "너희, 좀 따라와봐. 돌아가는 길 운운은 어떻게든 해줄 테니까. 아까 말한 것처럼 나는 지금 바쁘거든. 정리해야 할 일이 있으니까. 별로 거들어주지는 않아도 되니까 보고 있으라고."

거절할 수 없다.

크로우는 명백히 괴짜지만, 새벽 연대고. 아마도. 틀림없이 그럴 것이고. 이것은 뜻하지 않던 행운이다. 뭘 정리해야 하는 건가? 그건 위험한 일 아닐까? 불안감은 있지만, 이 찬스를 놓치면 돌아가지 못할지도 모른다.

"거, 거들겠습니다!" 하루히로는 유메의 손을 잡아 일으켜주었다.

"…거들 수 있는 일이라면 말입니다만…!"

"무리는 하지 않아도 돼." 크로우는 히죽 웃고는 걸어가기 시작했다.

이것이 또 빨라서, 따라가기가 힘들었다. 뛰면 된다거나 그런 문제도 아니다. 정말로 발밑이 고르지 못해서 발을 잘못 짚으면 넘어지거나 미끄러질 것 같다. 자칫 잘못하다가는 발을 삘지도 모른다. 도적인 하루히로와 사냥꾼인 유메니까 어떻게든 뒤처지지 않는 것이다. 떨궈지지 않도록 발을 움직이는 것이 고작이었다. 주위를 살필 여유는 거의 없었다.

사실 소리만은 듣고 있었다.

안개 너머에, 뭔가… 누군가가 있다.

급격하게 지면이 솟아올라간 곳이 있는데, 그곳을 돌아간 그 앞에서 여러 명의 그림자가 움직이고 있었다. 안개 때문에 잘 보이지 않지만 모두가 인간은 아닌지도 모른다.

아닌지도 모른다가 아니다. 확실히 다르다.

"멈춰." 크로우가 손을 들어 하루히로와 유메를 제지했다. "오…오…. 애쓰고 있네, 모유기 군. 뭐, 저 녀석한테는 모이라도 있으니까."

"모이라…"

그쪽 이름은 기억에 없다. 모유기는 알고 있다. 크로우와 마찬가지로 새벽 연대. 록이 이끄는 록스, '타이푼(태풍) 록스'라고도 불리는 유명한 파티의 일원이다.

누가 그 모유기인 건가?

움직이는 그림자는… 여섯? 그중에서 누가….

"아…."

하나 줄었다.

저 하얀 그림자. 저건 아마도 인간이다. 그 그림자가 뒤로 물러나면서 뭔가 무기 같은 것을 내지르고, 그 결과 다른 그림자 하나가 쓰러졌다. 해치운 건가?

"나도 일 좀 해볼까." 크로우가 활에 화살을 겨누었다… 고 생각했는데, 이미 쏜 후였다.

쏘는 게 너무 빠르지 않아? 제대로 겨냥한 거야?

하지만 맞은 모양이다. 또 그림자가 하나 무너져 내렸다.

"쓸데없는 짓은 하지 말아주실까!" 누군가가 외쳤다. 모유기라는 사람의 목소리일까? 혹시나 크로우를 향해서 말한 건가? 크로우는 "네~ 네~"라며 활을 내렸다. 그야말로 쓸데없는 참견인지도 모르지만, 괜찮은 겁니까? 그래도.

하루히로 바로 옆에서 쪼그리고 앉아 있던 유메가 감탄한 것처럼 "오호…" 하고 한숨을 내쉬었다. 저기요…? 뭘 쪼그리고 앉아 쉬고 있는 거야? 아무것도 하지 않아도 될 것 같은 분위기랄까, 그런 게 감돌기는 하지만.

"나는 분명히 계산하고 하는 겁니다!" 모유기인 듯한 사람이 말했다.

하얀 그림자가 슬슬 움직인다. 다른 세 개의 그림자가 모유기로 짐작되는 그 하얀 그림자를 향해 세 방향에서 몰아붙이려고 했다.

모유기는 도망친다. 그보다, 이쪽이다. 이쪽으로 온다.

그런데 하루히로의 기분 탓일까? 저 사람, 뒤로 걷는 거야…? 모유기는 뒷걸음질을 치는 것처럼 보인다. 붙잡히겠어, 저거. 도망칠 수 없을 텐데, 절대로. 도와주는 편이 좋을까? 하지만 쓸데없는 짓을 하지 말라고 크로우에게 화냈었다. 계산하고 있다고 했나, 뭐랬나.

"후낫." 유메가 묘한 소리를 흘리고, 하루히로도 "…흡…" 하고 숨을 삼켰다.

모유기가 갑자기 넘어졌다.

단, 엉덩방아를 찧었다기보다, 털썩… 자기가 일부러 앉은 것 같기도…?

당연한 일이지만, 이때다 싶어 다른 세 개의 그림자가 모유기에게 덤벼든다. 저건 오크인가? 끝이 휜 외날 검으로 모유기를 내리치려 하는 인간형의 그림자는, 체격을 보아하니 오크겠지. 나머지 두 명은 인간을 닮았지만 불명이다.

그 오크 머리 위에서 그 녀석은 갑자기 나타났다. 그런 것처럼 보였으나, 그런 일은 있을 수 없으므로 어딘가에 숨어 있었던 것이겠지. 그리고 오크의 어깨에 걸터앉았다. 두 다리로 오크의 목을 졸라 비틀면서, 그 머리 꼭대기에 가위 같은 무기를 쑤셔 박으면서, 그 녀석은 '이야아아아아아아아아아아아'라고 기분 나쁘고 신경에 거슬리는 절규를 했다. 동료 오크의 몸에 그런 재난이 쏟아졌으니 다른 두 명은 겁을 집어먹은 것 같았다. 그야 겁을 먹을 만도 하겠지. 움찔 하고는 뭔가 소리를 발하더니 다른 두 명은 움직임을 멈췄다.

모유기가 일어났다. 역시 넘어진 것이 아니었다. 일부러 주저앉은 것이었다. 그렇지 않으면 저렇게 아무 일도 없다는 듯이 쓱 일어설 수는 없다.

게다가 모유기는 가늘고 긴 무기를 적 한 명의 안면에 찔러 넣었다가 뽑았다. 그것이 뭐랄까, 별 대단한 날카로움을 느끼게 하지 않는 동작이라서, 저런 걸로 해치우다니 하는 감상을 품지 않을 수가 없었다. 빨리, 빨리 하고 조바심 나기도 했다.

왜냐하면 적은 한 명 더 있으니까.

느긋하게 굴지 말고 곧바로 공격해야지. 거 봐.

거 봐, 거봐, 거봐!

그러니까 말했잖아. 아니, 말하지는 않았지만, 생각했던 대로다. 서두르지 않으면 위험하다니까. 자기편이 당해서 분노한 건지, 다른 한 명의 적이 엄청난 기세로 모유기에게 덤벼들었다.

그런데 지금 눈치 챘는데, 모유기는 안경을 꼈다. 그는 왼손으로 안경을 치켜 올리면서 적에게 반격… 하지 않는다.

물러선다.

뛰어서 물러난다기보다도 뒷걸음질이라는 표현이 적절한, 그런 후퇴 방식이다. 슥슥 미끌미끌, 지그재그로 움직이면서 후퇴한다.

적이 모유기에게 매달리려고 한다. 안 된다. 위험해. 이제 곧 접근해버린다. 앞으로 한 걸음… 그 순간, 어떻게 된 영문인지 적의 자세가 무너졌다.

뭔가에 발이 걸렸나? 그런 느낌의 휘청거림이었다. 모유기에게 있어서는 절호의 기회다. 물론 그는 그것을 놓치지 않았다. 오히려 그렇게 될 것을 예상했던 것처럼, 그 가늘고 긴 무기로 적을 찔렀다. 다시 뽑으니 적은 바닥에 쓰러졌다.

두 다리로 오크의 목을 부러뜨리면서 가위 같은 것으로 머리 안을 휘젓던 누군가도 보아하니 일을 마친 모양이다. 오크의 사체에서 떨어져 모유기 옆에 선 그 녀석은 마치 유난히 머리가 긴 여성 같은 모습을 하고 있지만 인간은 아닐 것이다. 어깨가 지나치게 솟아 있고, 새우등도 저런 새우등이 없을 정도로 심하게 구부러졌고, 허리둘레가 지나치게 가늘다. 뭔가 다른 것이다.

"끝난 모양이네." 크로우는 모유기 쪽으로 걸어갔다.

하루히로는 유메와 얼굴을 마주 보고 나서 크로우 뒤를 따라갔다. 유메도 쫄래쫄래 따라온다.

모유기는 크로우보다 더욱 가벼운 차림이었다. 셔츠나 마찬가지인 하얀 윗도리에 보통 바지. 아무런 특징도 없는 신발. 크지는 않은 등짐 주머니. 허리에 칼집. 손에는 직선의 가느다란 검. 그야말로 아무런 개성도 없는 차림이다. 그것이 이상하게 왠지 무시무시한 느낌이다.

게다가 모유기는 갑자기 하루히로에게 악수를 청하더니 이렇게 이름을 댔다. "처음 뵙겠습니다. 현역 최강의 암흑기사 모유기라고 합니다. 뉘신지는 모르겠지만, 잘 부탁합니다."

"자, 잘, 부탁합니다…" 하루히로는 반사적으로 악수에 응해버렸다. "부탁… 드립니다. 저, 저기… 하루히로입니다. 새벽 연대의 …."

"역시." 모유기는 하루히로의 손을 놓더니 오른손 가운뎃손가락으로 안경 브리지를 밀어 올리며 양쪽 입꼬리를 올렸다. "그렇지 않을까 생각했습니다. 아무리 우리 크로우가 구제할 길 없는 바보라도, 아무 데서나 만난 인연도 연고도 없는 자를 데려오거나 하지는 않지. 척 보기에도 도적인 젊은 남자. 젊은 여자는 사냥꾼. 하루히로 군과 유메 군이지요? 소우마에게서 들었습니다. 더스크렐름에서 생환했을 줄이야. 의외입니다. 두 사람뿐입니까? 란타 군, 시호루 군, 메리 군과 쿠자크 군은? 죽었습니까?"

"당연히 살아 있지!" 유메가 귀신같은 형상… 이라고 해도 역시 유메이기 때문에 다소 박력은 모자라지만, 아무튼 나름대로 엄청나게 험악한 얼굴로 모유기에게 대들었다. 미간에 세로로 주름을 잡고, 볼은 빵빵하게 튀어나왔고, 까치발을 들고, 얼굴이 닿을락 말락 할 정도로 모유기에게 접근한다. 유메 나름대로 위협하려는 것이겠지.

"그렇습니까?" 모유기는 전혀 표정을 바꾸지 않고 유메의 턱을 잡았다. "그건 대단히 잘됐습니다. 그런데, 이 입을 빨아도 괜찮겠습니까?"

"…입?" 유메는 눈을 깜빡였다. "빨아? 읍, 읍, 읍…?"

"자자자자자, 잠깐! 뭐하는 겁니까?!" 하루히로는 황급히 모유기에게서 유메를 떼어놓았다. "뭡니까? 갑자기?! 그러지 말아주세요?! 도대체 이게 무슨 상황인지 모르겠거든요?!"

"뭔지 모른다? 기묘한 말을 하는군요." 모유기는 고개를 살짝 갸웃거렸다. "거기에 여자가 있으면 우선은 안으려고 해야 하는 거지요? 나는 현역 최강의 암흑 기사랍니다?"

"그야 뭐." 크로우는 턱수염을 매만졌다. "현역 최강의 암흑 기사인지 뭔지랑 무슨 상관인지는 잘 모르겠지만, 할 수 있을 것 같을 땐 하지. 하지만 나는 어린애한테는 흥미 없으니까."

"나는 이성애자라서 성별은 한정됩니다만, 여자라면 올 레인지로 대개는 오케이입니다. 아무리 하급이라도 제각각의 맛이라는 것이 있으니까요."

뭐야? 이 사람들. 혹시나 위험한 사람들 아니야? 혹시나가 아니라 틀림없이 위험한 사람들이다. 분명 상관하지 않는 게 좋다. 가능하면 가까이 하고 싶지도 않지만, 새벽 연대 관련이라는 점을 제외한다고 해도, 그들이 돌아갈 길을 가르쳐주지 않으면 오르타나로 가는 길이 대폭으로 멀어져버리겠지. 그 정도가 아니라, 그들에게 의지하지 않으면 돌아갈 수 없을지도 모른다. 하루히로는 유메를 등 뒤로 감추면서 거의 눈이 돌아갈 정도로 머리를 굴리고 있었다. 어쩌지? 어떻게 하지? 어쩌면 좋아?

"일단 나중으로 미룰까요?" 모유기는 가느다란 검을 칼집에 넣었다. "지금은 다소 바쁘니까요. 갑시다, 크로우. 모이라."

'이야아아아…'라고 이상한 소리로 대답을 한, 저 머리가 긴 여성 같은 정체불명의 존재가 모이라인 모양이다. 모유기는 암흑 기사라고 하니 혹시나 데이몬인가? 모유기는 모이라를 거느리고 성큼성큼 걸어갔다.

"너희도 따라와." 크로우는 턱짓을 하고 나서 모유기와 모이라의 뒤를 따라갔다.

"…저기, 동료가 더 있는데요." 하루히로가 말하자 크로우는 돌아보더니 귀찮다는 듯이 얼굴을 찡그렸다. "그런 건 나중에 챙겨도 괜찮잖아. 우리는 비교적 서두르고 있다고. 두고 간다."

결코 나중에 챙겨도 괜찮지는 않고, 그렇게 서두르는 것 같지도 않은데요? 하고 반론하고 싶었지만, 받아들여줄 것이라고는 도저히 생각할 수 없고, 크로우는 가버린다. 심지어 모유기와 모이라는 이미 안개 저 너머에 있었다.

"있잖아, 하루 군." 유메는 옷자락을 잡아당겼다. "유메, 돌아가는 게 좋은 것 같기도 한데. 돌아가는 길, 알아…?"

"저 사람들을 따라가자." 하루히로는 즉답하자마자 유메의 손을 잡고 크로우를 쫓아갔다. 유메의 말을 듣고서야 커다란, 치명적인 실수를 범했다는 것을 깨달았으나, 짙은 안개 속에서 우왕좌왕하는 것보다는 실력 있고 길을 알고 있음이 분명한 새벽 연대 선배 의용병들에게 협력을 구하는 것이 좋다. 그러기 위해서는 지금 크로우와 갈라질 수는 없다.

어느샌가 등 뒤로 접근한 크로우를 알아차리기 전까지 하루히로와 유메는 나무에 표식을 하면서 걸었었다. 그 이후로는 하나도 표식을 남기지 못했다.

"미안, 유메. 나, 표시하는 거 완전히 까먹었었어."

"그걸 말하자면." 유메는 하루히로의 손을 꼭 쥐었다. "…유메도 마찬가지야. 자기 혼자 탓으로 하는 건 하루 군의 좋지 않은 버릇이야."

"…그런가. 주의할게. 그래도, 이건 우리 둘 탓인지도 모르지만, 결국 내 잘못이야."

나는 리더니까.

목소리로 내어 그렇게 말하지 않은 것은 단순히 부끄러웠기 때문일까? 혹은 아직도 혼자서만 다 짊어지려고 하는 걸까?

그건 그렇고, 굳이 손을 잡을 필요는 없었던 것 같은데? 손을 계속 잡고 있을 필요는 더더욱 없는 것처럼도 느껴진다. 단, 유메의 손에 상당히 힘이 담겨 있어서 놓기 힘들었다. 이것이 조금이라도 유메에게 의지가 되어준다면 놓으면 안 될 것 같기도 하다. 솔직히 하루히로도 마음이 좀 든든해지긴 했지만, 이거, 놓을 타이밍을 재기가 어렵네….

"늦잖아…!" 란타는 눈을 번쩍 뜨면서 짖었다. "…도대체 언제쯤 돌아오는 거야? 정찰이라고, 정찰. 정찰한답시고 나갔다고! 아무리 그래도 너무 늦잖아, 그 녀석들! 이상하잖아! 무슨 일이 있는 게 틀림없어! 그보다, 그 녀석들 혹시나… 이 안개 속에서 단둘뿐이라 거시기, 뭐냐, 볼티지 같은 것이 높아진다거나 해서, 그만, 그런 느낌으로… 쿵짝쿵짝 하고 있는 거 아니겠지…?!"

"…아니." 쿠자크가 손사래를 쳤다. "아니죠, 그건. 하루히로에 한해서 그런 일은 없어요. 란타 군도 아니고."

"그러니까, 부원기를 틈타 은근슬쩍 나를 디스하지 말라고!"

"부원기가 아니라 분위기겠지." 메리는 마치 들으라는 듯이 한숨을 내쉬었다. "어떻게 생겨먹으면 동료한테 그런 상상을 할 수 있지? 믿을 수가 없어."

"그거야 모르잖아?! 그 녀석들도 남자와 여자니까! 무엇보다도 유메가 따라가겠다고 말한 것도 이상하고! 정찰 같은 건 하루히로 한테 시키면 된다고. 항상 그랬었고! 그, 그렇지… 유메 녀석, 설마 남몰래 하루히로를…."

"그런 것, 유메는 흥미 없는 것 같으니까…." 시호루도 변함없이 차가웠다. "하지만 설령 그렇다고 해도 무슨 문제 있나…?"

"무, 무, 문제는… 있지. 그야. 파티 안에서의, 뭐랄까, 뭐지? 거시기는… 역시, 그렇잖아? 금지라는 건 아니지만, 그럼 그렇다고 오픈해야지. 안 그러면 풍기적으로, 거시기적으로도 거시기하잖아? 안 그래? 야, 왜 너희 그렇게 분위기가 싸늘한데? 나, 비교적 중요한 이야기 하는 중인데?"

"중요한지 아닌지는 접어두고라도, 꼭 지금 해야 하는 이야기?" 메리는 어디까지나 냉정하다.

"좋아, 알았다!" 란타는 팔짱을 끼고 가슴을 내밀었다. "그렇다면, 좀 더 중요한 이야기를 해보자고. 정찰하러 나간 하루히로와 유메가 돌아오지 않아. 너무 늦어. 그 녀석들 신변에 무슨 일이 있는 거라고 생각되는데, 우리는 여기서 가만히 있는 거야? 언제까지? 해가 저물 때까지? 하룻밤? 이틀 밤? 사흘 밤? 너희, 그래도 괜찮은 거야?"

"…란타 군은 어떻게 해야 한다고 생각해?"

"질문 잘했어, 시호루!"

"그 말투, 재수 없어…."

"네가 재수 없어도 나는 아~무렇지 않습니다! 그런데, 내 의견은 말이지, 나는 그 녀석들을 찾으러 가야 한다고 생각한다!"

"그러다가 서로 엇갈리면?"

"좋… 은 질문이네요, 메리 씨이…."

"…살의가."

"자, 자, 그렇게 화내지 말고! 예쁜 얼굴이 망가지잖아? 모처럼 미인인데. 웃어. 응?"

"그만해주지 않겠어? 당신을 정말로 용서할 수 없게 될 것 같으니까."

"오케이, 오케이. 칭찬해주는데 왜 화를 내는 건지… 의아한 마음이 안 드는 건 아니지만, 그만하겠습니다. 집어치우겠습니다, 이쯤에서. 엇갈린다. 엇갈림 문제. 그 점은 나도 우려하지 않은 건 아니야. 그럼 반은 여기에 남으면 되지 않아? 그러면 완벽하게 해결되잖아."

"음…." 쿠자크가 신음했다. "그야 뭐, 확실히 약간, 걱정되긴 하네요…."

"그건…." 메리도 과연 전혀 마음에 걸리지 않는 건 아니니까 두 사람한테 맡기고 내버려두면 된다고는 말하지 않는다. "…나도 마찬가지지만."

시호루는 고개를 숙이고 입술을 만지작거렸다. "하지만 반이라는 건…."

"우선 나는 가야 하지." 란타는 엄지를 세우고 자기 자신을 가리켰다. "당연하지만 말이야. 그러면 쿠자크는 남는 쪽이지. 필연적으로."

메리가 힐끔 쿠자크를 봤다. 그때 마침 쿠자크도 메리에게 시선을 향했기 때문에 두 사람은 서로를 바라보는 모양새가 되었다. 단, 금방 누가 먼저랄 것도 없이 얼굴을 돌렸다.

"…내가 갈게." 메리는 숨을 내쉬면서 고개를 가로저었다. "당신을 혼자 두면 반드시 성가신 일이 일어날 테고, 시호루를 위험에 처하게 하고 싶지도 않아."

"내가 같이 있으면 반드시 위험에 처하게 될 거라는 전제로 말하는 거 아니야? 그거."

"당신과 둘이 있는 일 자체가 위험하잖아. 평소의 자기 언동을 돌이켜 보지그래?"

"확실히 주무르고 싶다거나 주무르게 해달라거나 그런 말을 하긴 했는데요?! 이런 때 진짜로 주무르려고 들 리가 없잖아, 상식적으로 생각해서?"

"상식…?" 시호루가 믿을 수 없다는 듯이 표정이 굳는다. "세상 누구보다도 상식이 결여된 사람이 그런 말을…?"

"우선 시호루 씨는 내가 지킬 테니까." 쿠자크는 옆눈으로 힐끔 시호루가 아닌 메리를 보았다. "하지만, 란타 군, 멀리는 가지 마요. 길을 잃거나 하면 의미 없으니까."

"조심, 해." 시호루는 어디까지나 메리밖에 걱정하지 않는 것 같은 느낌을 농후하게 풍기며 말했다.

"응." 메리는 시호루에게만 미소 지었다. "시호루도. …그리고 쿠자크도."

"…매번, 매번 친한 척 구는 거 보면 구역질이 난다…." 란타는 작은 목소리로 중얼거리면서 안개 속으로 발을 내딛었다. 메리는 말없이 따라갔다. 응…?

왠지 다른 때보다 거리가 가까운 것 같은? 이러니저러니 해도 실은 란타를 믿지 않게 보고 있었다거나? 안 돼요 돼요 돼요, 뭐 그런 거?

천만에. 백 퍼센트 그건 아니야. 단순히 안개가 짙어서 극단적으로 시야가 좁으니까 떨어지지 않으려고 하는 것뿐이겠지.

"…뜬금없네, 사실."

"무슨 말 했어?"

"아무것도 아니야. 그렇지. 이런 때에는… 암흑이여, 악덕의 주여, 데이몬 콜(악령 소환)."

소환하자 어두운 보라색 구름 같은 것이 소용돌이치며… 튀어나왔다. 나와주었다.

그것은 보라색 시트를 머리부터 뒤집어쓴 인간 같은 모습으로, 구멍 같은 사악한 눈이 두 개, 그 밑에는 흉악한 균열이 입을 벌리고 있다. 오른손에는 흉기라고밖에 부를 수 없는 물건, 왼손에는 무시무시한 곤봉. 다리는 분명히 두 개 있지만, 둥둥 떠 있다. 비교적 인간에 가까운 사이즈다.

　　"조디악이…! 저쪽(다룽갈)에서는 작아졌었는데!" 란타는 감개무량한 듯이 껴안으려고 했으나 조디악은 슬쩍 피한다. "…그런데, 왜 그래…?!"

　　'이히… 이히히히… 란타… 너 솔직히 짜증 나… 키히히히….'

　　"너는 내 분신 같은 존재인데…!"

　　'민폐다… 이히히히….'

　　"조디악이 불쌍해."

　　"은근슬쩍 동정하지 말라고, 메리! 조, 조디악이의 이것은, 그거니까! 즉… 말하자면, 솔직하지 않은, 솔직해질 수 없는 계통의, 샤이한 츤데레 비슷한 것이지, 사실은 나를 아주 좋아한다고나 할까…."

　　'란타….'

　　"왜, 왜? 조디악아. 뭘 그리 새삼스러운 목소리로."

　　'…너를….'

　　"어, 응."

　　'진심으로….'

　　"으, 응."

　　'경멸한다… 너무 싫다… 이히….'

　　"쿵…."

뭐, 그런 말을 하면서도 조디악은 부르면 나와주고 옆에 있어준다. 틀림없다. 란타는 조디악에게서 사랑받고 있다.

뭐가 어찌 되었든 조디악한테서만은.

"…암흑 기사적으로는 그것만으로도 충분하다고. 그렇지?"

'이히… 혼잣말인가? 란타… 쓸쓸하네… 키히히히….'

"시끄러웟. 시끄럽다고! 무엇보다도 나는 네 주인님이라고! 좀 더 순종하지 않으면 두 번 다시 써주지 않을 테다!"

'…키히… 좋다….'

조디악은 그런 말을 남기고 펑 사라졌다.

"…아? 잠깐… 조디악이? 아, 알았어. 또 부르면 되니까. 암흑이여, 악덕의 주여, 데이몬 콜. …어라? 무반응? 왜…?"

"마침내 조디악이한테서까지 버림받은 것 아닐까?"

메리의 말이 가시가 되어 란타의 가슴에 푹 박혔다. 마침내는 뭐냐고? 조디악이한테서까지는 무슨 의미냐고? …젠장….

란타는 고개를 숙였다.

다음 순간, 반대로 뒤로 휙 젖혔다.

"카하핫! 상… 관없거든! 조디악이 뭐라고! 후련하다!"

"…눈물을 흘리는 것처럼 보이는데."

"기분 탓이겠지. 내가 울 리가 있어? 울 리가 없지. 이 나 님이."

"조만간 다시 나와주겠지."

"메리이이이이! 쉽사리 나를 위로하지 마…! 간단히 반해버리니까…!"

"두 번 다시 위로해주지 않겠어. 차후로는 절대, 무슨 일이 있어도 절대로."

"무슨 일이 있다면 위로해줘도 되는데?! 반하지 않을 테니까! 맹세할 테니까! 부탁합니다…!"

메리는 만만한 상대가 아니기 때문에 사정한다고 봐주지는 않았다. 암흑 기사에게 위로 따위 필요 없으니까 별로 상관없다. 자, 그럼 어떻게 해서 하루히로와 유메를 찾을 것인가?

가까이의 나무에 나이프인지 뭔지로 새긴 것 같은 자국이 있어서 마음에 걸렸다. 두 번째의 자국을 발견한 순간, 감이 팍 왔다.

"이 이상한 표시, 하루히로 바보 놈이 새긴 게 틀림없어. 그 녀석이 생각할 만한 일이야."

"이상하다거나 바보라는 말은 쓸데없는 사족이지. 하지만 나도 그렇게 생각해."

"돌아갈 수 있도록 표시해놓고서는 아직 돌아오지 않는다는 건 어째서지…?"

메리는 아무 말도 하지 않지만 란타와 같은 의견인 모양이다. 분명 사건이나 사고가 있었다. 그렇게밖에 생각할 수 없다. 화가 나기 시작했다.

"…그 얼간이 망할 놈이. 졸린 눈을 하고 자빠져서는. 유메를 데리고 가서는 이 꼴인 거야? 그러니까 신용할 수 없다고, 쓰레기 놈."

"그렇게 유메가 걱정돼?"

"다, 당연하잖아. 도, 동료니까. …다른 뜻은 없어. 그런 절벽."

아무튼 자국이 난 나무를 더듬어가며 나아가는 수밖에 없다. 하루히로와 유메는 거의 똑바로 걸어간 듯, 그것 자체는 그리 어렵지는 않았다.

두 사람은 순조롭게 정찰을 했던 모양이다. 그러다가 무슨 일이 일어났다.

최악의 예상이 란타의 머리를 스쳤다. 곧바로 지워버린다. 생각해봤자 소용없는 일을 생각할 필요는 없다.

"…효율적인 남자거든. 나는."

"안개가…." 갑자기 메리가 말했다. 란타도 눈치 챘다.

급격하게 안개가 흐려지기 시작했다. 방금 전까지는 기껏해야 5~6미터 앞까지밖에 안 보였는데, 순식간에 주위가 밝아져간다.

보인다.

수십 미터, 아니, 그런 정도가 아니다. 좀 더 시야가 트였다.

지면이 휘몰아치는 것처럼 기복이 있고 나무가 우거져 있기도 해서 저 멀리가 어떻게 되어 있는지는 잘 모르지만, 유백색으로 뿌연 하늘에 떠 있는 저 새하얀, 동그란 것은… 혹시나, 태양인가?

"…눈이 시려." 란타는 쓴웃음을 지으며 눈을 가늘게 떴다. 자기도 모르게 태양을 응시하고 있었다.

메리는 돌아보았다. "걸어온 방향은 저쪽. 태양 위치가 저기라면…."

"그것만으로는 방향 같은 건 모르잖아. 해시계 같은 걸 만들면 좋겠지만. 젠장. 유메가 있었으면 금방인데…." 란타는 고개를 틀었다. "…응?"

"뭐?"

"아니, 지금 뭔가… 움직인 것 같은." 란타는 왼쪽을 가리켰다. "저쪽인데, 아무것도 없는 것 같네. 잘못 봤나?"

"비록 잘못 본 것이라고 해도 조심하는 게 좋을 것 같아."

"그렇지." 란타는 입술을 핥았다. 말하지 않아도 조심은 한다.

단, 란타는 하루히로 같은 치킨(겁쟁이)이 아니다. 위험에 처하면 평소 이상의 힘을 발휘할 수 있다. 역경에 강한 암흑 기사다. "…다소의 위기 같은 건 나한테 걸리면 직빵에 해결된다고."

"기세등등하지 마. 자만하다가 실수를 저지르면 도와주지 않을 거니까."

"그러네. 그때에는 나한테 상관 말고 부리나케 도망쳐. 원망하거나 하진 않을 테니까."

메리는 아무 말도 하지 않는다. 귀여운 데가 있는 건지, 없는 건지.

아무튼 지금은 오로지 자국을 따라가야 한다. 안개가 걷히고 있어서 훨씬 걷기 편해졌다. 덕분에 속도를 낼 수 있다. 거리를 벌 수 있다.

"너무 서두르는 거 아니야?"

"뭐라고? 내가 지나치게 다리가 튼튼해서 못 따라오겠어? 메리 씨."

"누가…."

"카카캇." 웃으면서 얼굴만 돌려 뒤를 보니 메리는 약간 숨이 찬 것 같았다. 란타 본인도 다소 호흡이 거칠다. 마음이 급한 건가? 부정은 할 수 없다. 란타는 발을 멈췄다. "…그보다. 저건, 고양이인가?"

"뭐?"

"있잖아." 란타는 비스듬히 오른쪽 위를 손짓으로 가리켰다. "저기에."

지면이 솟아오르고 나무들이 비스듬히 나 있다. 그 가지 위에 생물이 앉아 있었다. 저것은, 고양이⋯ 인 건가? 갈색의 호피 무늬로, 얼굴이랄까, 두상은 아무리 봐도 고양이였고 꼬리도 있다. 앞다리를 가지런히 모으고 귀를 세우고 앉아 있는 모습도 고양이 같지만, 뭔가가 달랐다.

"⋯귀여워." 메리가 중얼거리듯이 말하자 고양이 귀가 쫑긋거렸다.

고양이는 재빨리 몸을 돌려 사라져버렸다.

"앗⋯." 메리는 고양이가 사라진 방향으로 손을 내밀려고 했으나 란타의 시선을 깨닫고 도로 거두었다. "⋯귀, 귀여웠잖아? 방금 그 동물. 고양이 같고⋯."

"귀여운지 그런 건 상관없지만. 고양이같았지만 그거 고양이가 아니지 않아?"

"듣고 보니. ⋯하지만 그건 별로 신기할 건 없잖아? 고양이를 닮은 귀여운 생물이 이 주변에 서식한다는 것뿐."

"귀여운 게 그렇게 중요한 건가⋯?"

"주, 중요하다거나가 그런 게 아니라, 사실 귀여웠으니까, 그래서⋯." 메리의 얼굴이 굳었다. 이번엔 고양이 짝퉁 같은 게 아니라 괴물이라도 발견한 건가? 그런 것도 아닌 것 같다. "⋯아까 그 아이 뿐만이 아니야. 더 있어. 몇 마리나. ⋯많이."

"엉?" 란타는 주위를 둘러보고 숨을 멈췄다. "⋯진짜⋯ 있네. 잔뜩."

저기 나무 그늘에는 소위 고등어무늬 고양이.

나무 위에는 흑백 컬러에 이마 부분이 여덟 팔자로 나뉜 앞가르마.

새카만 놈도 있다.

회색 비슷한 놈도.

지저분해진 하얀 털도 있다.

모두가 다 그런 건 아니지만 몇몇의 고양이는 눈이 빛나고 있고 그것이 또한 기분 나빴다. 고양이… 는 역시 아니겠지. 이제야 알겠다.

저놈들은 머리가 다소 크다. 그런대로 몸집이 큰데도 머리와 몸의 비율이 성묘보다 새끼고양이에 가깝다. 그래서 메리에게는 귀엽게 보인 것이겠지. 하지만 손이. 발도 그런가? 놈들의 손과 발가락은 고양이의 그것이 아니다. 길고 물건을 움켜잡을 수도 있을 것 같다. 하긴 나뭇가지를 잡고 매달려 있는 놈도 실제로 있다.

두세 마리가 아니다. 여기저기에. 열 마리 이상 있겠지. 아니, 있었던 것이다.

없어졌다.

놈들이 일제히 쓱… 자취를 감췄다. 소름이 돋았다.

"…지금 그거 자연스러운 거라고 생각해?"

"그렇게는 좀, 생각할 수 없… 을지도."

"그렇지…."

란타는 묘한 감각에 휩싸였다. 뭐랄까, 몸이 뜻대로 움직이지 않는다. 이상하게 굳었다. 전에도 비슷한 일이 있었다.

다릉갈. 하루히로가 단독으로 와루안딘을 찾고 있는 동안에 젊은 오크 2인조가 기습을 감행했었다. 그때에는 불의의 기습을 당해서 마음먹은 대로 움직일 수가 없었다. 아니, 실은 그뿐만이 아니었다. 순간적으로 망설임이 생겨나 마지막까지 계속 삐걱거렸다. 결과적으로 쿠자크가 부상을 입었고 유메까지 다쳤었다. 인정하고 싶지는 않지만, 지금 이유를 알았다. 하루히로가 없었던 탓이다.

자기 혼자라면 어떻게든 되고, 어떻게 해버릴 수 있다. 주위 사람들 같은 건 부록 같은 것이다. 의지하고 있는 것이 아니다. 뭐, 어떤 때 누가 어떻게 할까 그런 것은 대개 알고 있다. 그 점을 계산에 넣어 움직이거나 하기도 하지만, 어디까지나 메인은 자신이며 타인은 부수적인 거다. 녀석이 있으면 그렇게 해도 잘 돌아간다.

그런데 녀석이 없어지면 다소 상황이 달라진다.

예를 들면 이 순간, 란타는 메리와 둘뿐이고 녀석은 없다. 메리는 신관이다. 자기 몸 정도는 지킬 수 있어도 전투는 전문이 아니고, 여자이고, 지켜줘야 하나? 지키면서 싸우는 건 위험하지 않은가? 마음껏 싸울 수 없고, 그러면 결국 적을 쓰러뜨리지 못하고 지는 분위기가 된다거나… 생각하지 않는 편이 오히려 좋을지도 모르지만 자기도 모르게 생각하게 된다. 란타답지 않게 망설이게 되는 것이다. 녀석이 없는 탓에. 하루히로 놈.

"있으면 있는 대로 짜증 나고 없으면 또 없어서…." 란타는 안식검을 뽑았다. "…메리, 전투태세다. 만약을 대비해서 일단 주의해."

"적이라고 생각해?" 메리는 헤드 스태프를 겨누었다. "저 고양이 같은 생물이?"

"글쎄. 그러지 않기를 빌어…." 란타는 머리를 흔들었다. 뭘 소심하게. "방심하지 말라는 거야. 아직 스컬헬의 품에 안기고 싶지는 않잖아. 루미아리스 맹신자."

"그쪽도 스컬헬에게 속아서 죽는 걸 서두르지 마."

"말은 잘하네." 란타는 헷 하고 웃었다. 제 컨디션으로 돌아와라.

평소대로 하면 된다.

"더 가볼래? 되돌아가?" 메리가 속삭이는 것 같은 목소리로 물었다.

물어보지 말라고.

그렇게 대답할 뻔했다가 참았다. 뭘 초조해하는 거야.

나아갈지, 돌아갈지.

냉큼 결정해버리면 된다. 그뿐이다. 무엇보다도, 하루히로는 언제나 결단을 내린다. 하루히로가 하는데 란타가 못 할 리가 없다. 그렇다.

결정하자.

빨리.

빨리 해.

지금 당장 결정해.

고민하는 동안에, 메리가 "응?" 하고 다시 재촉했다. "어떻게 할 거야?"

"나한테 묻지 마! 너도 생각해! 나한테 결정권이 있는 게 아니잖아!"

"갑자기 소리 지르지 마. 그럼 내가 결정한다. 돌아갑시다."

"빈손으로 돌아가자는 거야?! 그럼 내 자존심이⋯."

딸꾹질이 나왔다.

간담이 서늘해진다는 건 이런 거다.

목소리가 들렸다. 울음소리다.

워⋯ 우, 웡 웡 웃, 우오오옹⋯. 이런 느낌의, 인간도 고양이도 아닌, 저건⋯ 개? 아니면 늑대인가⋯?

누가 먼저랄 것도 없이 란타와 메리는 서로의 등을 마주 댔다.

또 안개가 짙어지고 있다.

어디야?

어디에서…?

발소리가 들린다.

안개 너머, 이쪽에서도, 저쪽에서도. 사방팔방에서 뭔가 거무스름한 것이 접근한다.

역시 늑대.

검은 늑대인가?

오른쪽 비스듬히 위, 처음에 고양이 같은 생물을 발견한 장소 부근이다. 어슬렁… 모습을 드러낸 그것은 도저히 늑대로는 보이지 않는다. 아니, 모습은 늑대지만 지나치게 크다. 마치 곰 같다. 게다가 등에 뭔가를 태웠다. 황록색 피부. 추악한 얼굴. 란타는 눈을 의심했다. 하지만 틀림없다.

"고블린… 이야…?"

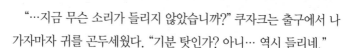

"…지금 무슨 소리가 들리지 않았습니까?" 쿠자크는 출구에서 나가자마자 귀를 곤두세웠다. "기분 탓인가? 아니… 역시 들리네."

"그래…?" 시호루가 쿠자크 바로 옆으로 와서 쪼그리고 앉아 오른쪽 귀를 바깥쪽으로 향하면서 눈을 감았다. "…아. 진짜. 이건… 개가 짖는 소리…?"

"개보다는 늑대인지도 모르겠네요." 쿠자크는 몸을 뒤로 젖히듯이 하며 가급적 시호루에게서 몸을 뗐다. "하긴 숲 같으니 늑대 정도는 있어도 이상할 것 없겠지만…."

상대가 시호루라서 그러는 것은 아니고, 지금은 이성에게는 그다지 접근하고 싶지 않다. 란타만큼은 아니라고 생각하지만, 하루히로처럼 담백하지는 않다고 쿠자크는 자인하고 있다. 이상한 기분이 들면 좋지 않고, 우리 여성진은 아무래도 무자각에 무방비한 면이 있으니까 이쪽이 조심해야 한다.

"좀 마음에 걸리네. 괜찮을까? 아니, 괜찮을 거라고는 생각하지만요…."

"…기다리는 건 힘드네."

"그러네요. 하지만 어쩔 수 없어. 적재적소란 게 있으니."

"…응. 나도 좀 더 몸을 단련시켜야 해…."

"응? 시호루 씨가? 울끈불끈 근육질이 된다거나?"

"그, 그렇게까지는. 나, 근육 붙기 힘든 체질이고. …불필요한 살만 많고."

"아아, 아니, 불필요하지는…. 그게 아니라, 저기, 이상한 의미는 아닌데. 뭐랄까, 건강미가 더 좋아요. 무리해서 살을 빼거나 할 필요는 없으니까. …어라? 나 점점 더 수습을 못 하고 있는 건가? 그러니까… 미안. 뭔가 실례되는 말을 해서 기분 나쁘거나 하진 않아요?"

"괜찮아. …그렇게 마음 써주지 않아도. 나, 이래 봬도 뱃심이 두둑한 편이니까." 시호루는 고개를 숙이고 쓴웃음 비슷한 것을 지었다. "…뱃살도 두둑하니까."

자학 개그인가? 웃어야 하는 걸까? 아니면, 그렇지 않다고 위로해줘야 하나? 어떻게 하면 좋은 건지 잘 모르겠다. 쿠자크는 솔직히 시호루의 이런 면이 약간 부담스럽다.

"…그런데, 머네요. 오르타나. 그래도 여기는 다룽갈이 아니라 그림갈이니까 꽤 전진한 거지…."

"저…."

"네?"

"…재미 없었… 지? 방금 그거. …미안해. 일단 농담하려던 건데… 나, 재미있는 말 같은 거 기본적으로 잘 못 하니까…."

이런…. 도로 끄집어내는 거야? 진짜로? 여기선 자연스럽게 넘어가야지, 보통. 그런 생각이 안 드는 것도 아니지만, 이렇게 나오면 이 또한 쿠자크로서는 받아주는 수밖에 없다. 전혀 상관없는 타인이라면 또 몰라도 상대는 동료인 것이다.

"응. 웃을 수 있는 느낌이 아니었네요. 체형 화제라거나 그런 건 민감한 부분이랄까. 정말 웃겨도 웃어도 되는 걸까 싶은 그런 느낌이 있잖아요. 그리고 시호루 씨는 뚱뚱하지 않아요, 분명히. …그보다 우리는 모두 저쪽 세계에서 전체적으로 살이 빠졌잖아. 힘들었으니까….”

“…그, 그건 그럴지도….” 시호루는 눈을 치켜뜨고 쿠자크를 올려다보았다. “…확실하게 말해줘서 고마워. 무척, 고맙고… 기뻐. 그런 것.”

“아, 그래요? 그럼 다행이다.” 쿠자크는 가슴을 쓸어내렸다. “…좀 배짱이 필요했기 때문에. 기분이 상한 것 아닐까 걱정했는데. 하지만 그런 것도 너무 내외하는 것 같고….”

“동료니까?”

“그렇지요.”

“그래도… 아직도 살짝 존댓말인데?”

“이건, 뭐랄까, 거의 습관 같은? 이제 와서 반말을 하는 것도 좀. 다들 나한테는 선배라는 의식도 역시 있거든요.”

“…미덥지 못한 선배지만.”

“그렇지 않다니까. 난 완전히 의지하고 있고. 그냥 감이긴 한데, 나한테 형이나 누나가 있었던 것 아닐까 하는 느낌이 들거든요. 기억은 안 나지만. 다른 사람한테 기대는 이런 성격은 좋지 않다고 생각해. 방패역이니까. 오히려 모두에게 의지가 되어줘야 하는데.”

“적어도 나는 쿠자크 군을 의지하고 있어… 그렇다고 생각하는데. 늘 지켜주고.”

“좀 더 커버하고 싶거든요. 난 체격은 되잖아요. 팔도 비교적 긴 편이고. 움직이기에 따라서는 항상 내가 모든 적을 맡을 수도 있다고 생각해요. 그렇게 해야 한다고….”

“안 돼!” 시호루는 갑자기 매달리는 것처럼 쿠자크의 팔을 잡았다. “…안 돼. 쿠자크 군, 그렇게 조바심 내지 마. …너무 부담 가지면 안 돼."

"…부담을 갖는 걸까? 딱히 그런 마음은…."

"분명히, 있어. …있다고 생각해. 쿠자크 군이 솔직하게 말해주었으니까 나도 단도직입적으로 말하는데… 모구조 군은, 그렇게, 하려고, 지나치게 하려고 하다가, 그래서… 그렇게 된 거야. 그런 면도 있는 것 아닐까 해. …미숙한 우리 때문에 지나치게 애썼어. 우리가 애쓰게 만든 거야. 쿠자크 군은, 같은 일을 되풀이하지 않았으면 좋겠어. …되풀이하게 하지 않아. 누군가가 모두를 위해 자기를 희생하는 게 아니라… 한 사람이 희생이 되는 게 아니라, 전원이 서로 보충해주는 거. 다 같이 함께 나아가야 한다고. …나는, 그렇게 생각해."

"…그렇… 습니까? 그러… 네요. 아니, 조바심 낸다는 생각은 없었지만. 나는 뒤처졌다고나 할까. 뭐, 여러분을 쫓아가는 입장이니까…." 말하고 나서 쿠자크는 깨달았다. "…하하. 확실히 조바심을 내고 있었네. 나. 하지만 기쁜데요. 아무래도 마음이 급해진다고나 할까? 하루히로를 보면 정말 대단해요. 좋은 의미로 담담하다고나 할까. 침착하지."

"하루히로 군도… 속으로는 여러 가지 생각이 있을 거야. 말하지 않는 것뿐이지. 리더니까. …말할 수 없는 일도 있다고 생각해. 리더가 고민하거나 망설이면 다들 불안해하지 않을까 하고, 분명 그렇게 생각할 테고."

"무리하고 있다는 뜻?"

"…편하지는 않을 거라고 생각해. 애초에 어쩔 수 없었달까… 우리가, 그야말로 우리가 미덥지 못하니까, 하루히로 군이 리더가 되는 수밖에 없었어. 강요한 건… 아니지만, 통솔하는 역할을 자처할 타입은 아니니까….”

“그야… 그러네요. 나서는 거 싫어하지요, 하루히로는. 소위 리더라는 분위기가 아닌 건가? 그런 스타일, 나는 좋아하지만. 됐으니까 잠자코 따라와, 이런 것보다는 편해요.”

“나도.” 시호루는 살며시 웃었다.

아, 귀엽잖아. 이렇게 생각해버려 쿠자크는 아주 약간 죄책감을 느꼈다.

“…단.” 시호루는 고개를 숙였다. “…힘든 일을 떠맡기고 있다고 생각해. 아무리 생각해도 손해 보는 역할이고. …거드는 것 정도는 할 수 있으면 좋겠는데. 어떻게 하면 되는 건지 몰라서….”

“거든다… 나도 그런 성격이 아니고. …그걸 말하면 하루히로도 마찬가지인가? 그런데도 애써주고 있는 거지. 우리 모두를 위해서.”

“…조금이라도 하루히로 군의 부담을 줄여줄 방법이 뭔가 있다면….”

쿠자크는 팔짱을 끼고 고개를 치켜들고는 눈을 감았다. 이것은 정말로 생각해봐야 할 일 같다. 아니, 꼭 진지하게 생각해보고 싶다. 당장 좋은 아이디어가 떠오르지 않더라도 염두에 두고 있으면 언젠가는 뭔가가 생각날지도 모르니까.

“하지만 고민하는 건 좋은 일이라네. 젊은 나이에는 특히. 고뇌하기 위한 시간이 넘칠 정도로 있다는 것 또한 젊음의 특권이니까.”

“아아. 그런 겁니까? 그렇구나….”

“…엇?” 시호루가 숨을 멈췄다.

“네?” 쿠자크는 눈을 떴다.

"응?"

누군가, 있는데요…?

물론 쿠자크와 시호루 말고 한 사람 더 있다는 뜻이다.

참고로 그 누군가는 하루히로도, 유메도, 란타도, 메리도 아니다.

쿠자크와 시호루가 있는, 출구에서 나와서 바로 옆의 장소에서, 그 남자는 칼집에 들어 있는 검인지 뭔지를 품에 안고는 쪼그리고 앉아 있다. 눈에 안경이랄까, 고글 같은 것을 착용해서 얼굴은 잘 모르겠다. 검은 머리를 가운데 가르마로 나누었고 입 주위에는 아무렇게나 자란 수염이 나 있다. 그리 젊지는 않은 것 같다. 인간이라고 생각하는데, 다소 긴 윗도리를 허리띠로 묶고 승마 바지 같은 바지를 입고 있어 오르타나 주민과는 복장의 분위기가 상당히 달랐다.

"이런. 나도 모르게 실례를 범했구먼." 고글 사나이는 한 손을 들며 히죽 웃었다. "몰래 엿들으려고 한 건 아닌데, 이녁들이 좀처럼 내가 있는 것을 깨닫지 못하기에. 계속 잠자코 있는 것도 좋지 않은 것 같아서 자연스럽게 대화에 참가해본 것이라네."

"아니…." 쿠자크는 황급히 시호루를 등 뒤로 숨기며 보호하고 검은 날 검의 자루에 손을 댔다. "…자연스러울 수는 없어. 어떻게 해도. …당신이 누군지도 모르고."

"그렇지. 이녁의 발언은 옳아." 고글 사나이는 머리를 긁적이더니 입꼬리를 내렸다. "허면, 이렇게 말하지. 만약 내가 이녁들에게 위해를 가하려고 꾀했다면 진작에 해치웠을 걸세. 이녁들을 우롱할 마음은 털끝만큼도 없지만, 허점투성이였으니까. 나 정도의 실력이라도 쉽사리 해치웠겠지."

그것은 정말 맞는 말이라고 인정할 수밖에 없었다. 이야기하느라 정신이 없어서 완전히 무방비 상태였다. 시호루의 호위 역할로 여기에 있는 건데 이 꼬라지다. 한심하다.

그렇긴 해도, 정면으로 당당하게 싸운다고 해도 이 남자에게 이길 수 있을지 어떨지.

쿠자크는 검을 뽑지 않은 것이 아니다. 뽑지 못하고 있었다. 이론이 아니라 느낌으로 안다. 뽑았다면 아마도 위험했을 것이다.

"…저희는 오르타나 의용병입니다. 알겠습니까? 이 설명만으로."

"음, 아라바키아 변경군의 의용병이로군. 알고 있네. 의용병인 지인도 있어."

"쿠자크입니다." 쿠자크가 이름을 말하자 시호루도 뒤에서 "…저는 시호루입니다"라고 작은 목소리로 말했다.

"나는 카츠하루다." 남자는 고글을 이마까지 올리고 눈을 가늘게 떴다. "촌락 사람이라고 말하면 통할까? 우리는 그저 촌락이라고 부르는데, 외부인들은 숨겨진 촌락이라고 부르지."

"…숨겨진 촌락." 시호루가 중얼거렸다. 짚이는 바가 있는 것 같다.

쿠자크는 들어본 적이 있는 것도 같고 없는 것도 같은 애매한 선이지만, 아무튼 그 촌락인지 뭔지는 카츠하루 같은 인간이 사는 장소겠지.

그렇다면?

"어라? 그럼 어떻게 되는 거지?" 쿠자크는 고개를 갸웃거렸다. "잘 모르겠는데…?"

"…적대 관계는 아닐 거야. 아라바키아 왕국의 오르타나와 숨겨

진 촌락과는." 시호루가 속삭이는 목소리로 가르쳐주었다. "…단, 우호 관계라고 할 정도도 아니야. …그 이름 그대로 숨겨진 촌락은 어디에 있는지도 잘 알려지지 않은 모양이고…."

"그래서 숨겨진 촌락인 건가? 흠. …하지만 카츠하루 씨는 거기 사람이고… 그렇다는 건, 어떻게 되는 거지요? 음…?"

"여유 있어서 좋구먼, 이녁들." 카츠하루는 바닥에 엉덩이를 붙이고 코를 문질렀다. 쿠자크와 시호루를 여유 있다고 평가한 카츠하루야말로 여유로운 분위기가 떠돌았지만, 언제든지 칼을 뽑아들 수 있을 것 같은 기척을 남기고 있다. 신비한 사내다. "사실 의용병이 둘이서 이런 장소에 있다는 건 좀 기묘하군. 혹시나 이녁들, 그 구멍 너머에 있는 이계에서 이쪽 세계로 돌아온 참인가?"

"…다룽갈을… 아세요?" 시호루가 조심스럽게 물었다.

"다룽갈이라는 이름에 짚이는 바는 없다. 단, 그 구멍이 이계로 통한다는 사실은 촌락 사람들 중 일부는 알고 있어. 이 사우전드 밸리(천의 협곡)는 우리 마당이나 마찬가지니까."

"사우전드 밸리…." 쿠자크는 피어오르는 안개를 응시했다. 퍼뜩 놀랐다. "…마당이라는 건, 길을 잘 안다는 뜻? 그렇지요? 오르타나 방향도."

"음. 오르타나라면 나는 몇 번인가 가본 적이 있으니까."

"그럼, 안내를! 아, 아니, 갑자기 부탁하는 건 좀 아니라고 생각하지만, 안내해줄 의리도 없으실 테고."

"이녁의 말대로 그럴 의리는 없다. 현재로서는. 그야 첫 대면이니까. 허나, 이렇게 알게 된 것도 무슨 인연이고, 서로 관여하게 되면 의리도 생기겠지."

"…그렇다면?"

"내가 너무 돌려 말했나?" 카츠하루는 자기 머리를 때렸다. "실은 사람을 찾고 있다네. 좀 도와주지 않겠나? 일이 끝나면 촌락에도 안내해주겠네. 이녁들, 긴 여행으로 피곤하겠지? 촌락에서 좀 쉬는 건 어떤가?"

"…좀 수상한 것 같아." 시호루가 쿠자크에게 귓속말을 했다. "그야말로 아무런 의리도 없는데 지나치게 친절하지 않아? 무엇보다도 우리를 안내해주면 촌락 위치가…."

"다 들린다네." 카츠하루는 자기 귓불을 잡아당기면서 쓴웃음을 지었다. "귀는 밝은 편이거든. 하긴 당연한 조심성이겠지. 허나 이녁들은 한 가지 착각을 하고 있어."

이 남자는 신용할 수 있는 건가? 쿠자크는 전혀 판단을 내릴 수가 없었다.

"…착각이라니?"

"숨겨진 촌락이라 칭하는 것은 외부인들이지, 우리가 아니라는 거다. 우리는 몇 년에 한 번씩, 때로는 1년에 여러 번 마을을 옮기고, 많은 마을 사람들은 사실 어느 쪽인가 하면 배타적이긴 하지만, 이방인에게 문을 걸어 잠그는 것은 아니거든. 이녁들도 소우마라는 의용병은 알겠지? 그는 4무가의 집안사람에게서 가르침을 받아 무사로 인정받은 것이라네."

"어. …저희는 소우마 씨와는 일단 동료…? 아니, 같은 클랜인데."

"오호. 그런가? 그렇다면 이녁들, 필시 실력이 있겠지."

자기도 모르게 쿠자크는 시호루와 시선을 교환했다. 어떻게 말하면 좋을지.

쿠자크가 우물쭈물하고 있는 동안에 시호루가 입을 열었다. "…그렇다면 좋겠지만요. 저희는 아직 햇병아리라서…."

"참하기도 하지." 카츠하루는 히죽거리고 있다.

왠지 느끼는 거지만, 이 남자는 쿠자크의 기량을 완전히 간파하고 있으면서 놀리는 것 아닐까? 그런 느낌이 들었다. 하지만 악의는 느껴지지 않았고 쿠자크는 사실 미숙하기 때문에 화가 나지는 않는다. 쿠자크는 카츠하루에게 들린다는 것을 알면서도 시호루와 작은 목소리로 상의하고 나서 우선 사정만은 밝혀두기로 했다.

"…카츠하루 씨, 우리에겐 일행이 더 있습니다. 네 명 더. 먼저 두 명이 정찰을 나가서 돌아오지 않아 두 명이 찾으러 간 거예요. 그리고 우리는 남아서 대기하는 조인데요."

"그렇다면." 카츠하루의 표정이 살짝 그늘졌다. "어쩌면 이녀들의 일행인지 하는 자들은 휘말렸는지도 몰라."

"무슨 말입니까? 그게."

"이것 참, 뭐부터 이야기하면 좋을지. 대충 말하자면, 한바탕 소동이 일어났는데 내 귀여운 조카딸이 얽혀 있어서 내버려둘 수가 없어. 찾고 있다는 사람도 바로 그 조카라네. 아아, 답답하구먼." 카츠하루는 고글을 내려 고쳐 쓰더니 일어섰다. "이녀들, 따라와. 자세한 이야기는 가면서 하지. 아니면, 여기에 남아서 일행이 돌아오기를 기다릴 건가? 어느 쪽을 선택하든 나는 가겠네."

"…따라가는 게 좋을지도." 시호루가 그렇게 말한다면… 이랄까, 쿠자크는 결단을 내릴 수 있을 것 같지 않고 반론이 있을 리도 없다.

선두는 물론 카츠하루였고 시호루, 쿠자크 순으로 줄지어 안개 속을 걸어갔다. 묘하게 걷기 편하다. 카츠하루가 바닥이 평평한 곳을 골라주는 것 같다. 자기 집 마당 같은 거라고 말했는데 헛소리는 아니었다는 건가?

"저, 카츠하루 씨. 그리고 보니 아까 늑대 소리 같은 게 들렸는데요."

"포르간의 짐승들이겠지." 카츠하루는 두리번거리지 않는다. 오로지 앞만 보고 있다.

"뭔가, 위험한 무리입니까? 그건."

"잠보라는 오크가 있는데 포르간은 그 잠보가 이끄는 일당이다."

"네? 하지만, 그 오크의 일당…? 과 짐승 사이에 어떤 관계가 있는 겁니까?"

"조용히." 카츠하루는 몸을 쓱 낮추더니 칼자루를 잡았다.

시호루도 머리를 낮게 하고서 숨을 죽이고 있다. 아무래도 쿠자크도 태세를 갖추고 가만히 있는 편이 좋을 것 같다.

그대로 2분인지 3분은 꼼짝도 하지 않고 있었던 것 같다. 점점 힘들어졌다. 하지만 쿠자크의 경우엔 부주의하게 움직이다가는 장비 때문에 아무래도 소리가 나게 된다. 이제 됐다는 말을 들을 때까지는 참아야 한다.

하지만, 아직인가? 하고 기다리지만 말고 주위를 살피거나 무슨일이 일어나면 어떻게 할지를 생각하고 준비를 하는 등, 내가 할 수 있는 일을 해야 하겠지.

어설프단 말이야. 반성해야 해. 이래서는 언제까지고 하루히로를 따라잡을 수가 없다. 하지만 안개 때문에 아무것도 안 보이고, 딱히 아무것도 들리지 않고, 적이 오면 시호루를 지키는 정도밖에 할 수 있는 일은 없을 테고… 아직인가?

"냐아가 있었네…." 카츠하루가 낮은 목소리로 중얼거렸다.

"…냐아?" 시호루가 물었다.

"아. 이녀들은 모르나? 동물이다. 야생 냐아는 사람 앞에 모습을 드러내지 않아. 촌락에서도 은밀히 여럿이 키우고 있지만, 저건 달라. 분명 포르간이 키우는 냐아겠지."

듣다보니 웃음이 나왔다. 냐아. 어감이 너무 귀엽다. 키우는 냐아라니. 아니, 웃을 때가 아니다. 아마도 심각한 이야기일 것이다. 쿠자크는 헛기침을 했다.

"…하지만 그런 건 보이지 않고 기척 같은 것도 전혀 느껴지지 않는데요."

"희미하긴 하지만 방금 전에 울음소리가 들렸다. 냐아 하고. 이제 가까이에는 없어. 우리가 있는 걸 알아차리지 못한 모양이다. 서둘러 갈 길을 가자."

카츠하루가 그렇게 말한다면 그런 거겠지. 역시 남이 시키는 대로만 하면 안정이 된다. 당연히 편하기도 하다. 스스로 생각하거나 하는 건 큰일이네. 하루히로는 대단해. 진짜.

…정말로 깨닫고 보니 그저 고분고분 카츠하루를 따랐고 그 상태에 완전히 익숙해진 자신을 발견하고는 약간 어이가 없었다.

"…마치 개 같네, 나."

"확실히." 앞에서 가는 시호루가 키득 웃었다. "…쿠자크 군은, 개스러워."

"아, 들었나…? 그런가? 나, 그렇게 개 같은가요? 음, 하긴 고양이스럽지는 않지? 그런데 시호루 씨는 개와 고양이 중에서 어느 쪽이 좋아요?"

"…나는, 개, 인가?"

"어라? 정말?"

"엇… 아, 벼, 별로, 쿠자크 군이 개스럽다는 것과는 상관없다고나 할까…."

"아니, 그런 착각 같은 것 안 하니까 괜찮아요. 시호루 씨는 나를 남자로 보지 않잖아요. …그보다 우리 여성진은 다 그렇겠지만…."

"…그렇지도 않은 것 같은데."

"아니, 분명히 그래요. 사실 그랬고. …아니, 아니. 이건 안 되지."

"뭐가…? 궁금해."

"…그렇지요. 여기까지 말해놓고서 비밀이라고 하면 궁금하지요. …뭐, 그겁니다. 있잖아요, 나… 메리 씨한테 고백했다가 바로 차였거든요."

"…역시."

"헉, 눈치 챘던 거야…?"

"왠지 그런 느낌이 든 것뿐이지만."

"창피하네. 하지만 사실이니까 어쩔 수 없나. 결국 동료일 뿐이라고 선을 그었는데."

"…어렵지, 거리감 같은 거. 메리는 고지식하고. 그런 건 빈틈없으니까."

"이제 떨쳐버렸지만요. 떨쳐버리려고 하고 있습니다. …걱정이지만. 같이 간 게 란타 군이고…."

"이녀들의 이야기를 듣고 있노라니." 카츠하루가 웃으면서 온몸을 긁는 것 같은 몸짓을 했다. "왠지 근지럽구먼."

"죄, 죄송합니다….." 시호루는 목을 움츠렸다.

"사과할 건 없어. 나한테도 뭐, 그런 시기가 있었지. 오래된 옛날이지만, 그립구먼. 그건 그렇고….." 카츠하루는 발을 멈췄다. 쪼그리고 앉더니 바닥을 만진다. "…여기서 무슨 일이 있었던 모양이야. 이 발자국은 인간의 것이겠지. 두 명이나 세 명. …두 명인가? 두 명의 인간이 분명 늑대 무리에게 에워싸여… 싸운 흔적은 없어. 그 후에 두 사람은 자기 발로 걸어간 모양이야. 남서 방향이다. 발자국을 따라갈 수 있다면 좋으련만…."

앞쪽이 쑥 낮아지더니 안개가 소용돌이치는 것처럼 흐르고 있다. 격렬하게 싸우는 것 같은 목소리와 소리가 들리는 것은 그 부근에서다. 선두의 모유기가 데이몬 모이라를 이끌고 안개가 움푹 고인 곳에 돌입했다.

"하우왓?!" 유메가 이상한 소리를 냈다. "크로롱 어디 가버린 거야…?"

하루히로도 멍해졌다. 크로우가 없다. 사라졌다. 방금 전까지는 바로 앞에 있었는데. 놀랄 수밖에 없었지만, 서둘러 모유기와 모이라를 쫓아가지 않으면 어긋나버린다. 이렇게 어딘지도 모르는 장소에 유메와 둘만 남는 것은 최악이다.

하루히로와 유메는 발걸음을 빨리했다. 아직까지는 간신히 모유기와 모이라의 뒷모습을 파악할 수 있다. 점점 깊은 곳에 빠져드는 것 같기도? 시호루와 쿠자크, 걱정하고 있겠지? 란타라거나… 라거나랄까, 란타가 쓸데없는 짓을 하지 않으면 좋으련만. 젠장. 모처럼 리더로서의 결의를 새롭게 하고 할 수 있는 한 조심하려고 했는데 이렇게 지독한 실수를 저지르고 만다. 전혀 폼이 안 난다. 자신의 평범함이 정말로, 정말로 싫어진다.

그건 그렇고… 있다. 하고 있다. 싸움이다.

싸움을 벌이고 있다고.

"으라아아아아! 에잇…! 흐야아…! 에에이…! 끄아아아아…!"

들린다. 안개를 찢는 허스키한 남자 목소리가. 인간이다. 그 이외에도 다수의 고함 소리가.

모유기가 멈춰 섰다. 모이라는 혼자 안개 속으로 들어가버려 보이지 않게 되었다.

하루히로와 유메는 모유기를 따라 발을 멈췄다. 눈을 부릅뜨고 보니 흐릿하긴 하지만 사람의 실루엣 같은 것이 보인다. 상당히 커다란 검을 휘두르고 있는 것 같다. 허스키한 목소리의 주인으로 보이는 그 인물에게 잇달아 덤벼드는 집단은 오크인가? 아니면 다른 종족인가? 거기까지는 모르지만, 다수가 한 명을 상대하고 있다. 아무리 생각해도 다수를 이길 수 없을 텐데도 허스키한 목소리의 주인공은 한 걸음도 물러서지 않는다. 그렇기는 해도, 고군분투라고밖에 말할 수 없는 상황이다.

"…저, 모유기 씨. 저건 동료분이지요? 가세하지 않아도…?"

"필요하다면 당연히 뛰어들었습니다. 말할 필요도 없지요. 바보입니까? 자네는?"

"좀 물어본 것뿐인데 그렇게까지 말합니까…?"

"같은 질문이라도 스스로 잘 생각하고 나서 질문하는 것과 그렇지 않은 것과는 전혀 다릅니다. 요컨대 자네는 그저 나를 상위자로 간주하고서 지시를 들으려고 재촉한 것뿐이지요? 결국 바보인 겁니다. 바보와 가위는 쓰기 나름이라고 하니 물론 나라면 잘 사용해드릴 수 있습니다. 어떻습니까? 바보 하루히로 군?"

"…앞으로는 잘 생각하고 나서 물어보도록 하겠습니다."

"그렇게 해주십시오. 나는 바보의 질문을 받고 생각을 방해받는 것을 싫어하니까요."

"모유깅, 심술쟁이네." 유메가 볼을 부풀리며 화를 냈지만 모유기는 가볍게 웃을 뿐, 태연했다. 하지만 모유기가 하는 말은 정론이랄까, 맞는 말이랄까.

　경력은 모유기 쪽이 위다. 틀림없이 실력도. 이길 수 있는 면을 찾는 것이 어려울 정도겠지. 그러니까 모유기는 하루히로보다 레벨이 위고, 하루히로는 모유기를 따라야 한다고 무턱대고 생각했었다. 그 역학 관계를 자연스럽게 받아들이고 있었다.

　모유기는 독설을 섞어 날카롭게 거기에 의문을 던진 것이다. 너는 그걸로 좋은 건가 하고. 하루히로 일행이 꼬리를 흔들며 쫓아오기만 하는 개라면 미끼로 쓰거나 버리는 패로 이용해줘도 좋지만 그 이상의 대우는 절대로 해주지 않는다고 모유기는 선언한 것이다. 같은 새벽 연대니까, 그게 어쨌다는 거야? 동료라고 생각하면 큰 착각이고 대단한 민폐다. 그에 걸맞은 행동을 해서 인정받아보라고.

　말하는 건 신랄하지만 꽤 친절하잖아. 그렇게 생각하기로 했다. 좋아, 그럼 인정하게 만들어주지 하며 분투할 정도로 하루히로는 순순하진 않지만, 미끼나 버리는 패로 이용될 수는 없다. 지금, 모유기와 어깨를 나란히 할 수는 없어도 반성해야 할 점은 반성한다. 배워야 할 것은 배운다. 개선해야 할 점은 고친다. 그들과의 거리를, 차이를, 조금이라도 좁혀간다. 무리일까? 뭐, 달성은 곤란하더라도 도전할 수는 있다.

　생각해라. 잘 생각하는 거다. 그저 생각만 하는 것도 안 된다. 그보다 생각하려면 근거가 필요하다. 정보가 필요하다. 눈으로 보고 귀로 듣는다. 피부로 느낀다.

　여기에서 무슨 일이 일어나고 있나? 모유기 팀은 뭘 하고 있는 건가? 적과 싸우고 있다. 어떤 적인가? 오크가 있었다. 하지만 물론 오크뿐만이 아니었다. 허스키한 목소리의 주인이 싸우는 적은? 오크뿐인가? 역시 다른 종족도? 알고 싶다.

좀 더 알아야 한다.

"저, 좀 더 나가봐도 됩니까? 아니, 가보겠습니다." 하루히로는 대답을 기다리지 않고 모유기 앞으로 나가서 걸어갔다.

유메도 따라온다.

보인다.

그 남자는 대단히 큰, 이상한 형태의 검을 좌우로 휘두르고 있다. 무슨 검이야? 저런 것은 본 적이 없다.

검에는 중심이라는 것이 있다. 검 어딘가를 잡고 저울처럼 들어 수평이 되는 곳이 중심이다. 대개 챙에서 10~20센티미터 정도 위치에 이 중심이 있는데, 그게 아닐 경우엔 무척 다루기 힘들다. 쓸 만한 검이 못 된다고 말해도 될 것이다. 그런데 말이다.

검신이 1.5미터 이상 될 법한 저 남자의 검은 그것만으로도 규격 외인데, 검 끝으로 갈수록 아주 넓어진다. 말하자면 얇게 썬 거대한 버섯 같은 형태를 띤 것이다. 저러면 중심은 한없이 검 끝에 가까운 장소에 있을 것이다. 결과적으로 휘두르는 속도가 느려진다. 아무래도 엄청 크게 휘두를 수밖에 없기 때문에 빈틈이 아주 크게 생긴다.

남자는 그 문제점을 검 이외의 부분으로 해결했다. 발차기다.

적이 다가오면 남자는 발차기를 날린다. 그 킥이 또 엄청난 위력인 것이다. 놀랍게도 남자의 체격은 오크에게 뒤지지 않는다. 만약 하루히로가 저 통나무 같은 다리로 정통으로 차인다면 두 번 다시 일어설 수 없겠지. 물론 남자의 거대 버섯검에 이르러서는 방패로 방어하든, 갑옷을 입었든 견뎌낼 만한 것이 아니다.

접근하려다가는 발로 차이고, 접근하지 않으면 거대 버섯검으로 동강이 나버린다. 그런 남자와 혹시라도 적대시하게 된다면 어떻게 하면 되는가?

하루히로가 생각할 수 있는 방법은 하나밖에 없다.

도망친다. 그것 말고 어떻게 하라고?

보기에도 너무 무섭고. 남자는 투구를 쓰지 않고 대머리를 드러내고 있었고, 입가에 수염을 기른 건 접어두고라도 어째서 검은 안경을 끼고 있는 건가? 위압감만 들 뿐이다. 아무리 봐도 위험한 사람이다.

남자가 "에에잇!" 하고 거대 버섯검을 휘두르자 적이 시체로 변한다. "헤야아! 으라차! 으럅!" 휘두를 때마다 시체가 늘어난다. 남자가 거대 버섯검을 털어내는 틈에 돌격을 감행했던 적이 "이야압!" 발에 차이고, 곧바로 "영차!" 하는 소리와 함께 단칼에 동강이 났다. 순식간에 시체가 겹겹이 쌓인다, 라고 하면 분명히 과장이지만, 그렇게 말하고 싶어질 정도로 남자의 거대 버섯검과 호쾌한 검기, 체격에 비해 재주 좋은 발차기 기술은 압도적이다.

덧붙이자면, 이 안개도 남자를 유리하게 만든다. 남자 입장에서는 다가오는 것은 전부 적이지만 적에게는 반드시 그렇다는 보장은 없다. 이렇게 앞이 안 보이면 인해전술로 사방팔방에서 열 겹, 스무 겹으로 포위하고 밀어붙이는 전법도 적은 취하기 힘들 것이다.

모유기가 가세하려 들지 않는 이유를 알았다. 도와주려고 부주의하게 접근했다가는 오히려 남자의 정신을 흐트러뜨릴 수도 있다. 그렇다면 접근하지 말고 엄호하면 되는 것 아닌가?

엄호하려던 것은 결코 아니었다. 그저 경솔하게도 적에게 들켜버렸다. 그것뿐이다.

"유메…!" 하루히로는 스틸레토와 가드 달린 나이프를 겨누었다.

그놈들은 생각보다 가까이에 있었다. 온다. 녹색 피부. 오크. 두 명이다. 한 명은 파란 머리카락이다. 또 한 명은 빨간 머리. 금속제 갑옷을 입었다. 칼은 분명 외날. 끝이 휘어졌다. 검이 아니라 도 같은데…?

둘이 한꺼번에 공격하면 분명 잠시도 버틸 수 없다. 우선은 오크들을 갈라놓고, 하루히로와 유메가 한 명씩 맡는다.

하루히로는 파란 머리 오크를 향해 돌진해서 두 개의 무기로 연속 공격을 쏟아 부었다. 베기도, 찌르기도 속도 중시다. 맞혀도 별로 큰 부상은 입힐 수 없다. 그래도 기선을 제압하는 것은 가능했다. 유메도 "챠아, 에잇, 타앗!" 헌팅 나이프로 빨간 머리 오크와 칼싸움을 하고 있다. 하루히로는 파란 머리 오크가 방어 자세를 취한 사이에 유메와 등을 마주 대는 위치로 조정했다. 이러다 만약 새로운 적이 와도 뒤에서 공격당하는 것만은 피할 수 있다.

모유기든 모이라든 크로우라도 좋으니 도와주지 않으려나?

기대하지 마. 스스로에게 못을 박는다. 이 정도도 혼자 해결 못해서 어떻게 해? 타인에게 기대려고 하니까 파란 머리 오크가 공격으로 전환하자마자 몸이 움츠러드는 것이다.

"…웃…!"

우와, 역시 빨라.

맹렬하게 목덜미를 노리는 파란 머리 오크의 칼을 왼손의 나이프로 스와트(파리채). 상대는 곧바로 손목을 뒤집어 다소 낮은 상단에서 비스듬히 내리쳤다. 이것은 왼손의 나이프로는 늦는다. 오른손의 스틸레토로 스와트. 채 튕겨내지 못했다. 파란 머리 오크는 찌르기로 덤벼든다. 왼손으로는 밀릴 것 같으니 오른손의 스틸레토로 스와트. 스와트. 스와트. 세다.

이 오크. 일격, 일격이 무거운 건 당연하다고 해도, 능숙하다. 전혀 힘으로 밀어붙이는 것이 아니라 기술이 정확하고 치밀하다. 마치 인간을 상대하는 것 같다고 말하면 이는 오크를 지나치게 얕보는 것이다. 하지만 그것이 하루히로의 실감이었다. 외모가 다를 뿐이지 이 녀석은 인간이다.

인간…?

아니야, 아니다. 몸이 인간보다 크고 힘이 있으니까 지능이나 손재주가 인간과 동등한 것이라고 해도 종합적으로는 인간보다 위라는 말이 된다.

파란 머리 오크가 쏟아내는 칼을 열심히 스와트로 걷어내면서 하루히로는 경악했다. 지금까지 하루히로는 착각을 하고 있었는지도 모른다.

150년 전인지 그쯤에 노 라이프 킹(불사의 왕)이 나타나 언데드(불사족)를 만들어내고 오크와 코볼트, 고블린을 총괄함으로써 일대 세력을 형성했다. 인간족의 나난카 왕국과 이슈마르 왕국은 멸망하고 아라바키아 왕국도 천룡 산맥 남쪽으로 후퇴하게 되고 말았다. 그 결과, 현재도 그림갈의 변방에서는 오크와 언데드가 강세를 떨치고 있다.

그 정도로 노 라이프 킹은 엄청난 존재였던 것이겠지. 왠지 그렇게 생각했던 것은 아닌가?

오크는 똑똑하고 인간족보다 강하기 때문에 이 변방에서 우위에 섰다. 그런 식으로 생각해본 적이 한 번이라도 있었나?

분명히 말해서 없었다.

하루히로는 결국 진짜 오크를 몰랐던 것 아닐까?

"유메!" 하루히로는 파란 머리 오크의 중단에서 하단으로 연결하는 2연속 공격을 간신히 스와트로 넘기고 뒤에 있는 유메의 상황을 힐끔 살폈다. 불과 한순간 본 것뿐이지만 상당히 고전하고 있다는 것만은 틀림없다. 버티지 못한다, 이건.

이대로 가면 언젠가 하루히로도, 유메도 쓰러진다.

새삼 모유기 팀과의 역량 차이를 통감했다. 우리는 너무나 덜되었고 어차피 이길 수 없을 것 같으니까 포기해? 그런 선택지는 없다. 연구다. 연구해. 하루히로는 진짜 오크를 몰랐었지만, 상대도 하루히로 팀을 모른다. "…2, 1…."

"웅냣!" 유메는 몸을 돌렸다. 동시에 하루히로도 방향을 틀었다. 스위치(교체).

파란 머리 오크는 하루히로의 싸움 방식에 익숙해졌고 빨간 머리 오크는 유메의 움직임을 파악해가던 중일 것이다. 상대가 갑자기 바뀌면 누구나 당황한다. 인간이라도, 오크라도 마찬가지겠지. 그 동안에 숨 쉴 틈 없이 공격한다. 당연히 이쪽도 상대를 모르기 때문에 위험 부담은 있지만, 현상 유지로는 승산이 희박하니까 위험을 무릅쓰고 해보는 수밖에 없다.

하루히로는 과감히 빨간 머리 오크의 사정거리 안으로 파고들어, 슬랩(손바닥 치기), 셔터(무릎 깨기), 히터(턱 빼기)를 노리는 척하다가, 컷(다리 베기), 셔터로 연결했다. 다 깊지는 않았지만, 빨간 머리 오크는 콤보(연속 기술)에 당황했다.

지금이다.

옆구리를 빠져나가 등 뒤에 자리 잡는다. 스틸레토로 백 스태브(등 찌르기). 한 발이 아니다. 두 발, 세 발 찔렀다. 갑옷은 뚫었지만 치명상까지는 아니다.

빨간 머리 오크가 뒤를 돌아본다.

다시 뒤로 돌아가 백 스태브를 3연속.

빨간 머리 오크는 비틀거렸으나, "오옷슈…!"라며 기합을 넣고 버텼다. 그럴 것이라고 생각했었기 때문에 하루히로는 곧바로 놈의 등에 달라붙었다. 빨간 머리 오크는 투구를 썼다. 단, 눈과 입 부분은 크게 뚫려 있고 빨간 머리카락도 삐져나오는 그런 투구다. 입안에 가드 나이프를 쑤셔 박고 오른쪽 안구에 스틸레토를 찔렀다. 사이를 두지 않고 곧바로 뽑아내고는 휙 떨어졌다.

빨간 머리 오크는 "우오고오…"라고 신음하면서 바닥에 무릎을 꿇었지만 아직 쓰러지지는 않는다.

얼마나 터프한 거야? 빈사 상태라도 완전히 숨이 멎을 때까지는 뭘 할지 모른다. 그렇게 생각해야 한다. 마음을 독하게 먹어라. 하루히로는 빨간 머리 오크를 발로 차 쓰러뜨리자마자 그 오른쪽 눈에 스틸레토 검을 쑤셔 박았다. "…미안하지만…!"

죽어. 죽어. 죽어. 죽어. 죽어줘.

…마침내 움직이지 않게 된 빨간 머리 오크를 그대로 두고 하루히로는 유메 쪽을 보았다. 유메는 월도 월이로 파란 머리 오크의 검을 캉캉캉캉 때리고는 있지만 상당히 지친 게 보였다. 한시라도 빨리 도우러 들어가고 싶다. 하지만 조바심내지 마. 하루히로에게는

하루히로에게 맞는 방식이라는 것이 있다.

먼저 호흡을 진정시켜 가다듬고서, 온몸에서 쓸데없는 힘을 빼고 기척을 지운다. 안개를 걷어버릴 수는 없어도 머릿속을 맑게 하는 거라면 가능하다. 시야가 단숨에 넓어진다. 보인다. 들린다. 느껴진다. 육체에서 떨어져나간 의식이 자기 자신을 포함한 이 부근 일대를 비스듬히 위에서 내려다보는 것 같은 감각. 바르바라 선생님께 배운 스텔스(은폐)와는 다소 다른 것 같기도 하지만, 이것이 하루히로에게는 최고의 상태. 모유기. 아까 있던 장소에서 한 걸음도 움직이지 않고 솜씨를 구경하겠다는 느낌으로 우뚝 서 있다. 그럴 것이라고 생각했었고, 열을 받거나 하지는 않는다. 저 남자를 감탄해서 신음하게 만들 수는 없겠지만, 할 수 있는 일은 한다. 거칠어지지 않게, 이 안개처럼.

하루히로는 유메와 싸우고 있는 파란 머리 오크의 뒤쪽으로 돌아갔다. 파란 머리 오크는 물론이고 유메도 하루히로의 움직임을 알아차리지 못했다. 예의 선은 보이지 않지만, 망설임은 전혀 없었다. 가드 나이프를 칼집에 넣고 스틸레토로 백 스태브. 깊이 들어가서 파란 머리 오크가 한순간 멈췄다. 사이를 두지 않고 바로 어레스트(결박). 파란 머리 오크의 왼팔을 붙잡았다. 불의의 기습에 이렇게까지 팔꿈치를 확실히 눌러버리면 체격 차이 같은 것은 관계없어진다. 간단히 자세를 무너뜨려 넘어뜨릴 수 있다. 벌러덩 자빠진 파란 머리 오크의 왼쪽 눈을 스틸레토로 찔렀다.

"우냣…!" 유메가 덤벼들어 파란 머리 오크의 오른쪽 손목을 월도로 내리쳤다. 손목을 날려버리지는 못했으나, 오른손에 들고 있던 칼이 날아갔다.

분명 그 순간 파란 머리 오크는 이제 틀렸다고 생각했을 것이다. 절망이 전해졌다. 그래도 파란 머리 오크는 기력을 쥐어짜 내어 일어서려고 했다.

그렇게 두지는 않겠다.

위에 올라타 스틸레토를 빼내어 다시 찔렀다. 빼고는 찌른다. 파란 머리 오크의 안면을 마구 찌른다. 찌르는 데에 특화된 스틸레토의 관통력과 살상력은 무시무시할 정도다. 파란 머리 오크가 숨이 끊어질 때까지 그리 시간은 걸리지 않았다.

어떠냐? 이렇게 말할 생각은 아니었지만, 하루히로는 고개를 뒤로 돌려 모유기를 보았다.

없잖아.

"에에이…! 으아아! 헤이얏! 꿍차…! 오오우아! 으라차아아…!"

검은 안경 대머리 사나이는 여전히 거대 버섯검으로 적을 베기도 하고 겁을 주어 물러서게 하기도 하고 적을 발로 차서 물리치기도 했다.

검은 안경 대머리에게 차여 날아가 엉덩방아를 찧은 오크가 일어서려고 하다가… 일어설 수 없었다. 그전에, 어느 틈엔가 이동했던 모유기가 뒤에서 놈의 목덜미를 가늘고 긴 검으로 찔렀다.

"자, 그럼." 검을 뽑고는 모유기는 왼손 가운뎃손가락으로 안경 브리지를 눌렀다. "슬슬 시간이 됐습니다. 8을 세는 동안에 정리하겠습니다. 1…."

흐름이 눈에 보이는 형태로 급변했다. 지금까지 검은 안경 대머리에게 집중했던 적이 분산된다. 적의 약 반수 정도가 표적을 모유기로 바꾼 것이 아닌가!

그중 한 명이 쓰러졌다. 화살인가? 분명 크로우가 쏜 것이다. 하지만 다른 적이 모유기를 발로 차려고 했다. 모유기는 피하지 않는다. 피하기는커녕, 아직 안경 브리지를 누른 자세 그대로 "2…"라고 숫자를 세고 있다. 뭐하는 거야? 저 사람. 위험하잖아. 그 걱정을 부정하는 것처럼 안개 속에서 모이라가 쓱 튀어나와 모유기에게 덤벼들던 적을 '이야아아아아아'라며 떼어내 쓰러뜨려버렸다. 그와 거의 동시에 또 다른 적이 화살 두 발을 연속으로 맞고 무너졌다. 모유기는 "3…"이라고 세면서 다른 적, 하얀 머리 오크와 검을 섞기 시작했다. 그 바로 직전에 모유기는 하루히로에게 시선을 향했다. 뭐야? 결국 우리를 쓰잖아. 괜찮긴 하지만.

스텔스로 안개 속을 헤엄쳐 나아간다. 하루히로가 하얀 머리 오크의 뒤로 자리하자 모유기는 "4…"라고 세면서, 마치 상대에게 흥미를 잃은 것처럼 쓱 왼쪽으로 몸을 틀더니 그쪽을 공격하려고 했다. 그 뒷모습은 텅 비었다. 뭐, 하는 수밖에 없네. 스파이더(거미 죽이기)로 몰고 가 하얀 머리 오크를 처치하려고 애쓰는 하루히로를 곁눈질로 보면서 모유기는 유유히 다른 적을 푹 찔렀다. "…5…. 6…."

정말 뭐냐고? 저 사람.

순식간에 적의 숫자가 줄어든다.

안개 속에 숨어 크로우가 화살로 사살한다. 모이라는 모유기를 미끼로 해서 적을 습격한다. 모유기도 적을 대충 찔러 죽인다. 물론, 검은 안경 대머리는 거대 버섯검으로 적을 계속 베고 있다.

그들이 어떻게 해서 적을 무찌르는 건지. 그것은 하루히로도 알 수 있었다. 하지만 그런 식으로 일이 원활하게 진행되는 것은 이상하지 않은가? 마술이라도 보는 것 같다.

"7…." 모유기는 당장이라도 고꾸라질 것 같은 발걸음으로 후퇴했다. 오크가 아닌, 팔이 네 개나 있는 인간형 적이 모유기를 향해서 돌격했다. 그 오른쪽 옆구리에 화살이 박히더니 반대쪽에서 모이라가 '이야아아아아아…!'라고 외치며 태클을 감행했다. 적은 모이라에게 깔려버렸다. '이야아아아아아… 이야아아아아아아…. 이야아아아아아아아아아아아아아아아아아아아아…!'

모유기는 도저히 말로 표현하기 힘든 방법으로 적을 참살하려고 하는 모이라를 힐끔 보더니 우아한 동작으로 가느다란 검을 칼집에 넣었다. "8…. 완료입니다. 내 계산대로군요."

한숨밖에 안 나온다.

하루히로는 머리를 흔들었다.

없다. 그만큼 있던 적이. 적어도 보이는 범위에는 한 명도. 우선 서 있지는 않다.

정말로 모유기가 8을 세는 동안에 끝나버렸다.

그야 모유기 본인이 카운트했으니까 세는 속도를 조정할 수 있으니 좀 치사한 듯하지 않은 것도 아니지만, 그렇다고 해도.

"음…." 검은 안경 대머리가 낮게 웅얼거리면서 거대 버섯검을 바닥에 꽂고 천천히 고개를 좌우로 꺾었다. "…그러게, 요."

"수고했어." 크로우가 어디에선가 불쑥 나타나 검은 안경 대머리의 어깨를 두드렸다. "카지타."

카지타라 불린 검은 안경 대머리는 콧수염을 움직이며 말없이 엄지를 세워 보였다.

모이라가 연기가 피어오르는 것처럼 흔들거리며 일어났다. 네 개의 팔을 가진 적은 꼼짝도 하지 않는다. 그보다 원형을 유지하지 못했다. 아무리 적이라도 그렇게까지 사체를 훼손할 건 없지 않을까? 아니면 이것이 데이몬의 방식인 건가? 란타의 조디악도 언젠가는 …?

끔찍한 상상을 해버리고 말았다.

"…저." 하루히로는 다시 한 번 머리를 흔들었다. "…이… 뭐랄까, 팔이 네 개 있는 적은, 무슨…?"

"뭐야? 모르나?" 크로우가 어이가 없다는 듯이 과장된 표정을 지으며 말했다. "언데드잖아. 팔이 네 개 있는 건 다보아룸이라 불린다. 불린다기보다는 자칭인 셈이지. 다보아룸은 네 개의 팔이라는 의미라고 한다."

"이것이 언데드…." 하루히로는 목울대 부근을 문질렀다.

모이라에게 당한 놈은 원래의 모습은 흔적도 찾아볼 수 없었기 때문에 같은 종류로 보이는 다른 시체를 찾아보니… 있다. 이것도. 저것도. 그것도. 오크가 아닌 것은 분명 전부 언데드겠지.

언데드는 인간을 닮지 않은 것은 아니다. 큰 틀은 그야 인간형이지만, 다보아룸인지 뭔지처럼 팔이 네 개 있거나, 혹은 팔은 두 개지만 묘하게 길거나, 극단적으로 동체가 길고 다리가 짧거나, 엉덩이가 유난히 크거나, 머리가 이상하게 크거나 했다. 그리고 피부를 거의 노출하지 않는다. 천이며 가죽이며 금속으로 몸을 가리고 있고, 가끔씩 엿보이는 피부는 유난히 거무튀튀하거나 흙빛이거나 회색이거나 창백하거나 했다. 그리고 오크와 달리 놈들의 상처에서는 피가 흘러나오지 않는다. 대신에 기분 나쁜 갈색 점액 같은 것이 배어나온다.

"우냥…." 유메가 흠칫흠칫 언데드의 시체로 다가가 쪼그리고 앉았다. "…있잖아, 유메 있지, 전부터 신기하다고 생각한 게 하나 있는데 말이야."

"그래." 크로우가 유메 옆까지 가서 영차 하고 앉았다. "뭐든지 물어봐. 하긴 내가 대답해줄 수 있는 일 이외에는 거짓말밖에 가르쳐줄 수 없지만."

"거짓말 할 거면, 유메, 이건 거짓말이니까 믿으면 안 된다고 분명히 말해줘야 해?"

"와하핫. 알았다, 알았어. 오케이, 오케이. 그러지. 그렇게 하지."

"있잖아, 언데드란 건 언의 데드잖아?"

"응? 뭐, 뭐? 언의 데드? 무슨 말이야? 그게."

"그러니까, 데드의 언이잖아. 언은 아니라는 거지?"

"우와핫. 아니, 재미있긴 한데, 의미를 모르겠는데? 그보다, 귀엽네, 너. 무슨 동물 같고."

"씩! 씩! 유메, 동물이지만 인간이야! 아, 그럼 동물인가?"

"우하핫. 뭐냐? 너. 한 집에 한 마리는 있어야 한다는 그건가? 우하하하핫." 크로우는 유메의 머리를 끌어안는 것처럼 잡고는 마구 쓰다듬었다. "어이, 모유기, 카지타. 나 이거 키워도 돼?"

"먹이는." 모유기의 안경이 음산하게 빛났다. "매번 반드시 직접 챙겨주십시오."

카지타는 엄지를 세우고 히죽 웃었다. "그러게, 요."

"…즉." 이대로 뒀다간 결말이 안 날 것 같아서 하루히로는 온 힘을 다해 통역해보기로 했다. "데드는 죽었다는 뜻이고 언은 부정이니까, 언데드는 죽지 않는 것 아니냐고, 그렇게 말하고 싶은 것 같은데요."

"하루 군, 바로 그거야!" 유메는 크로우의 손을 뿌리쳤다. "…아이, 진짜! 머리가 질퍽질퍽 헝클어지잖아!"

"…유메, 질퍽질퍽은 좀 아닌 것 같아…."

"응? 질끈질끈? 퍽석퍽석? 아우, 뭔지 모르겠다."

"힛힛힛…." 크로우는 배를 쥐고서 웅크리고 있다. "이크. 배 아파. 재미있어, 너 진짜. 그렇구나, 그래. 하고 싶었던 말은 그것뿐인가? 그렇군. 응. 그렇지. 한자로 쓰면 불사족인데 말이야. 그런데 죽거든, 이놈들은."

…한자?

아, 한문 말인가. 그렇지. 한자로 쓰면… 어라…?

한자가 뭔지는 안다. 글자를 말하는 거다. 그림갈에서도 사용한다. 하지만, 뭔가… 그래, 그렇지. 한자?

한자라고는 아무도 부르지 않은 것 같은?

몇 종류인가 있는 글자 중의 한 종류로 표의 문자라고밖에. 무슨 이름이 있는지도 모르지만 들어본 적은 없다. 틀림없이 한자인데.

"왜 그래? 후배." 크로우가 말을 걸었다. 그쪽을 보니 크로우는 실실 웃고 있기는 했으나 눈빛만은 날카로웠다. "뭔가 마음에 걸리는 일이라도 있는 건가? 말해봐."

"…아니요." 하루히로는 고개를 저었다. "아무것도 아닙니다."

"그런가." 크로우는 숨을 한 번 내쉬더니 언데드의 시체를 향해서 턱짓을 했다. "그럼 됐고. 그런데, 언데드 말인데. 이놈들에게는 코어(생명 핵)라는 것이 있어서 그것을 부숴버리면 뒈진다고 여겨진다. 코어는 대개 머릿속에 있어서 목부터 위만 무사하면 시체의 부위를 끌어 모아서 부활해버리거든. 괴상한 놈들이야."

"여겨진다?" 하루히로는 눈살을 찌푸렸다. "…확실히 확인된 것은 아니라는 뜻입니까? 그 코어라는 것의 존재가."

"맞아. 코어는 발견되지 않았습니다." 모유기가 담담히 말했다. "언데드는 원래 노 라이프 킹의 저주에 의해 태어난 종족이라고 여겨집니다. 사실 현재도 사람이 생명 활동을 정지한 채로 방치되면 언젠가는 저주에 의해 움직이지요. 이것은 사람에 국한된 것이 아닙니다만. 엘프, 드워프, 오크, 고블린, 코볼트, 센토, 놈 등 메이저한 지적 생명 종들뿐만 아니라 온갖 지적 생명체가 사후 3일부터 5일 뒤에 소위 좀비로 변해버린다고 알려졌습니다. 그러나 좀비가 되어도 언데드가 되지는 않지요. 어째서인가? 노 라이프 킹이 세상에서 모습을 감춘 사실과 관계가 있는 것은 아닐까 하는 설이 있지만, 어쨌든 저주는 아직 기능하고 있지요. 그리고 언데드는 과거에 노 라이프 킹이 있었을 무렵에 그의 저주에 의해 태어났습니다. 여기에서 나는, 소위 코어는 언데드의 몸속에 있는 것이 아니라, 언데드에게 어떠한 형태로 깃들어 있는 것이 아닐까 라는 가설을 세웠습니다. 그 형태가 망가짐으로써 그들은 언데드가 아니게 되어버리지요. 바꿔 말하자면…"

"길어." 카지타가 엄지를 일단 세웠다가 내렸다. "빌어먹게 길어."

모유기는 혀를 찼다. "…그럼 이쯤 해두겠습니다. 너무 긴 이야기를 해버렸군요. 내 작전은 말할 필요도 없이 계속 중입니다. 그럼 다음 단계로 이행합니다. 자!"

"어…." 하루히로는 유메와 시선을 교환했다. 유메는 어리둥절한 것 같았다. 실토하자면, 하루히로도 마찬가지였다. "…다음… 이라니…?"

"갈까." 크로우가 일어서서 허리를 쭉 뻗으면서 손가락을 꺾었다. "앞으로 둘인가? 중년한테는 힘드네."

카지타가 가볍게 거대 버섯검을 둘러멨다. "그러게, 요."

"아니, 카지타. 너 보기엔 그래도 나보다 훨씬 젊잖아? 낙승일 텐데, 사실은. 여유만만한 거 아니야?"

카지타는 말없이 엄지를 세워 보였다.

모유기는 모이라를 데리고 이미 꽤 멀리에 가 있었다.

"앞으로 둘…." 하루히로는 비틀거리며 걷기 시작했다. "…빨리 끝내야 하겠지?"

이걸로 괜찮은 건가? 아닌가? 알 수 없게 되었다.

안개는 아직 짙고, 깊다.

지금까지 숱한… 이랄까, 거의 무적이라고 해도 될 만큼 여러 번, 그 누구라도 희망을 잃고 자포자기가 되어버릴 만한 엄청난 위기에 빠졌었지만 그 모든 것을 근사하게 극복했다. 곤란한 국면 같은 건 아무것도 아니다. 그렇게 생각하고 있다. 나라면 반드시 타개할 수 있다. 그렇게 믿기도 했다. 자신이 있다. 자신감 콸콸이다!

그는 히죽 웃었다. 방금 그건 꽤 웃기네. 자신감 콸콸. 차라리 외칠 걸 그랬나? 글쎄? 애매하다. 큰 소리를 냈다가는 야단맞을지도? 야단맞는 정도로는 끝나지 않을지도? 야단맞는다거나 그런 차원의 문제가 아닐지도?

안개다.

여전히 그는 안개 속에 있다.

안개투성이라 뭘 할 수가 있어야지 하는 생각이 저절로 든다.

참 내.

이 안개로 인한 시야 불량을 이용해서 도망칠 수 없을까?

무리인가? 천하의 그라고 해도 그건 다소 어려울 것 같다.

그야 묶여 있으니까.

깔끔하게 결박당해버렸잖아…?

밧줄이 그의 상반신을 꽉 조이고 있다. 이건 그거다. 소위 귀갑 매듭의 한 종류다. 귀갑 묶기라는 것이다. 너무나 의외다. 다리는 자유롭지만, 두 손은 뒤로 해서 쇠고랑을 채웠기 때문에 마음먹은 대로 움직일 수가 없다. 쇠고랑에서 이어진 밧줄은 바로 옆에 있는 나무 밑동에 꽉 묶여 있다. 서 있으면 지치기 때문에 그는 땅바닥에 앉아 양반다리를 하고 있다.

투구는 벗겨졌다. 갑옷은 입은 채다. 묶이기 전에 꼼꼼하다기보다는 난폭한 몸수색을 당하고 무기를 포함한 소지품은 전부 압수당했다. 그야 당연한가?

몸수색이니까.

그도, 이 녀석도 같은 일을 당했다.

힐끔 옆을 본다. 그와 그녀의 어깨는 맞닿을 것 같다. 그의 바로 옆에서 그녀는 정좌하고 고개를 숙이고 있다. 어이 어이 어… 이. 그렇게 달라붙지 말라고. 마음이 있는 거야? 응? 어느 쪽이야? 어때? 그렇게 농담을 해보는 것도 좋겠지만, 하지 않았다. 할 수 없다. 혼날지도 모르고. 혹시나 혼나는 정도로 끝나지 않을지도 모르고. 자칫하다가는… 죽을지도…?

안개 때문에 잘 보이지 않아서 여기가 어떤 장소인지는 모르지만, 언덕 위라거나 높은 장소는 아니다. 바로 가까이에 동굴이 있다. 물론, 예의 출구와는 다른 동굴이다.

이 근처에 있는 것은 그와 그녀뿐이 아니다. 그밖에도 있다. 많이 있다.

우선은, 저거다. 저 손재주가 뛰어나 보이고 머리가 좀 큰 고양이 같은 생물. 저것이 그와 그녀 주위에 잔뜩 있다. 그와 그녀는 저 고양이 같은 생물에게 둘러싸여 있다고 해도 좋을 것이다. 나무 위에 있는 놈, 지상에 있는 놈, 누워 있는 놈, 몸을 웅크리고 있는 놈, 여러 마리였는데, 감시당하고 있다는 느낌은 든다. 아니, 확실히 감시당하고 있다. 이 생물이 야생이 아니라는 것은 이미 알고 있다.

고양이 같은 생물뿐만이 아니다. 동굴 부근에 있는 새카만 늑대들도 그렇다. 놈들은 전부 사육되고 있다.

저 고블린한테서.

동굴 옆에 여전히 몸을 눕히고 있는, 다른 놈들보다 한 둘레는 더 큰, 웅대하다고 할 정도로 지나치게 큰 검은 늑대 옆에 앉아 그 목덜미를 사랑스럽다는 듯이 쓰다듬어주고 있는 저 고블린이 아무래도 고양이 같은 생물과 늑대들의 주인인 모양이다. 그의 관찰에 의하면 그렇게 판단할 수밖에 없었다.

도대체 정체가 뭔지, 가죽 같은 것으로 만든 딱 맞는 옷을 입은 저 고블린. 얼굴도 고블린이고 체형도 고블린이고 체격도 고블린. 아무리 봐도 고블린스러운 고블린인데, 뭔가 다르다. 차분하다고나 할까, 머리가 좋아 보인다고나 할까, 왠지 애수 같은 것까지 떠돈다고나 할까.

그냥 고블린이 아니네, 저놈. 대단한 고블린인데?

보면 알잖아. 그야 그렇지….

"…저, 저기 말이야?" 그는 극한까지 목소리를 낮추고 말해봤다. "그렇게 낙담하지 말라니까. 우리는 아직 살아 있으니까. 살아 있으면 어떻게든 된다고. 알았어…?"

"그러네." 그녀는 아래를 향한 채로 내뱉는 것처럼 말했다. "살아 있으면, 엎드려 비는 것 정도는 할 수 있지."

"윽…."

순식간에 암흑의 기억이 되살아난다. 엎드려 조아리기.

확실히 엎드려 빌기는… 했지만 말이야?! 늑대한테 포위당하고 뭔가 엄청 위험한 분위기여서?! 순간적으로?! 반사적으로, 채용 가능한 초이스로서?! 마스터 초이스잖아?!

그래, 했다, 했어!

했다고.

해버렸다고. 그때에는 뭐.

엎드려 빌긴 했지만 말이야?!

그게 어때서? 잘됐잖아, 결과적으로.

"…더, 덕분에 살아 있는 거잖아, 우리. 그 자리에서 죽지 않았잖아. 조금은 감사하라고. 나 님의 신속하면서도 정확한 엎드려 조아리기가 상대를 압도한 거니까."

"어이없게 만든 거겠지."

"…어느 쪽이든, 살았잖아. 포지티브하게 생각해, 메리."

"이 상황에서 포지티브하게?" 메리는 가느다란 한숨을 내쉬었다. "농담은 그만해."

란타는 새삼 메리를 곁눈질로 보았다. 뭐, 좀처럼 포지티브하게 될 수 없는 게 당연한 건가?

묶여 있고?

밧줄이 약간 몸에 파고들고? 미묘하게 야한? 미묘하달까, 상당히 야한가?

참고로 란타도, 메리도 묶은 것은 저 고블린이다. 몸수색을 한 것도. 메리의 온몸을 고블린이 더듬었다는 말이다. 그때에는 그런 생각을 할 겨를은 없었지만, 지금 와서 생각해보니 부럽다. 그게 아니라! 예끼! 이놈. 고블린 주제에! 나도 만져본 적 없는데!

"…뭘, 보는 거야?" 메리가 노려본다.

"아, 안 봤어." 란타는 고개를 앞으로 돌렸다. "…본 건 맞지만. 그래… 봤다, 봤어. 봤습니다. 보면 안 돼? 쳇. …괜찮아? 힘들거나 아프거나….”

“변태.”

“나, 나는! 걱정돼서…!”

“목소리.”

“웃….” 란타는 황급히 입을 다물고 주위를 둘러보았다.

고양이 같은 생물이 다들 이쪽을 보고 있다. 검은 늑대들도. 저 고블린도.

그리고 그 이외의 놈들도.

실은 고양이 같은 생물, 검은 늑대, 고블린에다가 이 일대에는 녹색 피부를 한 오크도 몇 명인가 있다. 오크가 아닌, 피부를 감춘 인간형도 몇 명 있다. 놈들은 동굴에서 나오기도 하고 들어가기도 하며 근처를 얼쩡거리고 있다.

도대체 뭐냐고? 이놈들. 무슨 그룹이야?

무엇보다도 어째서 우리를 죽이려고 하지 않는 거지? 마음만 먹으면 죽일 수 있었을 것이다. 지금도 간단히 죽일 수 있다. 오크는 인간족의 적이 아닌가? 다무로와 그 부근에 있어야 할 고블린이 왜 이런 장소에?

란타는 또 힐끔 메리를 보았다. 당장은 죽이지 않는다는 건가? 즐거움은 이제부터라는? 즐거움이라고 하면 역시, 그건가? 그것인 건가? 케헷헷헷, 돌아가며 놀아주마, 네놈들… 그런 거? 메리가 위험해지는, 그런 건가? 그런 거랄까, 이미 진작부터 위험해?

그렇… 지.

언제 죽어도 이상할 것은 없다는 건, 언제 당해도 이상할 것 없다는 뜻이기도 하다. 메리도 그런 건 알고 있겠지. 분명 험한 꼴을 당한다. 차라리 죽는 게 낫다. 그 정도는 생각하고 있음이 틀림없다.

어느 쪽이 먼저일까? 란타가 죽임을 당하고, 그 뒤가 메리인가? 살아 있는 란타의 눈앞에서 메리가… 라는 패턴도 상당히 정신적으로 오는 것이 있을 것 같다. 보고 싶지 않은 것 같은, 보고 싶은 것 같은. 아니, 아니야. 보고 싶지 않아. 보고 싶을 리가 없지. 란타는 눈을 꼭 감았다. 무, 무, 무, 무, 무서워어어어어. 장난 아니게 무서워어어어어. 싫어 싫어 싫어 이런 건 싫다. 살려줘, 도와줘, 살려주세요, 부탁입니다!

"웃…" 하고 메리가 숨을 멈추는 기척이 느껴졌다.

란타는 눈을 떴다. 아주 크게 떴다.

동굴에서 누군가 나왔다. 누군가. 저건 오크가 아니다. 고블린도 아니다. 인간형 생물도 아니다. 인간형이기는 하다. 그야… 인간이니까.

온다. 걸어온다. 인간이다. 부수수한 긴 머리를 정수리 부근에서 묶었다. 얼굴은 수염투성이다. 뺨이 움푹 들어갔다. 기모노? 비슷한 옷을 입고, 허리띠를 묶고, 왼손을 목깃에 넣었다. 오른팔은… 없어? 아니면 소매 속에 숨기고 있는 것뿐인가? 물고 있는 가늘고 긴 것은 파이프 같다. 담배를 피우고 있다. 남자는 애꾸눈이다. 왼쪽 눈은 그냥 눈을 감고 있는 것이 아니다. 상처 자국이 있다.

40대일까? 완전히 중년이다. 하지만.

어떻게 된 거야?

인간이, 오크와 고블린과 함께 있다? 동료, 인 건가…?

"흠…." 중년은 란타와 메리 바로 앞에서 발을 멈추더니 목깃에서 꺼낸 왼손으로 턱을 문질렀다. 쓱쓱 소리가 났다. 허리에 흰 검을 차고 있다. 도 같은. "…좋은 여자다. 실로 맛있겠어."

"먹을 거야?" 자기도 모르게 란타는 딴지를 걸었다.

중년은 두꺼운 눈썹을 올리고 란타를 내려다봤다. "이쪽 애송이는 팔팔하네."

"신선도를 중시하는 거야? 젠자아아아아아아아아앙. …자, 잡아 먹히는 거야? 우리…."

"…그런 게, 아니지 않아?"

"시끄러워, 메리! 그보다 너 왜 냉정한 거야?!"

"별로 냉정한 게…."

"자, 진정해." 중년은 하품을 했다. "확실히 네놈들을 삶아 먹든 구워 먹든 우리 마음이다. 언제든지 어떻게든 할 수 있어. 온사가 변덕을 부리지만 않았다면 네놈들은 진작 흑랑들의 먹이가 되었을 거다. 그러나 그렇게 되지 않았다. 우선은 그 행운을 기뻐하지그 래? 응?"

고블린이 대흑랑을 쓰다듬으면서 이쪽을 보고 있다. 온사라는 것은 저 고블린의 이름인지도 모르겠다.

란타는 메리의 상태를 살폈다. 메리는 고개를 숙이고 어깨를 들썩이고 있다. 호흡이 거칠다. 온몸을 바들바들 떨고 있다. 겁을 먹은 건가? 당연하다.

란타는 심호흡을 하고 중년의 눈을 응시했다. 무서워서 견딜 수가 없지만, 겁을 먹고 있다고 보이고 싶지는 않다. 최흉 암흑 기사의 자존심이라는 것이 있다.

"죽여라. 죽일 거면 어서 죽여. 하지만 말이지, 너희는 죽이지 않아. 뭔가 이유가 있지?"

"별 대단한 이유는 아니지만." 중년은 후 하고 연기를 내뿜었다. "붙잡은 놈은 어떤 놈이든 함부로 죽이지 않게 되어 있다. 규정이라는 것에."

"규정…? 당신들, 어떤 모임인 거야?"

"모르나? 우리에 관해서."

"그야." 란타는 입술을 핥았다. 뭐야.

지금 당장 죽임을 당하지는 않는다. 중년은 그렇게 보장했다. 그렇다면 뭘 두려워할 필요가 있지? 무섭지 않아. 전혀 조금도 무섭지 않아.

"잠깐 다른 세계에 갔다가 오는 길이라서."

"다른 세계." 중년의 눈빛이 약간 변했다. 흥미를 가진 모양이다. 좋아, 좋아.

"이래 봬도 다소는 이름이 알려진 의용병이라고, 나. 더욱이 다른 세계에서 경험을 마구 쌓아서, 한 뼘도 아니고 두 뼘은 성장해서 그림갈로 귀환한 거지. 듣고 싶다면 이야기보따리를 풀어줄 수도 있는데?"

"…바보 아니야?" 메리가 작은 목소리로 뭔가 중얼거렸지만, 알 게 뭐야.

"그건 정말이지 피가 끓고 근육이 약동하는 굉장한 대모험, 아니! 초모험의 연속이었다고! 낯선 토지, 경이로운 생물들, 우리가 소지한 돈에는 눈길 한 번 주지도 않고, 말도 안 통하고, 그때까지 축적한 경험이 통하지 않는, 그런 세계에서의 초절정 서바이벌! 어때?! 들어두지 않으면 분명히 후회할 텐데?! 괜찮겠어?! 안 들어도?! 나라면 들을 텐데?!"

"그렇군." 중년은 고개를 기울이고 다시 담배 연기를 뿜어냈다. "사양해두지."

"말도 안 돼애애애앵."

"한 가지 물어보겠다."

"뭐, 뭐든지 물어봐?! 아, 아닛! 사, 사안에 따라서는?! 대답해줄 수도 있다고나 할까, 대답하는 거에 인색하지는 않거든…?"

"대답하는 게 몸을 위해 좋을 거다. 네놈들, 촌락과는 어떤 관계지?"

"촐라악…?" 란타는 메리와 시선을 교환했다. 메리는 모른다는 듯이 고개를 저었다. 란타도 짐작 가는 바가 없는데, 솔직하게 대답해도 되는 걸까? "…촐락? 촐랑인가?"

중년을 올려다본다. 표정에서 진의를 읽어내려고 했지만, 틀렸다. 표정다운 표정은 떠올라 있지 않았다. 중년은 무표정하다. 이건 직감에 맡기는 수밖에 없다.

"…촐랑, 말이지. 아, 알지? 그야, 촐랑 하면 나니까. 촐랑대지 않는다면 거짓말이 되고. 그리고 촐싹도 그리 나쁘지는 않고? 촐랑과 촐싹의 근사한 관계에 관해서라면 밤새도록 이야기할 수 있지만, 그건 다음 기회에 하기로 하고…."

"그렇군." 중년은 왼손으로 머리를 벅벅 긁으면서 얼굴을 찡그렸다. "모르면서 아는 척을 하는 건지, 일부러 능청을 떠는 건지 잘 모르겠군."

"훗…." 란타는 눈을 감았다. 그렇지, 그래. 바로 그게 노리는 바다.

"처치해도 문제없을 것 같네."

"뭐엇?! 왜 그렇게 되는데?! 되는 겁니꺄?! 겁니꺄? 겁니꺄가 뭐야?!"

"네놈, 제법 재미있는 놈이지만, 시끄러워."

"이, 입 닥치겠습니다. ……. 닥친다. 닥치겠다?"

"여자." 중년은 몸을 숙여 메리의 온몸을 핥는 것처럼 훑어보았다. "인간 여자라는 것은 다른 종족이 봐도 신기하게도 나쁘지 않은 모양이야. 우리는 남자 식구뿐이다. 쓸데없이 저항하지만 않는다면 죽지는 않을 수도 있어."

메리는 아무 말도 하지 않는다. 바닥에 시선을 떨어뜨리고 이를 악물고 있다. 가까운 장래에 찾아올 무시무시한 운명을 상상하고 아무 말도 할 수가 없는 건지도 모른다.

란타도 메리에게 동정할 때가 아닌 것이다. 이대로 가면 메리는 오크며 고블린의 노리개가 되고, 란타는 그 전후에 죽임을 당한다. 최흉 암흑 기사 란타 님에 한해서 이런 곳에서 그렇게 죽는 건 있을 수 없는 일이다. 솔직히 별로 현실감이 없다. 죽는다 죽는달까 죽임 당한다 죽임 당한다 사기일 거야. 죽임당할 리가 없다. 그렇다. 당연히 괜찮을 거야.

괜찮을 거라고 생각하고 싶은 것뿐인가?

정말로 죽을 때에는 의외로 이런 것이라거나…?

죽는다.

죽는 건가?

거짓말이지?

죽을 수는 없다. 아직 죽을 수 없어.

아직 여자와 해보지도 못했는데…!

아니, 그야, 그림갈에 오기 전 일은 기억나지 않으니까 어쩌면 경험했을지도 모르지만, 기억나지 않는 건 못 해본 것과 마찬가지다. 최소한 해보고 나서 죽고 싶다. 아니, 아니. 죽고 싶지 않아. 해보고, 완전 많이 해보고, 살고 싶다. 무슨 일이 있어도 살아야 한다. 이 최흉 암흑 기사님이 이 정도 일로 목숨을 잃는다는 건 인류의 손실이다. 인류 전체를 위해 살아남는 수밖에 없다. 하지만 어떻게 해서…?

"성가시게 하지 마." 중년은 그렇게 말하고 낮게 웃더니 파이프 담배를 피우면서 동굴 쪽으로 걸어갔다.

란타는 혀를 찼다. 아뿔싸.

중년이 가버리기 전에, 적어도 한 발 더, 극적으로, 화려하게, 강력한 엎드려 조아리기를 시전해둘 걸 그랬다.

6. 표리일체

"…질리지도 않나 보네." 신관복을 입은 스포츠머리 사내가 쇠몽둥이를 앞으로 쓱 내밀었다.

머리카락을 여러 색으로 나눠 물들인 오크는 일부러 그 쇠몽둥이를 향해 칼을 내리친 건가? 하루히로의 눈에는 그렇게밖에 비치지 않았지만, 그럴 리가 없다. 스포츠머리 사내는 비교적 몸집이 작고, 오크는 작게 잡아도 190센티미터는 된다. 힘은 오크 쪽이 셀 것 같지만, 그렇다고 해도 칼로 쇠몽둥이를 때려 부러뜨릴 수는 없겠지. 저건 분명 스포츠머리의 기술이다. 상대를 유인해서 자기가 바라는 곳을 치게 만들어 상대의 힘을 이용해서 반격한다.

스포츠머리의 쇠몽둥이가 회전해서 오크의 옆얼굴을 세게 때렸다. 하지만 역시 오크는 튼튼하다. 저런 쇠인지 뭔지 딱딱하고 중량도 제법 나가 보이는 몽둥이로 힘껏 얼굴을 맞았는데도, 비틀거리면서도 쓰러지지는 않는다. 스포츠머리는 충분히 추가 공격을 할 수도 있었을 텐데 그러지 않고 물러섰다.

"내가…!" 안개를 찢고 길쭉한 느낌의 남자가 뒤에서 오크를 덮쳤다. 남자는 두 손에 무기를 들고 있다. 이도류다. 게다가 적의 뒤로 파고드는 저 방식. 저 남자는 도적인 것이다. 하지만 저것은. "…내가 인기가 없는 것도, 내가 행복해질 수 없는 것도, 내가 지저분한 슬픔에 사로잡힌 것도, 내 영혼이 구원받을 길 없는 것도, 내가 만인에게서 인정받고 절찬받지 못하는 것도, 내 하렘이 형성되지 않는 것도 모두, 전부, 네 탓이다…!"

저 유연성의 한계에 도전하는 것 같은 몸놀림. 빠르기는 빠르지만, 그보다 꿈틀꿈틀, 흐느적 흐느적거리고, 엉망진창이고, 뭔가 기분 나쁘다. 오크를 밀쳐 넘어뜨리고 마구 퍽퍽 찌르는 건 좋지만, 어째서 그렇게 원한을 품어야 하는 건가? 그보다, 아무리 생각해도 전부 오크 탓이 아니다. 완전히 그냥 화풀이잖아…?

게다가 남자는 오크가 움직이지 않게 되자 천천히 일어나서 적의 피로 범벅이 된 얼굴로 이렇게 중얼거렸다. "…또 한 가지 죄를 저질러버렸다. 신은, 내 안의 신은, 죽었다…!"

의미 불명이다. 이제 마음대로 하세요. 뭐, 말하지 않아도 마음대로 할 듯, 도적은 또 변태적인 발걸음으로 안개 속으로 숨어들어가 보이지 않게 되었다. 참고로, 스포츠머리 신관은 다른 오크의 공격을 쇠몽둥이로 받아넘기기도 하고 반격을 가하기도 하고 있다.

"츠가와 사카나미는 예정대로 풀어두겠습니다." 모유기는 오른손 가운뎃손가락으로 안경 브리지를 누르면서 말하더니 곧바로 걷기 시작했다. "우리는 다음으로 갑니다."

모이라는 모유기의 데이몬이니까 잠자코 따르는 건 당연하다고 해도, 크로우까지 "네… 엡"이라며 따라가는 건 뭐지? 하긴 저 스포츠머리 신관 츠가와 이상한 도적 사카나미도 동료일 것이다. '타이푼 록스'의 일원인 것이다. 그런데도 먼발치에서 두 사람이 싸우는 모습을 구경만 하더니 말도 걸지 않고 뒷일은 알 바 아니라는 듯한 태도는 과연 문제없는 걸까?

우물쭈물하는 하루히로의 어깨에 커다란 손이 올라왔다. 그쪽을 보니 대머리에 검은 안경의 거한 카지타가 콧수염을 움직이며 엄지를 세우고 있었다. 뭐야? 그거. 무슨 사인?

"…아, 네"라고밖에 대답할 수 없었다.

카지타는 거대 버섯검을 어깨에 둘러메고 크로우 뒤를 따라갔다. 천천히 어깨로 바람을 가른다고나 할까, 참으로 당당한 걸음걸이다. 저런 사람은 고민한다거나 망설이거나 하지 않는 걸까? 그렇지도 않은가? 어느 쪽이지?

유메가 등을 콕 찔렀다. "하루 군, 갈까?"

"아… 응."

그렇다. 가는 수밖에 없다. 뭐랄까, 계속 이러네. 괜찮은 거야? 이걸로?

페이스가 마구 흐트러진다. 아니, 전혀 페이스를 종잡을 수가 없다. 자기 페이스라는 것이 실존하는지 의심하고 싶어진다. 하루히로는 유메와 함께 카지타의 뒷모습을 좇아가면서, 정말로 나약하네 하고 내심 부끄러운 기분을 맛보았다. 언제나 함께 있는 여섯 명이서라면, 어떻게든 자기가 리드하고, 정리하고, 형태다운 것을 만들수 있다. 그러나 이렇게 다른 요소가 조금이라도 끼어들면 곧바로 틀어진다. 눈 깜짝할 사이에 모든 것이 우수수 무너지고, 뭘 어떻게 해야 좋을지조차 알 수 없게 되어버린다. 어째서지…?

뭐가 잘못된 거지? 뭐가 부족한 건가? 뭐가 결여된 거야?

전부 다, 라고 말해버리는 것은 도망치는 거라는 느낌이 든다. 그걸 말하면 끝이라고나 할까.

분해서, 자기 자신한테 화가 나서 견딜 수가 없다. 이대로는 있고 싶지 않다.

"유메… 잠깐."

"호왕?"

"나, 모유기 씨와 이야기하고 싶어."

"웅냐. 알았어. 그럼 유메는 카지탕 옆에 있을겨."

카지타가 돌아보고 엄지를 세웠다. 말이 없고 뭔지 잘 알 수 없는 사람이지만, 안심되는 느낌은 있다.

하루히로는 종종걸음으로 카지타를, 크로우를 추월해서 모이라 옆에 섰다. 갑자기 모이라가 하루히로에게 뻥 뚫린 구멍 같은 눈을 향했다. '이야아아아아아아아아아아아…….'

무섭다니까.

아니, 무서워하고 있을 수는 없다. 흡수다. 가르침이든 뭐든 청해서 흡수할 수 있는 것은 흡수한다. 자기 것으로 만든다.

"……저, 모유기 씨. 이건……."

"쓸데없는 질문이라면 무시하겠습니다"라고 말해주는 걸 보면, 이 모유기라는 남자는 의외로 남을 잘 돌봐주는 건지도 모른다. 아니면, 말하는 걸 좋아한다고나 할까, 단순히 수다 떨기를 좋아하는 건가?

"저, 생각해봤는데요, 이건… 이 작전은, 보통은 전력이란 건 집중시키는 것이지만, 그 반대라고나 할까… 일부러 흩어짐으로써 적의 압도적으로 많은 전력을 분산시켜서 각개격파하는 것 같은, 그런 노림수라거나… 그런 겁니까?"

"나라면 그런 바보 같은 작전을 선택하지는 않습니다만."

"……저도, 설령 생각한다고 해도 실행하지는 않을 거라고 생각하지만요. 너무나 위험 부담이 크달까."

"단, 전술이라는 것은 공식이나 공리처럼 그것을 대입하면 답이 도출되는 것이 아니지요. 무수한 조건에 의해 과정이, 그리고 당연히 결과도 변화하는 겁니다."

그건 안다. 하루히로 팀 나름대로의 패턴 같은 것이 있긴 하지만, 역시 상대에 따라 달라지기도 한다. 어떤 적인지. 어떤 장소에서 싸우는지. 기습을 당하는지. 갑자기 쳐들어올지. 여러 가지 조건에 의해 취해야 할 형태는 변한다. 바꿀 수밖에 없다.

"이번에는 어쩌다 보니 보통은 하지 않는 작전을 선택할 만한 조건이 갖춰졌다… 그런 뜻입니까?"

"바꿔 말하자면, 전술이라는 것은 아닙니다." 모유기는 하루히로의 질문에 직접 대답해주지는 않았다. "에센스는 물론 있죠. 일은 이렇게 돌아가는 것이라거나, 이런 때에는 이렇게 해야 한다거나. 하지만 그래도 예외가 있습니다. 결국은 결단을 내릴 때 고려해야 할 하나의 요소일 뿐입니다. 강하다는 건 어떤 것이라고 생각합니까?"

"네?"

이야기가 산으로 가네. 그게 아니면 연결되는 건가?

"…뭐, 이길 수 있다는 것일까요? 평범한 답변이지만, 강자가 이기는 게 아니라 이긴 자가 강하다는, 그런."

"진리이긴 합니다. 예를 들면, 현역 최강의 암흑 기사인 나는 탁월한 신체 능력을 갖고 있는 것도, 보기 드문 암흑마법의 소질을 갖고 있는 것도 아닙니다."

현역 최강은 양보하지 않네. 그렇게 생각하면서 하루히로는 끄덕였다. "…네에."

"딱밤 한 방으로 용을 죽여버리는 용사가 있다고 칩시다. 그런 자라도 잠들었을 때 습격하거나 독을 타거나 하면 간단히 죽어버립니다. 사실 그렇게 해서 목숨을 잃은 영웅은 헤아릴 수 없이 많지요.

그럴 겁니다. 유감스럽게도, 원래 있던 세계에 관해서는 기억나지 않으므로 구체적인 예는 떠오르지 않습니다만. 여기에서는 노 라이프 킹이 그 사례에 해당할까?"

"…힘은, 필요 없다는 뜻인가요?"

"있으면 있어서 나쁠 것은 없습니다. 있는 것은 활용할 수 있지요. 그러나, 누구나 훈련하면 100미터를 9초대에 달릴 수 있게 되는 것은 아니지요? 하긴 이 세계에서는 적어도 현재까지는 1초도 안 되는 시간을 정확하게 계측하는 기술은 존재하지 않는 것 같습니다만. 원래 있던 세계에서는 있었을 거라고 생각합니다."

"슬쩍슬쩍 끼워 넣네요. 그, 원래 있던 세계라는 말을…."

"마음에 걸리지 않습니까? 그렇다면 바보로군. 대개의 사람들은 바보지만요."

"제가 바보인지, 아닌지는 잘 모르겠습니다만… 솔직히 궁금하긴 합니다."

"자네도 새벽 연대의 일원이니까 그럴 것이라고는 생각했습니다."

시마가 말했었다.

『우리는 원래 세계로 돌아갈 방법을 찾고 있어.』

"소우마는 노 라이프 킹 부활의 전조가 있다고 보고, 구 이슈마르 왕국령, 언데드 DC(불사의 천령)에 침입을 목적으로 새벽 연대를 결성했습니다. 전조가 있는지 어떤지는 접어두고, 언데드 DC의 에베레스트에서 잠들었다는 노 라이프 킹은 언젠가는 부활하겠지요. 저주는 계속되고 있으니. 그리고 그때에는 오르타나뿐만 아니라 분명 아라바키아 왕국 본토도 무사하지는 않을 터. 우리는 어쩔 수 없이 싸우게 되겠지요. 인간족의 존망을, 우리 한 사람 한 사람의 생사를 걸고, 가능하면 그전에 해결합니다. 노 라이프 킹을 보다 빨리 멸합니다. 소우마는 그것을 위해 힘을 결집하려고 합니다. 표면적으로는 말이죠."

"…진짜 목적은, 원래 세계로 돌아가는 것…?"

"노 라이프 킹을 해치우지 않으면 애초에 밑천도 건지지 못할 국면을 맞이할지도 모르기 때문에, 표면적이라고는 해도 단순한 제목은 아닙니다. 어쨌든 나는 강해져야만 하고. 지켜야 할 것을 지키고, 바라는 것을 손에 넣고, 잃어버렸을 것으로 여겨지는 것을 되찾기 위해서."

모유기는 키가 작지는 않지만, 장신이라고 할 정도도 아니다. 길쭉하게 보이는 것은 몸이 말랐기 때문이겠지. 최소한의 근육은 붙어 있겠지만, 근육이 발달했다고는 도저히 말할 수 없다. 몸짓에서 강한 힘은 느껴지지 않고, 민첩하지도 않고, 본인 왈, 딱히 암흑마법의 재능을 타고난 것도 아니라고 한다.

아마도 하루히로는 마음만 먹으면 모유기 뒤로 파고들 수 있겠지. 예상이긴 하지만, 팔 힘이나 순발력, 어쩌면 지구력도 모유기보다 하루히로 쪽이 위다.

하지만 이길 수 없다. 뒤로 파고들어서 필살의 일격을 날릴 준비가 된다고 해도, 거기서부터 역전당한다. 그렇게 생각할 수밖에 없었다.

우선 모이라가 있다. 애초에 하루히로가 뒤를 노리는 것을 모유기는 예측할 것이 틀림없다. 무슨 일이든 그렇지만, 예상만 하고 있으면 대처법은 있다. 모유기는 하루히로에게서 공격당할 것을 간파한 후에 덫을 놓을 것이다.

어떤 덫을?

모르겠다. 상상도 못 하겠다.

정체불명의 덫을 향해 돌진해서 생환할 수 있을까?

가능성이 보이지 않는다. 무서워서 발이 움츠러든다. 머리도 안 돌아간다.

이래서는 당연히 진다.

"누구라도 한 수 뒤까지는 예상하고 행동하는 것입니다."

"…그보다 더 멀리 봐야 하는 거군요."

"나는 백년 뒤까지 예측하고 움직인다, 그렇게 말하고 싶지만, 분기점이 너무 많아서 현실적으로는 불가능합니다."

"그러니까… 그럼, 모유기 씨는 10년 뒤 정도까지는 본다는 건가요?"

"항상 세 수 뒤지요. 현역 최강 암흑 기사인 나라도 그 정도가 한계입니다."

의외로 적다고 생각했지만, 하루히로는 곧바로 생각을 고쳤다. 항상이라고 모유기는 말했다. 처음 한 번만 세 수 뒤까지 예측하고 그걸로 끝이 아닌 것이다. 한 수가 진행될 때마다 세 수 뒤까지 생각하는 거라면, 계속 끊임없이 머리를 굴리면서 해야만 한다.

지친다니까. 그건 피폐해진다. 힘들다고. 너무 힘들어서 코피가 난다고.

강해져서 이기기 위해서는 그렇게까지 해야 하는 건가?

그 말이 맞다. 천재가 아니니까, 선택된 자가 아니니까, 그렇게까지 하지 않으면 이길 수 없다. 강해질 수는 없다. 그런 뜻이겠지.

이 직종에서는 지면 목숨까지 빼앗길 수도 있다. 죽고 싶지 않으면, 힘들든 지치든 하는 수밖에 없다. 그렇지 않으면, 그저 감에 의지하며 하다가 어떻게 간신히 이기는 동안에는 괜찮겠지만, 언젠가는 패하고 죽는다. 그것이 싫다면 발을 빼는 수밖에 없다.

"저, 모유기 씨."

"뭡니까?"

"고맙습니다. 참고가 되었습니다. 엄청 많이."

모유기는 코끝으로 웃었을 뿐 아무 말도 하지 않았다.

생각한다. 지금까지도 생각하고 있다고 생각했었다. 하지만 생각에 생각을 거듭해서 한계까지 끝까지 생각했었냐 하면, 가슴을 펴고 물론 그랬다고 답할 수는 없다.

자기 나름대로 소박하게나마 열심히 생각했으니 이 정도로 괜찮겠지 하는 마음이 항상 어딘가에 없었던가?

궁극의 지점까지 파고들지는 않았었다. 그것은 틀림없다. 고만고만한 정도로는 노력하지만, 마지막 순간에 이제 죽이 되든 밥이 되든 될 대로 되라는 식으로 손을 놓아버리는 면이 있었다. 이만큼 했으니까 괜찮겠지. 누군가에게서 불평을 듣지는 않겠지.

그런 인간과, 생각을 숙성시켜가며 끊임없이 생각하는 인간과는 차이가 나는 것이 당연하다.

능력이 다른 것이 아니다. 할 수 있는 일을 최대한으로 하고 있는지, 아닌지. 단지 그뿐인 차이가 겹치고 쌓여 엄청나게 큰 차이가 된다.

"…그런데." 하루히로는 대답을 기대하지 않고 물어봤다. "적이라는 저들은 도대체 뭡니까? 모유기 씨 파티는 왜 저놈들과 싸우는 겁니까?"

"우리가 싸우는 이유를 한 마디로 말하자면." 모유기가 대답해서 오히려 놀랐다. "미친 겁니다."

"미… 친?" 하루히로는 고개를 갸웃거렸다.

바로 이해가 되지 않는 동안에 다음이 닥쳐온 모양이다. 안개는 여전히 짙다. 덕분에 보이지는 않지만 소리가 들린다. 목소리도 들린다. 모유기는 이번에도 우선은 상황을 살피는 건가 했는데, 걸음을 늦출 기색을 보이지 않는다.

이 부근은 비교적 평평하지만, 가늘고 똑바로 쭉 뻗은 거무튀튀한 나무가 우거져 있다. 그 사이를 빠져나가야 하기 때문에 역시 걷기 편하지는 않다.

"크로우, 카지타." 모유기가 발을 멈추지 않고 손을 흔들어 뭔가 사인을 보냈다.

하루히로는 자기도 모르게 지시를 구해버릴 것 같았지만, 그럼 안 된다. 그전에 생각해라. 돌아보니 크로우는 오른쪽 방향으로, 카지타는 왼쪽 방향으로 이동하려고 했다. 유메가 손가락을 물고서 이쪽을 보고 있다. 크로우는 있는 위치를 적에게 들키지 않고 사살하는 것이 특기인 모양이니까 방해하지 않는 것이 좋다. 너무 멀리 떨어지지도 않고 너무 가깝지도 않은 거리에서 카지타를 엄호하자.

하루히로는 유메가 있는 곳까지 돌아가 함께 카지타를 쫓아갔다.

모유기는 모이라를 데리고 그대로 걸어갈 모양이다.

카지타가 하루히로에게 얼굴을 향하고 엄지를 세워 보였다. 무시하는 것도 좀 그러네. 하루히로는 약간 망설였지만, 똑같이 엄지를 세워 대답해봤다. 카지타는 만족스러운 듯했다. 그런 것 같다.

모습은 아직 확인할 수 없지만, 이윽고 목소리는 제법 식별할 수 있게 되었다. 오크가 아마도 여럿. 그리고 인간 남자와 여자도 있는 것 같다. 남자와 여자가 한 명씩인가? 단, 두 사람은 큰 소리를 내는 것이 아니다. 때때로 날카로운 기합 소리를 발하는 정도다.

"록…!" 일부러 그런 것이겠지. 모유기가 외쳤다.

곧바로 "오!" 하고 그야말로 기운이 넘치는 듯한 남자 목소리가 돌아왔다. "…계획대로로군! 다 죽여버린다…!"

"오오오오오오오오오오오오오오오오오오오오오오오오…!"

갑자기 카지타가 천지를 뒤흔드는 듯한 큰 소리를 냈다. 그냥 목소리가 아니다. 특수한 발성법으로 인간의 목소리라고는 생각할 수 없는 소리를 내서 듣는 이에게 겁을 준다. 전사의 워 크라이(돌격의 함성). 그런 것치고도 이렇게까지 엄청난 건 처음 들었다. 하루히로는 자기도 모르게 귀를 틀어막고서 쪼그리고 앉을 뻔했다. 유메도 머리를 흔들면서 눈이 돌아가는 모습이다. 오겠네, 이건.

적이 이쪽으로 다가온다.

당연히 오라고 외친 포효겠지.

"유메, 내 앞으로!"

"…냣!" 유메는 머리를 부르르 흔들고는 월도 월이를 뽑으면서 하루히로 앞으로 나섰다.

하루히로는 오른손에 스틸레토, 왼손에 가드 나이프를 쥐고, 호흡을 가다듬고, 기척을 죽이고, 스텔스했다. 유메의 그늘에 숨는 것 같아서 폼은 안 나지만, 체면 같은 건 이참에 상관없다. 반응하는 것이 아니라, 생각하고, 스스로 움직인다. 그러기 위해서는 이렇게 할 필요가 있다.

어느 틈엔가 스와트로 막아내서 상대에게 빈틈이 생기면 거기에 파고드는 싸움 방식이 몸에 배어버렸다. 하지만 하루히로는 도적이다. 스와트는 어디까지 긴급 피난을 위한 스킬일 뿐, 적을 가까이 유인하는 것은 도적이 할 일이 아니다. 도적의 스킬은 기습전법, 도적작법, 싸움살법의 세 종류로 크게 나뉜다. 전투에 있어서 진면목은 공격인 것이다.

안개 너머에서 오크가 튀어나왔다.

"웅차…!" 카지타가 거대 버섯검으로 반격한다. 거무튀튀한 나무와 함께 오크를 베어버리려고 했으나, 이것은 피했다.

오크 두 명, 세 명이 나타나 카지타에게 몰려든다. 괜찮은 건가? 그런 걱정은 하지 않는다. 저 정도는 예상한 범위 내일 테고 카지타도 하루히로 따위의 걱정을 사고 싶지는 않을 것이다. 게다가 이쪽으로도 온다. 맞은편 왼쪽 방향. 저건, 오크… 가 아니다. 언데드인가? 네 개의 팔이 달린 다보아룸이 아니다. 목이 묘하게 길고 이상하게 처진 어깨에 팔이 길다.

하루히로는 조용히 서는 위치를 수정했다. 언데드와 유메를 잇는 직선의 연장선상. 여기다. 여기라면 언데드에게는 하루히로가 보이지 않는다. 놈은 하루히로를 알아차리지 못한다.

유메가 달려 나간다. 언데드가 돌격한다. 더 기다려야 하나? 아니. 망설임을 떨쳐내고 하루히로도 움직였다. 스텔스를 유지한 채로 유메의 오른쪽을 다소 크게 돌아 언데드에게 물결처럼 다가갔다.

언데드는 아직 하루히로를 알아차리지 못했다. 잠시 후 유메의 월도와 언데드의 검이 불꽃을 날렸다. 그 뒤가 아닌, 그 직전에 하루히로는 언데드 뒤로 파고들었다. 스틸레토와 나이프로 x자를 그리는 것처럼 놈의 묘하게 긴 목을 찢었다. 견디지 못하고 무릎이 꺾이는 놈의 정수리에 유메가 월이를 내리쳤다. "…타잇…!"

머리가 깨지자 언데드는 힘을 잃었다. 마치 망가진 인형 같다. 하루히로는 숨도 쉬지 않고 유메 뒤로 돌아갔다.

카지타는 세 명의 오크를 동시에 상대하고 있다. 아직 한 명도 쓰러뜨리지 못했다. 저 오크들은 만만치 않은 모양이다.

"유메, 카지타 씨의 적을 한 명 줄이자."

"우냥." 유메가 오크 한 명을 향해서 빠른 걸음으로 걸어갔다. 그림자. 하루히로는 대담한 유메의 그림자로 변했다.

오크가 유메를 알아차렸다. 온다. 한 명뿐이다. 나머지 둘은 카지타에게 붙어 있다. 금색으로 물들인 땋은 머리에 무기는 도. 키는 카지타와 같은 정도인가? 체격에 비해 몸놀림이 가벼웠다. 머리가 위아래로 거의 움직이지 않는 것을 보니 중심이 안정되었다는 증거겠지. 얼핏 보기에는 경장이지만, 목까지 확실하게 지키는 갑옷을 입었다. 무릎과 팔꿈치에도 보호구. 종아리 보호대. 손등 보호대. 카지타가 애를 먹을 만하다. 실력자가 틀림없다.

스텔스를 유지한 채로 유메의 왼쪽에서 걸어 나가려고 했더니 금방 금발 오크가 감지했다. 과연 날카롭다. 하루히로는 곧바로 유메의 등 뒤로 다시 몸을 숨겼다. 그 직후, 금발 오크와 유메가 격렬하게 육박전을 시작했다. 금발 오크의 칼은 유메의 월이보다 길다. 근력도 금발 오크 쪽이 위. 유메는 뒤로 물러서면서 간신히 막아내는 느낌이다. 금발 오크는 유메에게 압력을 가하면서 하루히로를 신경 쓰는 여유까지 있다.

빨리 유메를 지원하지 않으면. 무작정 덤벼도 소용없다. 생각해

라. 서둘러. 당황하지 마. 생각해라.

"유메, 물러나…!"

"…큭!" 유메가 비스듬히 왼쪽 뒤를 향해서 재빨리 몸을 돌렸다. 구멍쥐.

곧바로 하루히로가 앞으로 나섰다. 이걸로 금발 오크는 유메를 쫓아갈 수 없다. 하루히로는 가능한 한 기백을 솟구치게 해서 어설트(강습)를 감행할 자세를 보였다. "오오오오…!"

이 금발 오크는 온 힘을 다해 때리지 않으면, 단번에 걷어차여 날려갈 수도 있다. 처음부터 전력으로 간다. 금발 오크는 받아들이겠다는 듯한 느낌을 보였다. 이쪽을 얕봐주지 않는다. 성가신 상대다. 무기의 유효 범위가 상당히 다르고 육박하지 않으면 애초에 싸움이 되지 않는다. 하루히로는 태클을 하는 것 같은 기세로 돌진했다. 그러는 척하다가, 오른발로 진흙에 가까운 흙을 차올렸다. 프린치(귀신 겁주기). 요컨대 모래던지기 같은 거다. 실전에서는 별로 사용하지 않지만, 흙은 금발 오크의 얼굴까지 확실히 날아갔다. 금발 오크는 전혀 겁먹지 않고 팔을 쓱 든 것만으로 이를 방어했다. 그사이에 하루히로는 돌진… 하지 않고, 몸을 돌렸다.

"우르가…?!" 금발 오크는 이것에는 허를 찔린 모양이다. 그리고 망설였다. 함정이 아닌가 생각한 것이겠지. 사실 함정이라고 하면 함정이다.

하루히로는 4미터 정도 달려가 다시 금발 오크 쪽으로 몸을 돌렸다. 옆으로 걸어가 금발 오크를 유메와 양쪽으로 막고 협공하는 것 같은 위치까지 이동했다. 하루히로는 유메에게 눈짓을 하려고 했으나 그럴 필요는 없었다. 유메는 월이를 칼집에 넣고 투척용 나이프를 뽑자마자 던졌다. "…별 뽑기다냐아아…!"

금발 오크는 반사적으로 몸을 틀어 투척용 나이프를 피했다. 하루히로는 금발 오크의 뒤로 접근하려고 했지만, 상대가 눈치 채서 곧바로 물러났다.

그사이에 유메가 화살을 겨눴다. 화살을 쏜다. 3연사. 연사다.

금발 오크는 첫 번째와 두 번째까지는 가볍게 피했으나, 세 번째는 칼로 쳐냈다.

그 뒤에 놈은 한순간 하루히로를 놓쳤다.

스텔스를 구사해서 지근거리까지 다가간 하루히로를 알아차리고는 제아무리 금발 오크라도 깜짝 놀랐다. 하루히로는, 지금이다 하는 듯이… 공격하지는 않는다.

후퇴해서 다시 떨어진다.

금발 오크는 얼이 빠짐과 동시에 경계하는 것 같았다. 이제 하루히로의 의도를 간파했는지도 모른다. 간파했다고 해도 이젠 어떻게도 할 수 없을 것이다. 적어도 잽싸게 하루히로와 유메를 처치한다는 것은 현실적이 아니다.

이쪽은 시간을 벌 셈이기 때문이다. 물론, 쓰러뜨릴 수 있다면 쓰러뜨린다. 하지만 무리는 결코 하지 않는다.

금발 오크로서는 지구전에 응해 힘의 차이로 이기거나, 빨리 하루히로나 유메 중 한쪽을 굴복시키고 1대1로 몰고 가거나 둘 중 하나의 선택지가 될 것이다. 사실, 후자는 할 수 있었다면 이미 했을 것이다. 금발 오크는 하루히로와 유메보다 강하지만, 그 정도까지 큰 역량차이는 없다. 금발 오크도 그것은 알고 있을 것이다.

결과적으로, 오크가 조바심을 내주면 좋겠지만 그렇게 되지는 않는다. 금발 오크는 배짱을 부렸다. 마지막에 이기면 된다. 다소 시간이 걸린다고 해도 이길 수 있다고 가늠하고 천천히 공격해온 것이다. 놈의 자신감은 흔들림이 없겠지.

사실 이대로 계속해서 싸우다가는 하루히로와 유메는 승기를 찾지 못하고 패할지도 모른다. 그러니까 금발 오크는 옳은 판단을 했다. 하루히로 팀도 또한 이 상황 속에서는 취할 수 있는 최선의 수를 선택한 것이지만, 양쪽이 다 실수하지 않으면 이겨 마땅한 자가 이긴다.

승리를 확신하면서 자만심에 빠지는 기색은 일절 없는 금발 오크의 왼쪽 가슴에 화살이 박혔다.

"…후왕?" 유메는 고개를 갸웃거렸다. 유메의 활에는 화살이 걸린 채였다.

쏜 것은 유메가 아니다.

금발 오크는 낮게 신음하고 비틀거렸지만, 버티고 서서 화살이 날아온 쪽으로 몸을 돌렸다. 그러자 놈의 오른팔에 또다시 화살이 박혔다. 사이를 두지 않고 곧바로 세 발째의 화살이 가슴 한가운데에 명중했다. 갑옷을 간단히 뚫어버렸다. 엄청난 강궁이다. 금발 오크는 한쪽 무릎을 꿇었다.

"나를 이용할 줄이야." 크로우가 안개 속에서 걸어 나왔다. 활은 등에 지고 외날 검을 손에 들고 있다. 오크들의 칼과 비슷한 무기다. "건방진 놈이야."

금발 오크는 일어서서 칼을 왼손으로 바꿔 잡았다. 평소 쓰는 손이 아닐 텐데도 날카로운 공격이었다. 하지만 크로우는 간단히 튕겨내고 금발 오크의 목을 쳐버렸다.

"이용하다니, 무슨 그런." 하루히로는 가만히 숨을 내쉬었다. "오해를 초래할 말을."

"나한테 기대지 말라고. 기대오면 외면하고 싶어지는 성격이거든." 크로우는 금발 오크의 시체에서 화살을 뽑아내어 회수하더니 가볍게 손을 흔들고는 다시 안개 속으로 사라졌다.

"…하루 군, 크로롱이 와줄 거라고 생각했던 거야?"

"최악의 경우, 카지타 씨가 오크 두 사람을 해치우고 도와줄 때까지 버티면… 이라고는 생각했는데." 하루히로는 카지타 쪽을 보았다. 마침 지금 오크를 한 명, 거대 버섯검으로 호쾌하게 동강낸 참이니까 앞으로 한 명. 아니, 새로운 적이 온 것 같다.

흐릿해서 대강의 윤곽 정도밖에 아직 보이지 않지만, 오크와 언데드가 한 명씩인가? 유메를 재촉해서 새로운 적을 방해하러 가려고 했는데 오크 쪽이 쓰러지고 언데드가 우두커니 멈춰 섰다. 크로우가 해치운 건가?

"으랴아아오오아아아아…!" 카지타가 짖더니 마주 선 오크를 밀어붙인다.

밀고, 또 민다.

오크를 상대로, 힘으로 지지 않는 정도가 아니라 완전히 이기고 있다.

한 번은 발을 멈췄던 언데드가 달려가 오크를 도우려고 했지만, 늦었다. 오크가 괴로움에서 벗어나려고 하는 것처럼 마구 휘둘러댄 칼을 카지타의 거대 버섯검이 쳐서 부러뜨렸다. 그 순간 승부는 났다. 카지타는 대담하게 쓱 내딛더니 오크를 발로 차 쓰러뜨리고는 곧이어 거대 버섯검을 날린다. 오크의 머리는 박살 났다. 흩어졌다.

카지타는 한숨 돌리지도 않고 언데드에게 덤벼들려고 한다. 가세는 불필요하다. 하루히로는 유메와 마주 보고 끄덕인 후에 전진하기로 했다.

뭔가 앞으로, 앞으로 끌려가는 것 같은 감각이 있다.

이 앞에 '타이푼 록스'의 리더 록이 있는 것이다. 크로우. 모유기. 카지타. 사카나미. 츠가. 이 보기 드문 강렬한 멤버들을 이끄는 록이란 도대체 어떤 사나이일까? 역시 그들에게 뒤지지 않을 만큼 괴짜일까? 의외로 상식인이라거나? 하지만 솔직히 이름난 의용병, 특히 클랜과 파티의 리더 중에서 개성적이지 않은 사람은 거의 없었던 것 같은? 정상적인… 아니, 상식적인 사람은 오리온의 시노하라 씨 정도 아닐까…?

하루히로 같은 인간이 유명해질 일은 절대로 없겠지. 사실 이런 수수하고 평범한 사람이 이끄는 평범한 파티가 새벽 연대에 들어간 시점에서, 이상하게 나쁜 의미로 눈에 띌 가능성은 있다. 게다가 더 스크렐름(황혼세계)에서 조난당하고, 전멸한 것이 틀림없다고 여겨졌을 것이다. 분명 잊고 있었을 것이다. 그런데 실은 살아 있고, 돌아왔다. 이렇게 되면 이건 이미 엄청나게 화제가 되어버리는 게…? 어디에 가도 화젯거리가 되고 놀림받을 것 같은? 오르타나에는 돌아가지 않는 게 좋은 것 아닐까…?

물론 성급한 이야기다. 지나치게 성급하다. 아직 돌아갈 수 있을지 어떨지도 모르니까. 지금은 무사히 돌아가는 일에만 모든 힘을 기울인다. 그러기 위해서 우선은 이 싸움을 극복해야 한다.

뭐, 아무리 기합을 넣어봤자, 별반 있지도 않은 지혜를 그래도 쥐어짜 낼 수 있을 만큼 짜봤자, 발을 들일 수조차 없는 영역이라는 것이 있는 거지만.

"…하고 있네." 하루히로는 멈춰 섰다.

유메는 하루히로 옆에서 "호쵸오…"라고 희한한 소리를 냈다.

1대1이다.

인간 남자와, 다보아룸으로 보이는 팔 네 개 달린 언데드가 맞장을 뜨고 있었다.

저 다보아룸은 위험하다. 하루히로 같은 애송이가 봐도 한눈에 알겠다. 우선 4도류이고. 각각의 손에 칼을 한 자루씩 들고 자유자재로 다루는 것이다. 하루히로였다면 대책 없이 당해버릴 자신이 있다. 그런 건 자신이라고는 말하지 않나?

그리고 움직임도 명백하게 빠르고. 완급은 있으면서도 잠시도 멈추지 않는다. 저 다보아룸의 움직임은 막힘없이 흐른다. 4도의 칼놀림도 자연스럽고 유려하다. 우아하기까지 했다. 그러면서도 치열하다. 맑은 시냇물 같으면서도 또한 성난 파도 같기도 한 다보아룸의 공격을 저 남자는 한 자루의 검으로 튕겨내고 혹은 받아 막는다.

믿을 수가 없다.

왜냐하면, 어째서인지 머리카락이 곤두서 있는 저 남자… 키가 작다.

유명한 사람 중에서는 아이언 너클의 '타이맨' 맥스도 결코 크지 않지만 그래도 하루히로와 같은 정도의 키는 된다.

저 남자는 하루히로보다 조금 키가 작은 란타보다도 더 작을 것이다. 160센티 남짓 정도밖에 안 되지 않을까?

부드러움이 강함을 이긴다는 말도 있다. 크다고 반드시 강한 것은 아니다. 그렇기는 해도 역시 신체 사이즈는 큰 무기다. 접근전에서는 몸이 작으면 작을수록 기본적으로는 불리해진다. 172센티미터인 하루히로도 속마음을 말하자면 키가 더 컸다면 좋겠다고 느낀다. 쿠자크 정도까지는 아니더라도 180센티미터는 되면 좋겠다고.

다보아룸은 아마도 185센티미터 이상 되겠지. 저 남자보다 20센티 이상 키가 크다. 게다가 팔 숫자가 두 배. 무기 숫자에 이르러서는 네 배인 것이다.

참고로 저 남자의 검은 길지 않다. 단검이라고 부를 정도는 아니지만, 다소 짧다.

이길 수 없지, 저건.

아무리 생각해도 저 남자에게 승산은 없다.

사실 그 남자는 좌우로 뛰거나 물러서거나 몸을 낮추거나 구르거나 하면서 다보아룸의 4도를 막거나 피하거나 하는 것이 고작인 듯한 모습이다. 언제 다보아룸의 칼이 그 몸에 닿아도 이상할 것 없다. 시간문제다. 남자는 아슬아슬한 선에서 간신히 견뎌내고 있다.

하루히로는 마른침을 삼킬 수조차 없었다. 무섭다. 당한다. 분명히 당한다니까. 눈을 감아버리고 싶다. 아니…?

저 남자, 지금 뭘 한 거지? 혹시나 검을 한 자루 더 뽑았어? 하지만 한 자루밖에 안 갖고 있는데. 그렇다는 건, 다른 검을 뽑아 아까 들고 있던 검과 바꿔 든 것인가? 지금까지 사용하던 검은 칼집에 넣은 모양이다. 도대체 뭘 위해서?

모르겠지만, 검을 바꾼 것과 동시에 남자는 공격으로 전환했다. "핫핫핫핫!" 하고 웃으면서 맹렬하게 공격한다. 4도류의 다보아룸이 순식간에 방어만 하는 꼴이 되었다. 남자의 검 놀림이 하루히로에게는 보이지 않는다. 거리 때문도, 안개 때문도 아니고, 그저 빠른 것이다. 남자는 눈에 보이지 않는 속도로 검을 휘두르면서 거의 일직선으로 전진한다. 엄청난 추진력이다.

그런가 하면, 남자는 또 검을 바꿔 들고 이번엔 다보아룸의 오른쪽 측면으로, 혹은 왼쪽 측면으로 돌아가 검을 내지른다. 이 급격한 변화에 정확하게 대처하는 다보아룸도 대단하다. 더욱이 다보아룸은 반격하기 시작했다. 그러자 남자는 검을 바꿔들고 돌진 모드. 다보아룸은 후퇴… 하지 않는다. 2도로 사이에 끼우는 것처럼 남자의 검을 막아내고 나머지 2도로 반격한다. 남자는 태연히 검을 버리고 또 한 자루의 검을 뽑았다.

눈이 돌아갈 정도로 숨 가쁘게 공수가 바뀐다.

소름이 돌기 시작했다. 숨이 막힌다.

정신없이 보고 있을 때가 아닌데도, 눈을 뗄 수가 없다.

"이예에에에에에에에에에에에에에에에에에에…!"

…날카로운 기합이 안개가 피어오르는 하늘을 찢어발겼다.

설마 여기에서 난입자가 등장할 것이라고는 생각지도 못했기 때문에 하루히로는 넋이 나갔다. 저 남자와 다보아룸의 진검승부에 어떻게 개입을 하지?

그녀는 당당히 끼어들었다. 긴 검은 머리. 저건 인간 여성이다. 남자에게 공격을 당하고 있는 다보아룸을 향해, 도를 든 여자가 날아갔다.

"아라라…?!" 남자가 돌아보며 외쳤다. 그 빈틈을 놓칠 다보아룸이 아니다.

다보아룸의 4도가 순식간에 남자를 몰아붙였다. 남자는 어쩔 수 없이 펄쩍 뛰어 물러섰다.

곧바로 추가 공격을 하려는 다보아룸에게, 머리를 헝클어뜨리며 여자가 덤벼든다. "…타츠루 님의 원수…! 각오해라…! 이예에에아 아아아아아…!"

놀랐다.

저 여자도 보통이 아니다.

두 손으로 든 도를 한 번, 두 번 번쩍 휘두르고 나서 쏟아낸 연속 공격. 여러 명이 **빽빽하게** 창을 들고 동시에 쏟아내는 것 같은 연속 찌르기가 다보아룸을 뒷걸음질 치게 만들었다. 그렇기는 해도, 언제까지고 계속 찌를 수만은 없다. 마침내 여자의 손이 멈췄다. 멈춘 것처럼 해서 다보아룸의 역습을 유도해내고 되받아 찌르기, 맞받아 베기로 다리를 노리고, 피해도 찌르고, 찌르고, 또 찔러 몰아붙인다.

"아라라!" 남자도 아까 버렸던 검을 주워들고 다시금 다보아룸을 공격했다. "아놀드는 내가 해치운다니까…!"

2대1. 다보아룸은 주춤거렸다. 하루히로에게는 그렇게 보인다.

"내 기량으로는 해치우지 못할 거라는 말씀이신가…!" 여자는 소리를 지르면서 칼을 멈추지 않는다. "…설령 내 힘이 미치지 못하더라도, 역시 이자만은 내 손으로…!"

왠지 사정을 알 것 같다.

아라라라는 것은 여자의, 아놀드는 다보아룸의 이름이겠지. 아라라는 타츠루 님의 원수라고 말하며 아놀드에게 덤벼들었다. 타츠루 님은 가족이나 그런 사람인가? 아무튼 그녀에게 소중한 사람이었겠지. 아놀드가 그 타츠루 님인지를 죽였다. 아라라는 원수를 갚으

려고 한다. 머리카락이 곤두선 키 작은 남자는 아마도 록이다. 록은 무슨 사정이 있어서 그걸 거들어주고 있는 것이겠지.

"나와 아라라의 공동 작업인가? 하핫…! 나는 즐겁지만…!"

"헛소리를…!"

"장난 같은 게 아니야. 나는 진심으로 말하는 거다…!"

"그렇다면 더욱…!"

이러쿵저러쿵 언쟁을 해가면서 록과 아라라는 호흡이 맞는 맹공을 펼치고 있다. 두 사람이 쉴 새 없이 두 방향에서 공격하니 아놀드는 여유가 없는 것 같다. 오로지 수비에 전념하느라 동작이 명백하게 흐트러졌다.

"핫핫핫핫!" 록이 아놀드 뒤로 자리 잡았다. "…모처럼 고생해서 1대1로 몰고 왔는데 말이지…!"

록의 검을 아놀드는 간발의 차이로 칼 하나로 뿌리쳤다. 사이를 두지 않고 곧바로 아라라가 정면에서 "이예에에에에에에에…!"라며 찌른다. 아놀드는 목을 틀어 피하면서 2도로 쳐서 밀쳐냈다. 그저 피한 것뿐이라면 분명 아라라가 곧바로 다음 찌르기를 날려 아놀드에게 깊은 부상을 안겼을 것이다. 칼을 2도로 튕겨내자 아라라는 자세가 무너졌지만, 록이 있다.

뒤를 돌아본 아놀드에게 록이 연속 공격을 날렸다. "…으랴라라라라라라라라라라라라라라라라라라라라라라…!"

아놀드는 어중간한 자세로 막았다. 간신히 4도로 막아낼 수 있었던 것은 6~7격까지였다. 그다음은 채 막지 못하고 아놀드는 팔 하나를 가볍게 베였다. 동요한 건지, 아놀드는 뭔가에 발이 걸린 것처럼 넘어질 뻔했다. 지금이다.

된다. 지금이다. 해치워.

아무리 봐도 절호의 찬스 이외의 그 무엇도 아니었다. 록도 아놀드에게 덤벼들려고 했으나, 어째서인지 멈췄다. 그뿐만이 아니라 펄쩍 뛰어 물러났다. "…아라라…!"

"웃…?!" 아라라도 뭔가를 느낀 건지도 모른다. 뒤쪽으로 똑바로 물러나는 것이 아니라, 비스듬히 달려 아놀드에게서 떨어지려고 했다. 늦었다… 고는 생각할 수 없다. 아라라의 반응은 재빨랐다. 그래도 타이밍이 늦은 것이다.

아놀드가 순식간에 회오리바람으로 화했다.

이것은 그저 비유가 아니라, 갑자기 회전하면서 뛰어오른 아놀드는 실제로 소형 회오리바람 같았고, 회오리바람 이상의 위력으로 아라라의 등을 찢었다. 아라라는 적어도 피가 튈 정도의 부상을 입은데다가, 바닥에 쓰러졌다. 록이 낚아채듯이 아라라를 안아들고 도망치지 않았다면 어떻게 되었을지. 아라라는 아놀드의 4도에 난도질당했을지도 모른다.

"철수…!" 록은 달리면서 외쳤다. "…아라라가 당했다, 후퇴한다…!"

"KYYYYYYYYYYYYYYYYYYYYYYYYYYYYYYYYYYYYYY."

땅속 깊은 곳까지 통하는 균열에서 만물을 썩어 부스러뜨리는 장기가 힘차게 솟아나오는 것 같은 소리다. 저건 목소리인가?

아놀드는 몸을 뒤로 젖히고 두 팔을 벌리고 있다. 오는 건가? 오지 않는 건가? 당연히 오지. 하루히로는 유메의 팔을 잡고 달리기 시작했다. 팔을 잡을 것 없이 한 마디만 하면 된다. 그건 그렇지만, 어째서인지 목소리를 낼 수가 없었다. 소리를 내지 않는 편이 좋을

것 같기도 했다. 지금은 잠자코 도망쳐라. 도망치는 거다. 여기에서
… 라기보다 놈에게서, 아놀드에게서, 한시라도 빨리, 가능한 한 거
리를 벌려라. 돌아보지 마. 그럴 틈이 있으면 다리를 움직여. 유메
도 하루히로와 같은 의견인 것 같다. 두 사람은 경쟁하듯이 전력 질
주했다. 잠시 후 카지타의 뒷모습을 발견했다. 카지타도 쏜살같이
줄행랑치고 있다. 우선 카지타를 쫓아가자. 어디까지고 도망치는
거다. 땅 끝까지라도 가야만 한다.

　도망가지 않으면, 죽는다.

　확실하게 죽임을 당한다.

　아놀드. 저 언데드. 저 다보아룸은 위험하다. 하루히로는 자기와
유메가 아놀드에게 발견되지 않았기를 기도했다. 하루히로네가 아
놀드의 안중에 없다면 어떻게든 괜찮겠지. 하지만 그렇지 않다면,
어쩌면 도망쳐도 소용없을지도 몰라. 아무리 발버둥 쳐도 결국 붙
잡혀서 칼을 맞고 버림받는 것 아닐까?

　호흡 같은 건 이미 진작부터 가빴다. 목구멍이, 가슴이, 옆구리
가 아프다. 그래도 속도를 늦추고 싶지 않다. 멈춰 서서 한숨 돌리
는 건 얼토당토않은 짓이다.

　"후아큭…." 유메가 넘어졌다. 하루히로는 곧바로 잡아 일으켰다.

　앞을 보니 카지타가 멈춰 서서 뒤쪽을 살피고 있다. 이쪽으로 얼
굴을 향하고 엄지를 세워 보인다. 이제 괜찮다는 뜻일까? 신용해도
되는 걸까? 불안했지만, 맥이 빠져버린 건지 몸속의 심지가 사라진
것 같은 꼴이 되었다. 흐느적거린다. 도저히는 아니지만, 뛸 수 있
을 것 같지가 않다.

　유메는 일단 일으켜 세웠으나 다시 그 자리에 주저앉았다. "…무

… 무, 무서웠어….”

　리더 입장에서는 허세를 부리고 싶었다. 그러나 무리였다.

　“…진짜….”

차라리 죽는 게 낫다.

그런 마음을 품은 것은 이번이 처음이 아니다.

최초의 동료를 세 명이나 한꺼번에 잃었을 때에는 한동안… 꽤 오랜 기간, 매일매일 죽어버리고 싶다고 생각했었다. 정확하게 말하자면, 후회와 자책의 마음, 상실감이 초래하는 아픔에 휘둘려, 거기에서 도망치는 방법이라면 죽는 것 말고는 없다고 생각했던 것이다. 스스로 목숨을 끊는 것도 생각했지만, 양심에 찔렸다. 그녀는 동료를 희생시키고 살아남은 거나 마찬가지다. 동료들 덕분에 살아 있는데, 죽다니. 좀더, 더욱 괴로워하지 않으면 안 된다. 이건 정당한 벌이다. 그렇게 생각했었기 때문에, 죽는 편이 나을 정도로 힘들기는 했지만, 절대로 죽지 않는다, 죽을 수는 없다고 각오를 했다고도 말할 수 있다.

하지만 이번에는 다르다.

정말로 죽는 편이 나을지도 모른다. 오히려, 왜 살아 있어야 하는 건가?

왜냐하면 이제부터 그녀는 상상조차 하고 싶지 않은 끔찍한 꼴을 당하는 것이다. 상상하고 싶지 않아도 저절로 떠오른다. 오크들에게서 무슨 짓을 당할지. 저 고블린에게서까지 능욕을 당하는 건가? 싫다.

농담이 아니야.

죽을 거야.

그렇다. 혀를 깨물고 죽자.

아아, 하지만, 놈들은 숨이 끊어진 그녀조차 능욕할지도 모른다. 죽은 뒤의 일 따위 알 게 뭐야. 그렇긴 해도, 견디기 힘들다. 싫다. 싫다. 싫다. 싫다.

"메리."

"…어?" 메리는 얼굴을 들고 옆을 보았다.

란타는 해쓱해져서 땀에 흠뻑 젖었다. 죽을상… 이라는 단어가 뇌리를 스쳤다. 그래도 당신은 그나마 낫잖아. 그런 생각을 해버리고 말았다.

죽임당하는 것만으로 끝나니까.

이쪽은 그뿐만이 아니야. 심하게 능욕당하고, 몸도 마음도 상처 입고, 그러다 결국 참혹하게 죽는다. 그것이 메리의 말로다.

목소리를 최대한으로 높여 소리 지르고 싶다. 당신이 이 심정을 알아…?!

물론, 그런 것은 화풀이다.

메리는 필사적으로 호흡을 진정시켰다. "…뭐?"

"아니… 뭐긴, 아까부터 계속 몇 번이나 불렀는데 대답하지 않으니까…."

"…몇 번이나?"

"못 들었던 거야…?"

"그건…." 메리는 고개를 흔들고 눈을 깜빡였다. 그야말로 몇 번이나. "아니. 들렸지만. 대답을 해봤자 뭐가 어떻게 되는 것도 아니고."

"그렇게 말할 건 없잖아. …나는 걱정되는데."

"걱정하지 않아도 돼."

"허세부리지 말라고. 그런 꼴로, 걱정하지 말라는 게 그렇잖아."

"…나는 별로…."

갑자기 시야가 뭉개졌다.

눈물이다. 울 것 같다.

"괜찮아." 메리는 눈을 꼭 감았다. "…나는, 괜찮아."

"그래?"

"응."

"귀엽지 않은 녀석."

"그 말이 맞고."

"진짜로 얼굴뿐이네. 성격은 최악이야."

"어쨌든 당신한테서만은 듣고 싶지 않아."

"아니, 아니, 아니? 천하의 란타 님도 메리 씨한테는 못 당합니다요. 그 심술은 여간해선 흉내 낼 수 없다니까. 백년의 사랑도 식어버릴 그 고집은 진절머리의 극치야…."

"얼마든지 진절머리 쳐. 바라는 바야."

란타는, 칫 하고 혀를 찼다. 그걸로 끝이 아니라 한 번도 아니고 두 번, 세 번이나 계속 혀를 차는 걸 보니 더할 나위 없이 짜증이 난다.

하지만 덕분에 아주 조금 공포심이 희석되었다. 어차피 금방 아까의 상태로 되돌아가버리겠지만, 어쨌든 지금은 조금 전까지보다는 냉정하게 사태를 생각할 수 있게 되었다. 공포란 이렇게도 사람을 약하게 하는 것이다. 만약 지금 최악의 예상보다 심하지 않은 조건을 제시받는다면 쉽사리 굴복해버리겠지. 자존심을 지킬 수 있을 자신이 메리에게는 없다.

그러기에 더욱, 한없이 비참해지기 전에 차라리 죽어버리고 싶다고 바란다. 그편이 편하니까.

어쩌면 추락할 데까지 추락한다고 해도 어떻게 해서든 목숨을 이어나가야 하는 걸까? 어느 쪽이든 란타 이외의 동료와는 두 번 다시 만날 수 없겠지.

유메. 시호루. 모처럼 친구가 되었는데.

쿠자크에게는 미안한 일을 했다.

하루히로. 하루.

구해줘.

…그것만은, 입 밖에 내선 안 된다. 생각해서도 안 된다. 안 그래도 약해져 있는데, 더욱 나약해져버린다.

란타에게는 보이고 싶지 않다. 놈들에게서 무슨 짓을 당하든 그 모습을 란타에게… 동료에게 보이는 것만은 싫다. 그러나 메리에게는 선택할 권리 같은 것은 없겠지. 놈들은 최대의 굴욕과 고통을 맛보여주기 위해서 란타 앞에서 메리를 더럽히려고 한다. 그렇게 각오해둬야 할 것이다.

견디는 수밖에 없다. 울부짖지 말고, 그저 참는다. 이런 여자를 더 이상 농락해봤자 재미없다고 생각하게 하는 것이다. 그것이 메리가 할 수 있는 유일한 저항이겠지. 그렇다면 그렇게 하는 것뿐이다.

떨지 마. 고개를 숙이지 마. 얼굴을 들어.

동굴 입구 부근에서 고블린이 커다란 검은 늑대, 흑랑을 쓰다듬어주고 있다. 그 중년 남자의 모습은 보이지 않는다. 여러 명의 오크가 왔다 갔다 한다. 그리고 언데드로 보이는 자들도. 흑랑 무리가 있다. 고양이 같은 생물이 잔뜩. 안개. 하얀 안개.

전부 똑똑히 눈에 새겨둔다.

여기에서 메리는 죽는 것이다. 분명 최악의 방식으로 죽겠지. 그래도, 살아온 것을 저주하거나 부정하거나 하지는 않겠다. 그것만큼은, 무슨 일이 있어도 절대로.

"란타."

"…어?"

"고마워. 걱정해줘서."

"무슨… 지, 집어치워, 너 인마. 그런….."

"너 인마?"

"미, 미안합니다, 메리 씨….."

우스워서, 아주 약간이기는 했지만 웃고 말았다.

사실은 다른 동료들에게도 고맙다고 하고 싶다. 제대로 자기 자신의 입으로 모두에게 감사의 마음을 전하고 싶었다. 그리고 모두가 소중하고, 많이 좋아한다는 말도. 하지만 그것은 이룰 수 없다. 그러니까 적어도 란타에게만이라도.

솔직히 란타 때문에 기분이 거슬린 적이 더 많았다. 인간적으로는 도저히 좋아할 수 없지만, 단점만 있는 것은 아니다. 장점도 있다는 건 알고 있다. 좋아하지는 않아도 무엇과도 바꿀 수 없는 동료다.

"부탁이 있어."

"어? 응. …뭐, 뭔데?"

"내가 어떻게 되든 동정하지 마. 당당하고 싶지만, 굴복해버릴지도 몰라. 그러면, 나를 얕봐도 되지만, 동정만은 하지 마."

"알았어." 란타는 즉답했다. "암흑신 스컬헬에게 맹세해주지. 나는 동료를 동정하거나 하지 않아. 어떻게 되든. 응. …메리."

"왜?"

"포기하지 말라고. 나는 포기하지 않을 거니까. 살아 있는 한은, 지지 않아."

"그래."

란타처럼 생각하는 것은 메리에게는 안 될 것 같다. 그러나 란타의 결의는 존중받아 마땅하다고 생각한다. 존중하고 싶다고도 생각한다. 란타만은 아무쪼록 살아남아주길 바란다. 란타라면 이것저것 상관하지 않고 목숨을 구걸하든 뭘 하든 해서 살아남아주지 않을까?

자세만큼은 바로 잡자. 가슴을 펴고 있자. 밧줄이 살을 파고들어 괴롭다. 별것 아니다. 이 정도는 참는 것 축에 들어가지도 않는다. 참혹한 상상을 떨쳐버리자. 즐거운 일을 생각하려고 했더니 울고 싶어졌다.

싫다. 좀 더 모두와 함께 있고 싶다.

이걸로 끝이라니, 싫다.

하지만, 이런 자신이 멋진 동료와 만날 수 있었고 고락을 함께할 수가 있었다. 그것만으로도 만족해야 한다고 생각을 고쳐먹는다.

쓸모없는 인생은 아니었다. 행복했다. 비록 끔찍한 형태로 막을 내리게 되어도, 동료들과 보낸 시간이 무가치해지는 것은 아니다.

흑랑과 가까이에 있는 고양이 같은 생물들이 일제히 같은 방향으로 얼굴을 향한 순간, 드디어 그 시간이 온 것인가 하고 메리는 깨달았다. 무슨 일이 일어난 건가? 일어나려고 하는 건가? 메리는 알 수 없지만, 보통 일은 아니다. 그것만큼은 틀림없다.

고블린이 일어섰다. 큰 흑랑은 반대로 엎드려 자세를 했다. 다른 흑랑들도 차례로 대흑랑을 따라 엎드렸다. 고양이 같은 생물은 눈을 크게 뜨고 코로 얕은 호흡을 하고 있다. 긴장하는 것 같다. 오크와 언데드는 다리를 벌리고 양쪽 무릎을 손으로 누르고 허리를 구부리고 고개를 약간 숙였다.

안개 너머에서 그 중년 남자가 나타났다. 누군가 데리고 왔다. 두 명인가?

아직 잘 보이지 않지만, 한 명은 유난히 크다. 엄청난 덩치다. 오크인가? 그렇다 해도 지나치게 크다. 거인이나 그런 것 아닐까?

또 한 명은, 인간인가? 아니면 언데드인가? 저 중년 남자와 키는 그리 차이 없으니까 오크는 아닌 것 같다.

다가와서 용모를 판별할 수 있게 될 때까지, 설마 둘 다 오크라고는 생각하지 않았다. 한 명은 키가 족히 2.5미터는 될 것 같고, 또 한 명은 180센티미터 정도밖에 안 될까? 한쪽이 워낙 이상할 정도의 거구를 자랑하기 때문에 작은 쪽은 가냘프게 보이기까지 했다.

오크에게는 체모를 선명한 색으로 물들이는 습관이 있는 모양이다. 그런데 저 두 명은 달랐다. 양쪽 다 윤기가 날 정도로 검은 머리가 물결친다. 아마도 작은 오크 쪽이 나이가 더 많을 거다. 늙어 보일 뿐만 아니라 분위기가 차분하다.

저 작은 오크다. 메리는 그렇게 생각했다. 흑랑과 오크, 언데드가 경외하는 것은 거한 오크 쪽이 아니다.

저런 오크는 본 적이 없다. 피부에 회색이 돌고 눈동자가 선명한 오렌지색이라는 것이 특징적인데, 저 옷. 짙은 남색 바탕에 은으로

꽃을 흩뿌린 무늬의, 저건 뭐라고 불러야 할까? 기모노인가? 아무 튼 바느질이 깔끔하고 무릎 밑까지 내려오는 넉넉한 길이에 소매가 있고 앞섶을 여미는 옷을 입고 가느다란 허리띠로 자연스럽게 묶었 다. 구두가 아니라 조리 같은 것을 신은 것 같다. 허리에 찬 긴 물건 은 무기 같은데, 주의해서 보지 않으면 그 사실을 알아차릴 수 없 다. 짐승도, 오크들도 확실하게 그를 두려워하고 존경하고 있다. 그 런데도 그는 결코 살벌한 위압감을 풍기는 것은 아니다.

여유롭고, 그러면서도… 오크치고는 키가 작은 것일지도 모르는 데도, 컸다.

존재감이 웅대한 것이다.

아니, 넓다고 해야 할지도 모른다.

깊다는 형용사도 어울리는 것 같다.

이렇게 새삼 보니, 거한 오크는 저 작은 오크의 흉내를 내는 것 같다. 작은 오크를 동경해서 복장이나 몸짓까지 모방하지 않을 수 가 없는 것이다.

저 작은 오크가 바로 두령이다.

오크, 언데드, 고블린, 짐승들, 인간까지 포함된 이 그룹은 저 오 크를 중심으로 해서 통합된 것이 틀림없다.

정신이 들고 보니 중년 남자와 오크 두 명은 메리와 란타 바로 옆 까지 와 있었다.

갑자기 날갯짓 소리가 들려 메리는 놀랐다. 안개로 막혀 있던 하 늘에서 뭔가 춤추며 내려온다.

새다. 작은 새가 아니다. 맹금류다. 독수리일까?

힘차게 퍼덕거리는 날개에서 빠져나온 한 개의 검은 깃털이 메리의 무릎 앞에 떨어졌다.

검고 커다란 독수리는 작은 오크의 어깨에 앉았다. 작다고 해도 저토록 큰 독수리가 앉는 나무가 될 정도의 어깨 폭은 있다. 가슴은 튀어나와 두껍고 팔이며 목도 두껍다. 그러면서도 힘보다는 부드러운 인상을 준다.

"잠보." 중년 남자가 턱짓을 하며 메리와 란타를 가리키더니 의미 모를 말로 뭔가 말했다. 분명 오크의 언어겠지.

작은 오크가 끄덕였다. 오렌지색 두 눈이 메리를 응시했다. 마치 스스로 빛을 내뿜는 것 같은 눈동자다. 착각인지도 모르지만, 너무나 예쁘다고 메리는 생각했다. 흰자위도 아기처럼 새하얗다.

오크는 인간에 뒤지지 않는 지성적인 종족이라는 걸 머리로는 알고 있었다. 그래도 야만적이고 무서운 생물이라는 선입관을 가지고 있었다는 것을 인정할 수밖에 없었다. 그래서 메리는 경악한 것이리라. 적당한 표현이 떠오르지 않지만, 가까운 표현이 있다면, 고귀함… 이다. 이 오크에게는 기품과 세련미가 있다. 그렇다고 해서 거친 짓을 하지 않을지도 모른다는 따위의 기대를 하는 것은 섣부른 생각이겠지. 그것은 희망적인 관측일 뿐이다.

"내 이름은…." 오크의 입이 움직이는 것을 보면서도 그의 목소리라는 것을 다소 믿을 수가 없었다. 당연하다. 인간의 말이었고, 지나치게 유창하다. 게다가 낮고, 살짝 쉰 듯한, 온기가 있는, 너무나 기분 좋은 목소리인 것이다. "잠보다. 우선 물어보지. 너희 이름은 무엇이냐?"

"헉…." 란타가 이쪽을 보고, 저쪽을 보고, 잠보라고 한 오크를 올려다보고, 고개를 틀어 중년 남자를 쳐다보았다. 중년 남자가 어깻짓을 하자 란타는 그제야 현실을 받아들이게 된 모양이다. "…라, 란타, 라고 합니다. 그게 아니라, 하옵니다. 그것도 아니라, 나, 나는… 란타… 다?"

"너는?" 잠보가 메리에게 시선을 향했다.

메리는 숨을 한 번 내쉬었다. 온몸이 저리다. 정신 차려야 해. "나는, 메리."

"란타. 메리. 너희, 촌락 인간은 아닌 모양이로군."

"…촌락이라니, 도대체 뭘 말하는 거지?"

"야야야야! 메리, 너 쓸데없는 소리를…." 란타는 머리를 흔들면서 젠장… 이라고 내뱉었다.

"…그래, 그렇다! 촌락인지 뭔지 뭔 소리인지 전혀 모르겠다고. 짐작 가는 바도 없다니까. 우리가 촌락 사람인지 뭔지가 아니라는 것만은 틀림없다! 그게 어쨌다는 거야?"

"허면, 아라바키아의 의용군인가? 뷔레의 백성인가?"

뷔레란 자유도시 뷔레를 말하는 것이겠지. 오르타나는 뷔레와 교역한다. 단, 뷔레는 인간족의 도시 국가이면서 오크와 언데드와도 거래를 한다고 한다. 말하자면 중립을 지킨다.

뷔레의 백성이라고 하면 잠보는 메리와 란타를 해방시켜줄지도 모른다. 믿어준다면 말이지만. 거짓말이 들통 나지 않는다면.

"우리는 의용병." 메리는 잠보를 노려보았다. "그래서 뭐 어쨌다고?"

이미 란타가 중년 남자에게 의용병이라고 명언했었다. 그 이야기가 잠보에게 가지 않았을 것이라고는 생각할 수 없다. 잠보는 알고 있을 것이다. 알면서 묻는 것이라면, 함정 같은 것이다. 그런 쓸데없는 계략을 쓰다니 의외로 바닥이 얕다. 그런 것도 아닌가?

"타카사기." 잠보는 메리를 조용히 바라보는 채로 말했다. "확실한가?"

"음." 중년 남자 타카사기가 대답했다. "온사가 의용병 단증을 확인했다. 위조 단증을 갖고 다니는 걸로도 보이지 않고. 틀림없어. 촌락과의 인연은 모르지만. 이번에 공격한 놈들은 의용병이고, 수상하기는 수상해."

"…수상하다니, 무슨 그런 말을!" 란타가 흥 하고 코웃음을 쳤다. 손이 뒤로 묶이지만 않았다면 팔짱을 끼며 거드름을 피웠을 것이다. "뭐야? 우리가 스파이나 뭐 그런 거라고 생각한 거야? 말해두는데, 나는 그런 쪼잔한 짓은 하지 않아. 기왕 할 거면 정면 승부에 임한다고!"

"정면 승부라…." 타카사기는 입에 문 파이프를 흔들면서 실실 웃었다. "네놈 따위는 우리 대장은 고사하고 나한테도 이길 수 없다고 생각하는데."

"어이. 나를 만만히 보지 말라고, 아저씨…!"

란타는 이마에 힘줄을 세우며 힘껏 눈썹을 치켜 올리고 얼굴 전체를 볼썽사납게 찡그렸다. 위협이라도 할 셈인가? 바보 아니야? 콧김이 너무 거칠다. 이 바보는 도대체 뭘 생각하고 바락바락 대드는 걸까? 혹시나 아무 생각도 없는 건가? 보통은 있을 수 없지만, 이 남자의 경우엔 그럴 수도 있다. 바보니까.

"의용병단의 슈퍼스타…! 초신성 울트라 위타천(주2)! 위타천…?! 뭐, 됐고, 아무튼, 이차원 파괴신이란 별명을 가진 스페셜 검사 란타 님이란, 무엇을 숨기리, 바로 이 나다! 아저씨 따위한테 질 리가

주2)위타천: 불법을 수호하는 신

없지! 상대를 제대로 보고 말하라고, 어이…!"

"…잠깐, 작작 좀….."

"시끄러워. 너는 입 다물어!" 란타는 메리에게 소리를 지르고 더욱 목소리를 드높였다. "집단으로 달려들어 단 두 명을 붙잡아놓고 잘난 척하고 있어…! 1대1로는 승부할 수 없는 겁쟁이들이! 뭐가 '나한테 이길 수 없다고 생각하는데'냐? 그런 건 말이지! 해보고 나서 지껄여! 해보지도 않고 말만 하는 거면 누구나 할 수 있다고! 그렇게 자신만만하다면 나와 승부해라…!"

"맞는 말이다." 잠보가 표정도 변하지 않고 끄덕였다. "타카사기. 이자에게 이길 수 있다고 말한 것은 그대다. 겨뤄보아라."

"참 내, 입은 재앙의 근원이라더니…." 타카사기는 고개를 뒤로 돌려 동굴 쪽을 보았다. "온사. 냐아들더러 밧줄을 풀라고 해주겠나?"

고블린 온사가 입술을 삐죽 내밀고 휘파람을 불자 고양이 같은 생물들이 란타에게 몰려들어 눈 깜짝할 사이에 밧줄을 풀었다. 저 생물, 냐아라고 하나? 모양 그대로라는 느낌이긴 하지만 이름도 귀엽다. 손을 꼬물꼬물 움직이는 게 열심히 애쓰는 느낌이라서 그 또한… 아니, 아니다. 냐아의 귀여움에 매료되어 있을 때가 아니다.

"좋았어!" 란타는 벌떡 일어나더니 목을 좌우로 꺾기도 하고 팔다리를 흔들었다. "…내 하이퍼한 실력에 놀라지나 말라고. 그런데, 그쪽은 무기가 있는데 이쪽은 맨손으로 하라는 건 설마 아니겠지? 맨손 싸움이라면 그래도 상관없지만. 나는 그쪽도 잘하는 타입이니까. 하긴 올마이티니까."

잠시 후 세 마리의 냐아가 동굴 속에서 란타의 안식검(RIPer)을

운반했다. 영차 영차 하고 검을 어깨에 지고 종종걸음으로 다가오는 냐아들은 역시 귀엽지만, 그 귀여움을 만끽할 만한 심적 여유는 물론 메리에게는 없다. 그보다 벌린 입이 다물어지지 않는다. 그저 오로지 사태의 진행을 지켜본다기보다도, 사태의 추이는 메리를 내버려두고 제멋대로 움직였다. 란타 탓이다. 란타가 바보기 때문이다. 전부 바보 란타의 잘못이다.

흑랑과 냐아, 오크, 언데드들, 잠보와 거한 오크가 이동해서 결투를 위한 스페이스가 완성되어가고 있다. 메리는 잠자코 앉아 있을 수밖에 없었다.

아니면, 혹시나 이것은 란타의 작전인 건가? 뭐가 어찌 되었든 란타의 몸은 자유로워졌다. 무기까지 되찾았다. 그렇다는 건, 도망 못 칠 것도 없어…?

란타가 힐끔 메리 쪽을 보기에, 역시 하고 생각하고 싶어졌다. 그러나 정말로 그냥 힐끔 본 것뿐이고, 란타는 타카사기와 마주 서서 안식검을 칼집에서 뽑았다. 칼집은 대충 던져버렸다. 한순간이라도 역시 하고 생각할 뻔했던 자신이 부끄럽다.

"으쌰…!" 란타는 한 손으로 자기 얼굴을 찰싹찰싹 때렸다. "준비 오케이다! 어디서부터든 덤벼라, 타카사기 영감…!"

"진심인지 자포자기인지 잘 모르겠군." 타카사기는 파이프를 깨물면서 등에 찬 칼을 왼손으로 쓱 뽑았다. "그렇다면 선제공격을 양보해주지."

"괜찮은 거야? 후회해도 난 모른다?"

"사양하지 마. 분명 나는 네놈보다 두 배는 더 오래 살았다. 원한다면 좀 더 핸디를 붙여줘도 좋다."

"연륜을 과시하겠다는 건가?" 란타는 약간 무릎을 굽히고 검을 겨누었다. "뭐, 선공의 권리만큼은 고맙게 받아들일 거지만. 일격에 침몰하지 말라고. 모처럼 하는 거니까 날 즐겁게 해줘."

"말은 거창하네."

"말뿐만이 아니라는 사실은 금방 알게 된다."

혹시나… 왠지 계속 '혹시나'만 하고 있지만, 어쩌면 란타는 타카사기에게 이길 수 있다고 계산한 것인가? 도전을 신청하고 이김으로써 놈들에게서 뭔가 양보를 이끌어내려는 것이라거나…?

타카사기는 왼쪽 눈을 부상당한 건지 안 보이는 것 같다. 게다가 오른팔은 아마도 숨기고 있는 것이 아니다. 애꾸눈에 외팔이. 게다가 중년이니까 어떻게 되겠지. 만약 란타가 그렇게 생각하는 거라면… 란타니까 있을 법해서 무섭지만, 생각이 짧은 거다.

타카사기가 천천히 칼을 들어 올리고 검 끝을 란타에게 향했다. 그러자마자 란타는 미동도 하지 않게 되었다. 분명 움직일 수가 없는 것이다. 습한 공기가 갑자기 차가워지는 것처럼 느껴졌다. 어째서인지 타카사기의 칼에 눈이 빨려 들어가 다른 것에는 의식이 향하지 않는다. 란타도 메리와 같은 상태에 빠진 것이라면, 이미 끝났다. 승부는 난 것이다. 이길 수 있을 리가 없다.

"…나는 현혹되지 않는다고." 란타가 중얼거렸다.

다음 순간, 리프아웃(사출계)으로 날아갔다. 분출하는 것 같은 기세로 타카사기의 왼쪽 측면으로. 거기서부터 헤이트리드(증오 베기). 타카사기는 슬쩍 피했다. 란타는 또 리프아웃으로 타카사기의 왼쪽 측면으로 나가자마자, 8자를 그리는 것처럼 날카롭게 검을 휘둘러 슬라이스(사자 베기). 타카사기는 이것도 유유히 피했다. 란타는 란타답지 않게 거의 목소리를 내지 않고 공격한다. 발을 멈추지 않고 항상 이동하면서 계속해서 공격한다.

란타를 칭찬해주고 싶지는 않지만, 눈이 돌아갈 정도로 정신없이 움직이는 저 전법은 상대에 따라서는 상당히 성가시겠지. 저렇게 싸우는 동안에 란타는 상식을 벗어난 체력을 키웠다. 게다가 마구잡이로 움직이는 것이 아니라, 항상 상대가 방어하기 힘든 각도에서 공격을 가하려고 한다. 메리가 파티에 가담했을 무렵과 비교하면 전혀 다른 사람 같다. 란타는 몰라볼 정도로 강해졌다. 하지만 뛰는 놈 위에 나는 놈이 있다.

신관 메리가 봐도 일목요연했다. 적어도 현시점에서는, 란타가 아무리 열심히 팔을 뻗어도 저 타카사기라는 남자에게는 닿지 않는다.

란타가 오른쪽으로 날아 검을 휘두르려고 해도, 왼쪽으로 뛰어 찌르기를 쏟아내리려고 해도, 타카사기는 얼굴을 정면으로 향한 채로 한 발자국인지 두 발자국 몸을 비킨 것만으로 도망쳐버린다. 보이는 것이다. 타카사기는 란타의 변칙적인 동작을 완전히 파악하고 있다.

상대가 되지 않는다고 해도 과언이 아니다. 란타 본인이 가장 힘의 차이를 느끼고 있을 것이다. 그런데도 란타는 아직도 공격한다. 지치지도 않고 쓸모없는 공격을 되풀이한다.

이제 그만해, 메리는 그렇게 말하고 싶어졌다. 하지만 그만두면 어떻게 되는가? 포기하지 않을 거니까 하고 란타는 메리에게 말했었다. 나는 포기하지 않을 거니까 하고. 그야말로 이것은 포기하면 거기에서 모든 것이 끝나는 싸움이다. 이기는 것은 절대로 불가능하다고 해도, 끝나게 만들지 않기 위해서는 계속해서 싸우는 수밖에 없다. 그러니까 란타는 사력을 다하고 있다. 기력이 전부 다 소진될 때까지, 혹은 타카사기의 칼에 베여 쓰러질 때까지 란타는 포기하지 않는다.

"…힘내." 메리는 목소리를 쥐어짜 냈다. "힘내, 란타! 힘내!"

"ㅇㅇㅇㅇㅇㅇㅇㅇㅇㅇㅇㅇㅇㅇㅇㅇㅇㅇㅇㅇㅇㅇㅇㅇㅇㅇㅇㅇ…!"

란타는 메리에게 대답한 것은 아닐 것이다. 분명 싸움에 집중하느라 메리의 목소리 같은 건 들리지도 않았을 것이다. 그래도 란타의 몸놀림의 각이, 속도가, 한층 격상했다. 착각인지도 모르지만, 메리의 눈에는 그렇게 보였다.

내딛는 것이 몇 센티라도 더 깊어지면 검이 그만큼 멀리까지 뻗는다. 타카사기의 회피 동작도 커졌다. 아까까지는 슬쩍슬쩍 느릿느릿 피하는 것 같았으나, 지금은 다소 달랐다. 때때로 발 움직임이 재빠르고 급해진다. 아까까지보다는 여유가 없는 것 같다.

"그런 게 아니잖아…?! 더 할 수 있어! 못 할 리가, 없어…!"

결코 그렇지는 않다. 란타는 전력을 다 쏟아내고 있고, 한계를 넘어섰다. 알고 있어도 그렇게 격려하는 것밖에 메리가 할 수 있는 일은 없었다. 자신의 나쁜 성격이 싫어진다. 동료가 목숨의 불꽃을 다 불사르려고 하는데도 어째서 좀 더 부드러운 말을 해주지 못하는 걸까?

"…지금이 바로…!" 갑자기 란타는 날려간 것처럼 몇 미터나 물러났다.

이그저스트(배출계)다.

거리를 두고, 어떻게 할 셈인가?

타카사기는 솜씨를 구경하겠다는 듯이 움직이지 않는다.

"필살기…." 란타는 안식검을 두 손으로 쥐고 온몸을 흔들흔들 흔들었다. "…하치오지 베타 클렌징… 아니, 방금 그건 아니야. 말 안 한 걸로 쳐. 좀 더 멋진 이름… 천수관음보살… 아니, 잠깐. 이것 도 좀… 프래그런스 비터… 응? 아닌데. 이것도 필살기스럽지 않잖 아. 어디, 그럼… 얼티밋 스카이보이…?"

메리는 진심으로 어이가 없었다.

기술 이름 같은 건 뭐든 상관없다. 그보다, 그런 건 필요 없다. 어 차피 란타는 란타다. 바보다. 언제까지고 진성 바보는 바보인 것이 다.

타카사기도 멍한 얼굴이다. 혹시나 그것이 란타의 노림수였던 건 가…?

"히… 죽…!" 란타가 리프아웃으로 타카사기에게 돌격했다. 사정 거리 밖에서 뛰어 들어가 혼신의 찌르기를 내지른다. 앵거(분개 찌 르기). "…츠에이앗…!"

타카사기는 우두커니 서 있다.

피할 수 없다.

이것은.

타카사기가 처음으로, 칼로….

"흥." 아무렇게나 란타의 검을 쳐내버렸다.

"쿠오옷…?!" 란타는 검이 튕겨나간 것만으로 자세까지 무너져버 렸다.

타카사기가 마침내 공격으로 전환했다.

아니, 단칼에 끝냈다. 단칼이라고도 할 수 있을지 어떨지.

타카사기는 칼을 자기 손처럼 구사해서 란타의 검을 얽어 낚아채 버렸다.

안식검은 빙글빙글 회전하면서 5미터 정도나 날아가 바닥에 떨어졌다.

"활기는 좋아." 타카사기는 란타의 이마에 칼끝을 들이댔다. "…허나 그것뿐이다. 하긴, 10년쯤 지나면 나도 꽤 시들 테니까 네놈이 이길지도 모르지. 지금은 아무리 용을 써도 무리다."

끝났다.

…끝나버렸다.

너무나 쉽사리.

메리는 힘이 빠지면서 쓴웃음을 짓고 말았다. 역시 란타답다. 하지만 뭐, 란타 나름대로 있는 힘껏 한 것이겠지. 그렇다. 잘해주었다. 메리는 아무것도 하지 않았고 할 수 없었으니까 뭐라 할 처지가 못 된다.

"…이걸로 끝이라고 생각하는 건가?" 란타가 목소리를 떨면서 하는 말을 들었을 때, 메리는 약간 감동해버렸다.

아직이다. 이 판국에 와서 란타는 아직 체념하지 않았다. 바보다.

바보지만, 굉장해. 대단하다. 동료로서는, 아주 조금이긴 하지만, 자랑스럽게 여긴다. 눈시울이 뜨거워졌다.

란타가 빛의 속도로 엎드려 조아리기를 하지 않았다면 눈물을 흘렸을지도 모른다.

메리는 안구가 툭 떨어져버린 것 아닐까 생각했다. 이렇게 어이없는 충격을 받은 적은 없었다.

"················엉······?"

"항복합니닷…! 제발 저를 제자로 삼아주십시오…! 조리 들고 다니는 일이라도, 조리를 씻는 거라도, 조리를 반짝반짝 닦는 거라도, 뭐든지 하겠으니, 부탁입니다…! 강한 남자를 좋아합니까?! 저는 아주 좋아합니다…! 나는 강해지고 싶다! 강해지고 싶습니다요, 진짜루, 진짜! 그러기 위한 방법을 모색 중이랄까, 계속 찾아 헤매다가 이제야 만났다고나 할까! 타카사기 선생님, 당신을! 만나버린 것입니다…! 정말 너무 강해서, 예상 이상으로 손도 발도 못 내밀었고, 반했습니다…! 제발, 제발, 저를 제자로! 심부름꾼부터 시작해도 좋으니! 이렇게 빕니닷! 부탁드립니다앗…!"

"저기 말이야, 나는 제자 같은 걸 삼을 생각은 없고…." 타카사기는 못마땅한 얼굴로 칼등으로 자기 왼쪽 어깨를 두드리면서 한숨을 쉬었다. "무엇보다도, 알고 있는 건가? 우리는 어떤 왕도 섬기지 않아. 단, 아라바키아 놈들은 우리 적이다. 사이좋게 지낼 수가 없으니까. 그렇다는 건 말이다. 설령 네놈이 내 제자가 된다 치자. 있을 수 없는 일이지만, 만약 그렇게 되면 네놈은 아라바키아를 배신하는 게 되는 거다."

"오케이입니다…!"

"…엉?"

"아니, 선생님, 스승님. 오해가 있으신 것 아닌가 싶은데요? 저는 어쩌다 보니 의용병이 되어버렸지만, 몸도 마음도 아라바키아 왕국에 바친다거나 그런 생각은 한 번도 한 적 없고? 정신이 들고 보니 무일푼으로 그림갈에 있었고, 의용병 견습생이 되면 당장의 생활비가 손에 들어오는데다 달리 기댈 데도 없고 그렇게 할 수밖에 없어서! 뭐, 어떤 의미에서는 속은 것 같은? 그런 수법으로 의용병으로 만들어진 거라서!"

"그 점은 나도 의용병이었으니까 모르지는 않지만."

"와오…! 의용병 출신입니까? 선생님! 스승님!"

"나는 네놈 선생도, 스승도 아니지만…."

"그런데도 왜 잠보 대장님 동료가 되셨는지? 그 사정도 궁금하네요."

"말하자면 긴데…." 타카사기는 가볍게 혀를 찼다. "변죽이 좋은 놈이군, 네놈. 나도 참, 그만 넘어가버릴 뻔했다, 지금."

"확실히?! 저로 말씀드리자면, 상쾌하면서도 물 흐르듯 막힘없는 달변! 말 많다고 핀잔을 당한 적은 다수! 하지만 말이죠?! 하트는 핫! 소울은 풀! 타카사기 선생님의 제자로 들어가고 싶은 맥스한 이 마음은 리얼한 위시입니다요! 저는 레알 진짜로 강해지고 싶어요…! 지금 이대로는… 의용병으로서 남들과 같은 일을 하는 것만으로는 성장은 바랄 수 없다…! 나는 말이지! 감이 딱 왔다고!"

"…뭐가 감이 왔다는 거야?"

"바로 그겁니다, 그거! 그거랄까, 여기…!" 란타는 잠보와 거한 오크, 고블린과 흑랑들을 빙글 둘러보았다. "…인간인 타카사기 선생님이 잠보 대장님 밑에 계신다! 뭔가 어지간한 이유가 있음에 틀림없다! 하지만 그보다도, 여기에는 뭔가가 있다…! 분명히 말해서 저는 거기에 끌립니다! 당신들의 동료가 되면 나도 뭔가 알 수 있지 않을까?! 사상 최강 천하무적을 목표로 하는 내가 구하며 걸어가야 할 길은 바로 여기에 있었던 것이 아닐까…?!"

"결국 이런 뜻인가? 내 제자 운운은 둘째치고, 네놈은 의용병을 때려치우고 말단이든 뭐든 좋으니 포르간에 들어오고 싶다."

"어, 그게, 포르간…?"

"포르고." 잠보가 어깨 위의 거대 검은 독수리를 불렀다. "내 외우(주3)의 이름이다. 사람의 말로 하면 검은 독수리를 의미한다. 포르간은 말하자면 검은 독수리단쯤 되겠지."

"…그거!" 란타는 만족스럽다는 듯이 끄덕였다. "그겁니다! 저를 포르간에 넣어주십시오. 부탁입니다…! 청소든 빨래든 밥하는 거든 잡일, 잡용, 뭐든지 하겠으니…! 밑바닥부터 시작해서 쑥쑥 기어 올라갈 거니까! 근성과 배짱과 재능과 장래성과 잠재력, 즉 포텐셜! 노비시로(주4)! 노리시로? 노리히로? 그쪽에는 자신이 있으니! 노리히로가 누구냐고 묻고 싶겠지만, 저, 진짜 진심도 이런 진심이 없으니…!"

몇 번이나 땅바닥에 이마를 대며 애원하는 란타의 말은 정말로, 정말로 진심인가? 아니면 일종의 목숨 구걸인가? 혹은 입에서 나오는 대로 지껄이는 것뿐인가? 메리는 판단을 할 수가 없었다. 다 가능한 것 같고 동시에 다, 인간으로서 그건 아니지 하는 생각이 든다.

메리가 잘못 봤던 것일까? 생각했던 것 이상으로 란타는 쓰레기였는지도 모른다.

아까와는 다른 이유로 울고 싶어졌다.

동료로서 란타가 한심하다. 조금이라도 란타의 언동에 감동을 받았던 자신도 한심해서 견딜 수가 없다.

"뭐, 아무튼, 그런 일이라면…." 타카사기는 칼을 칼집에 넣었다. "결정하는 건 내가 아니야. 잠보다. 판단은 잠보가 내린다. 우리는 모두 그 결정을 따른다. 그것이 포르간의 규정이니까."

포르고(거대 검은 독수리)가 높은 소리로 한 번 울더니 날개를 펴

주3) 외우: 畏友. 두려워하며 존경하는 벗.
주4) 노비시로: 일본어로 잠재력. 발전 가능성.

덕이며 잠보의 어깨에서 날아갔다.

잠보가 걸어온다. 산들바람을 몸에 두른 것 같다. 조용히, 청량하게 다가와 란타 바로 앞에서 발을 멈추더니… 놀랍게도 쪼그리고 앉았다.

"란타."

"…넷…." 란타는 등줄기를 쭉 펴고 정좌 자세가 되었다. "넵!"

"나는 불필요한 살생은 좋아하지 않는다."

"네! 엇… 네?!"

"물론 적대하는 자는 죽이기도 한다. 빼앗는 일도 한다. 상처 입히기도 한다. 특이한 성질을 지닌 자도 패거리에 있긴 해서, 잔인무도하다고 나와 포르간을 비난하는 자도 있다. 부정은 하지 않아. 단, 나 자신은 불필요한 살생은 하지 않는다."

"…네, 네."

"그대가 나의 패거리가 되는 것을 바란다면, 환영하지."

"네. …넷?! 환영?! 도, 동료로 삼아준다는 뜻… 입니까…?"

"그것을 그대가 바라는 거라면. 지금 현재 우리 패거리에 인간은 타카사기밖에 없으니 두 명째가 들어오는 것뿐. 그 또한 재미있는 일이다."

"되… 된 거야?!"

"하지만."

"…하, 하지만…?!"

"저 여자는 어떻게 할 건가?" 잠보가 메리 쪽으로, 아니, 메리에게 오렌지색의 눈동자를 향했다. "저 여자도 그대와 함께 우리 패거리가 되는 건가? 여자는 그것을 바라는가?"

촌락에 4무가(四武家)가 있다. 필두는 니기가로, 시가노가, 가나타가, 미시오가로 이어진다. 여기에 은밀히 사람들을 통솔하는 카츠라이가, 사령술을 계승하는 슈로가, 이 두 가문을 더해서 6가라고 칭한다.

한 젊은 사내가 있었다. 그는 미시오가 출신이지만, 촌락에서 가문을 계승하는 것은 여성이며 중시하는 것은 모계의 혈통이다. 남자는 누구의 자식이든 가명(주5)을 갖지 않는다. 가명을 받을 수 있는 여자와 결혼함으로써 남자는 비로소 한 사람 몫을 하는 자로 인정받고 아내의 가명을 받게 된다.

그는 미혼이었다. 또한 그의 어머니는 미시오가의 당주가 아니었고 더욱이 무가에서 태어난 자의 가치를 결정하는 검술에서도 그는 그다지 가능성을 보이지 않았다. 미남이긴 했지만 그 수려한 용모는 오히려 경멸의 원인이 되었다. 누구에게나 구별 없이 상냥하게 대하는 심성을 타고난 것도 그에 대한 조롱을 조장하기만 할 뿐, 거의 경감시키지는 못했다.

그의 이름은 타츠루라고 했다.

4무가의 필두인 니기가의 당주 니기 히와노의 적자로서 이 세상에 태어난 니기 아라라는 철이 들 무렵에는 한 살 위의 타츠루를 안타까운 마음으로 보고 있었다.

4무가 사람은 아주 어릴 때부터 무가 중에서도 특히 엄격한 훈련을 받는다. 동년배라면 함께 땀을, 때로는 피를 흘리는데, 타츠루는 조심스럽게 말하면 겉도는 아이였고, 실태를 있는 그대로 표현하자

주5) 가명: 家名. 집안의 이름. 성.

면 왕따를 당하는 아이였다.

그렇게 취급당하면 누구나 비뚤어지기 쉽다. 어긋나도 이상하지 않다. 그러나 타츠루는 달랐다. 야유를 받아도, 앞에서 대놓고 모욕을 당해도, 소외당해도, 그는 비뚤어지지 않았다. 어떻게든 주위로부터 인정받을 수 있도록 한층 연습에 몰두했다. 예의에 어긋남이 없고, 자기보다 어린 사람에게도 고개를 숙이고 가르침을 청하고, 불평불만을 입에 담는 일은 결코 없었다. 특기할 점은, 사람과 이야기할 때 그는 반드시 상대의 눈을 똑바로 쳐다본다. 겸손하면서도 비굴하지는 않았다. 외모뿐만이 아니다. 그 행동과 심성까지도 아름다운 젊은이였다.

그만큼 아라라는 안타까웠다. 타츠루는 확실히 재능은 평범했지만, 남들보다 두 배는 연마해서 평균 정도로는 쓸 만한 무사가 되어가고 있었다. 아라라의 눈으로 볼 때 타츠루에게 쏟아지는 경멸은 명백하게 불공평했다. 타츠루는 그것을 감수했다. 아라라에게는 니기가의 적자라는 입장이 있기 때문에 모두를 소리 높여 비판하는 것은 꺼려야 했다. 그러나 14세경, 마침내 더 이상 견디지 못하고 숙부에게 상담을 청했다.

"숙부님, 미시오가의 타츠루라는 사내가 있지요? 저보다 한 살 위인. 그자는 어째서 저런 겁니까? 저는 답답해서 견딜 수가 없습니다."

"답답하다고? 그래봤자지. 머지않아 니기가의 당주가 될 네가 마음 쓸 만한 자도 아니다."

"마음 쓰는 것이 아닙니다. 그저 화가 나서 견딜 수가 없는 것입니다."

"무엇 때문에 네가 그런 자 때문에 화가 나느냐? 하하…."

아라라의 아버지는 가나타가 출신이며 그보다 여덟 살 어린 동생인 숙부는 나이 30이 넘도록 독신인 괴짜였다. 젊었을 때부터 마음 내키는 대로 여기저기 돌아다니고, 면도도 제대로 하지 않고, 어디서 입수한 건지 묘한 안경을 애용한다. 남자임에도 무신이라는 별명으로 불리며 니기가 당주와 연을 맺은 형과는 닮지 않은 둔재로, 부랑인이라 불리는 이 숙부에게 아라라는 친근함을 느꼈다. 솔직히 육친이라고 하면 부모님보다도 숙부의 얼굴이 떠오른다. 숙부도 또한 아라라를 귀여워해주었다.

"그런가, 그런가. 아라라, 너 그 애송이를 밉지 않게 생각하는 것이로구나?"

"무슨 말씀을 하시는 겁니까? 숙부님! 모두의 태도는 부당한데도 항변하려고도 하지 않는 그 사내의 나약함을 보다 못해 저는 말씀드리는 것이지!"

"말하자면, 의분이라는 건가? 그렇다면 네가 모두에게 호소하고 그 애송이를 타이르면 좋지 않으냐?"

"당주의 딸로서 그러한 짓은 할 수 없습니다."

"흠, 당주의 딸은 하고 싶은 말도 마음대로 못 하는 건가? 꽤나 답답한 일이로군. 니기가에서 태어난 탓에 너도 힘들겠구나."

"아라라는 어머님과 아버님의 자식이라는 사실을 자랑스럽게 여깁니다!"

"그런가, 그런가. 장하다, 장해."

"여자 머리를 쓰다듬다니!"

"미안, 미안하다. 이젠 안 그럴 테니 생각 없는 숙부를 용서해다

154 |

오. 너에게서 미움받으면 나는 살아갈 수 없단다."

"제가 숙부님을 미워할 리가 없지 않습니까! 게다가, 그러지 말라는 것이 아닙니다. 그게 아니라….."

어머니도, 아버지도 아라라의 부모이기 전에 4무가 필두의 당주와 당대다. 그냥 부모자식 사이가 아니다. 사제지간이며 게다가 니기가의 당주와 당대는 원래 엄격한 스승이고 아라라는 충실하며 성실한 제자여야만 하는 것이다.

숙부는 적당적당한 면도 있지만 따뜻한 사람이었다. 아라라가 어릴 때에는 자주 안아주었고 지금도 등이든 머리든 쓰다듬어준다. 그럴 때에는 쑥스럽지만, 육친의 정이 솟아나고 기뻤다. 아라라는 숙부에게만큼은 뭐든지 말할 수 있었다. 숙부에게밖에 털어놓을 수 없는 속마음이 무수히 있었다. 그래서 17세 때 여행에서 돌아온 숙부와 산책을 하는 도중에 아라라는 숙부에게 살며시 털어놓았다.

"숙부님. 저는 아무래도… 타츠루를 사모하는 것 같습니다."

"그런가." 숙부는 빙긋 웃었다. "그건 축하할 일이구나. 내 조카도 드디어 사랑을 알게 되었다. 음, 경사롭다."

"저는 타츠루와 함께할 수 있을까요?"

"갑자기 그렇게 나오기냐!"

힘들다는 것은 아라라도 이해하고 있었다.

우선은 타츠루의 의지. 4무가의 자식들끼리 수련을 함께 한 사이이긴 해도 아라라는 개인적으로 타츠루와 이야기를 나눈 적이 없다. 결혼은 반드시 본인들끼리의 의향으로 하는 것은 아니기 때문에 그 자체는 장애가 되지 않는다고 해도, 타츠루에게 거부당해버리면 끝이다. 만약 아라라가 결혼을 신청하고 타츠루가 승낙한다고 해도 니기가 당주와 당대가 인정할지 그 문제도 있다. 오히려 그쪽이 더 큰 문제일 것이다.

이상한 표현이긴 하지만, 타츠루는 미시오가의 찬밥신세였다. 니기가의 적자인 아라라에게는 한마디로 말해서 그만한 권위가 있다. 타츠루가 그녀의 뜻에 따르게 만드는 것은 일도 아니지만, 니기가의 당주와 당대인 부모님이 찬성해주지 않으면 이야기가 진행되지 않는다.

혼담은 몇 년도 전부터 들어오고 있었다. 당주와 당대가 허락하면, 아라라가 어떻게 생각하든, 무슨 말을 하든 그 시점에서 결혼하게 되어버리겠지. 후보는 시가노가의 차남과 삼남, 가나타가의 장남, 미시오가의 장남. 이상 네 명으로 다들 우열을 가리기 힘들다기보다는 아라라가 보기에는 비슷비슷했다. 나이와 체격이 다소 다른 것뿐이고, 네 명 다 실력은 있지만 아라라와 겨루면 이기기도 하고 지기도 한다. 탁월한 재능의 소유자는 없다. 당주와 당대는 심사숙고를 거듭하면서도 딸의 결혼 상대를 좀처럼 정하지 못하는 것 같았다.

타츠루를 사모하는 마음을 깨달을 때까지 아라라는 본인 일인데도 결혼에는 관심이 없었다. 별로 누구든 좋다. 부모님이 하라는 사람과 결혼을 하고 아이를 낳고 키우고 단련시킨다. 그것으로 좋다.

그저 임무를 완수할 뿐이다. 그것이 당연하다고 생각했었다. 사랑 따위 하지 않았다면 고민할 일은 없었을 것이다. 고민하기 시작하자 가만히 있을 수가 없었다.

숙부에게 연정을 털어놓고 나서 얼마 되지 않아 아라라는 타츠루를 붙잡고 사람들 눈에 띄지 않는 곳으로 끌고 가서 결투장을 내미는 것 같은 심정으로 마음을 전했다.

"타츠루 님, 저는 당신을 좋아합니다. 아무쪼록 저와 혼인해주세요!"

"엇…."

타츠루는 한동안 망연자실한 표정으로 입을 헤 벌리고 있었으나, 곰곰이 잘 생각해보고 대답을 할 테니 7일 동안 기다려달라고 정중하게 대답했다. 아라라는 기다렸다. 밤에는 푹 잤지만 낮에는 그 일이 머릿속을 온통 차지해 훈련에 집중하지 못하고 당주에게서도, 당대에게서도 꾸지람을 들었다. 정신을 다잡으려고 해도, 좋은 대답이 아니면 어떻게 할까? 그런 생각만 머릿속에 떠올라 도저히 집중할 수가 없었다.

타츠루는 정확히 만 7일이 지난 뒤에 니기가를 방문했다. 아라라를 보러 온 것인가 했더니, 그게 아니었다. 놀랍게도 타츠루는 아라라의 부모인 당주와 당대에게 면회를 신청했다. 아무것도 모르는 당주와 당대는 마침 시간이 비어서 이것을 허락했다.

타츠루는 당주와 당대 앞으로 걸어가더니 갑자기 엎드리며 외쳤다.

"아무쪼록! 부디 아라라 님과 혼인시켜주십시오…!"

순식간에 니기가뿐만 아니라 촌락 전체가 벌집을 들쑤셔놓은 것처럼 발칵 뒤집혔다. 처음엔 타츠루가 아라라를 짝사랑해서 혼자 앞서 나간 것이라고 받아들여졌으나, 그것은 사실이 아니다. 그냥 두었다가는 타츠루에게 비난의 화살이 쏟아질 수도 있었기 때문에 아라라는 황급히 당주와 당대에게 말했다. 어디까지나 아라라가 타츠루에게 반한 것이고, 결혼을 신청했었다. 타츠루는 7일 동안 심사숙고를 거쳐 이것을 승낙하기로 결정하고, 그렇다면 예의를 갖춰 자기 쪽에서 간청해야 한다고 생각했다.

그야 결혼은 집안의 큰일이다. 심지어 아라라는 4무가 필두인 니기가의 적자이니까 먼저 당주와 당대에게 이야기를 하는 것이 도리겠지. 그야말로 타츠루답다. 예의가 바르다. 바르기는 바르지만, 먼저 아라라에게 한 마디 귀띔해줘도 좋았을 텐데.

하지만 그런 점이 좋다. 그런 면도 포함해서 타츠루가 바람직하다고 아라라는 느꼈다. 이미 타츠루와 결혼하는 것 말고는 생각할 수가 없었다. 다른 남자는 싫다. 애초에 타츠루 이외의 사람을 멋진 사내라고 생각한 적은 한 번도 없다. 타츠루뿐인 것이다. 타츠루밖에 없다.

당주와 당대는 생각해볼 필요도 없다는 기색이었으나 아라라는 밀어붙이며 호소했다. 머리도 숙였다. 타츠루와 결혼시켜달라고 애원했다. 분수도 모르는 놈이라고 촌락 사람들 전체로부터 무작정 비난당하고, 손가락질을 당하는 정도가 아니라 돌까지 맞고, 부모형제에게서까지 힐난을 당하는 타츠루를 구해주고 싶다는 마음도 당연히 있었다. 타츠루는 고립되는 정도가 아니라 박해를 받고 있었다. 무사 중에는 혈기왕성한 자도 있다. 이대로 두면 칼부림이 일어날 수도 있다.

"…당주님! 아니, 어머님! 제발! 제발 부탁드립니다! 이 아라라, 평생에 한 번뿐인 고집이라 생각하시고 타츠루 님과의 혼인을 허락해주십시오…!"

"안 됩니다."

"제발 생각을 바꿔주십사 이렇게 간청하는 것입니다…!"

"바꿀 수 없습니다."

"이 돌대가리!"

"당주한테 돌대가리라니 무슨 말버릇입니까?"

"돌대가리한테 돌대가리라고 하는 게 무슨 잘못입니까?"

"고집을 꺾지 않겠다면 그대야말로 돌대가리입니다! 동굴에 들어가 그 머리를 식히시오!"

당주와 언쟁을 한 것은 태어나서 처음이었다. 아라라는 출입구를 봉쇄한 동굴에 갇혀 반성할 것을 요구받았다. 빛이 들어오지 않는 동굴에서 5일 동안 먹지도, 마시지도 않고 지내고 나서야 간신히 해방되었다 아라라가 초췌할 대로 초췌해졌으니 이쯤 되면 당주도 과연 어머니의 마음이 되어 딸의 응석을 받아들여주지 않을까? 그런 아라라의 기대는 산산조각이 났다.

"…어머님, 제발… 평생의 소원입니다. 타츠루 님과의 혼인을…."

"안 됩니다. 보아하니 반성이 부족한 모양입니다. 다시 동굴에 들어가시오."

말도 안 돼. 아라라는 생각했다. 아무리 그래도 다시 동굴에 갇히면 죽어버린다. 그러나 농담이 아니었다. 당주의 명령으로 아라라는 다시금 동굴에 내던져졌다.

두 번째는 3일 만에 꺼내주었으나, 생존할 수 있었던 것은 단련된 정신과 육체, 그리고 수치를 무릅쓰고 바위벽에서 스며 나오는 소량의 물을 핥은 덕분이다. 당주는 진심이라고 생각하지 않을 수가 없었다. 말을 듣지 않는다면 아무리 딸이라 해도 죽어도 상관없다고 생각하고 있다. 혹은 죽일 작정으로 엄하게 대하면 딸을 자기 말에 따르게 할 수 있다고 확신하고 있는 것이다.

순순히 그 의도대로 따를 생각은 아라라에게는 털끝만큼도 없었다. 그렇다고 해서 당주에게 죽임을 당할 수는 없다. 죽으면 타츠루와 결혼할 수 없다. 아라라가 자기 뜻을 관철해서 목숨을 잃거나 하면 타츠루는 한탄하겠지. 스스로 목숨을 끊을지도 모른다. 그것은 아라라가 바라는 바가 아니다.

아라라는 정면으로 당주와 당대에게 탄원하는 것을 그만두었다. 표면적으로는 예전처럼 검술 수행에 전념하면서 사람들 눈을 피해 타츠루와 밀회를 가졌다. 밀회라고 해도, 서로 그리 말이 많은 편이 아니다. 얼마간 이야기하고 편지를 서로 건네주는 것뿐이었다. 당주의 명령으로 밀정 냐아가 감시하느라 붙어 있기 때문에 그것만으로도 상당히 애를 먹었다. 편지는 읽으면 처분하는 수밖에 없었다. 숨겨 갖고 있어봤자 재주 좋고 눈치 빠른 냐아가 수색하면 발견되어버릴지도 모른다.

당주는 언젠가는 다른 상대와의 혼담을 진행시키겠지. 그때에는 어떻게 할까? 여차하면 당주는 수단을 가리지 않는다. 거부하려고 해도 끝까지 거부할 수 있을까? 결국은 당주의 뜻대로 일이 진행되는 것은 아닐까?

타츠루는 고립무원 상태에서 처절한 괴롭힘, 끊임없는 중상, 학대라고 해도 될 만한 처참한 대우를 받으면서도 그 눈빛이 탁해지는 일은 없었다. 게다가 이것은 어쩔 수 없는 일이며, 그러니까 자신은 아무도 원망하거나 하지 않는다며 아라라도 원망하지 말라고 그는 몇 번이나 되풀이해서 말했다. 아라라는 그가 진심으로 그렇게 말하는 것이라 생각했다. 그에 대한 존경심이 깊어지고 사랑도 커졌다. 견딜 수 없어져 차라리 그와 둘이 도망치고 싶다고 숙부에게 말한 적도 있었다.

"네가 그러고 싶다면 나는 말리지 않겠다. 바깥세상을 모르는 너희끼리만 보내는 건 좀 걱정이 되는구나. 어디든 내가 안내해주지."

"숙부님, 저는 진심으로 말씀드리는 겁니다."

"나도 진심이다. 뭐, 일이 발각되면 나는 네 부모님한테 죽임을 당하겠지만, 다른 누구도 아닌 너를 위해서라면 목숨 같은 것은 아깝지 않다."

"믿어버리겠습니다."

"그래. 상관없다. 믿어도 돼."

숙부에게 반쯤 부추김을 당한 것 같은 형태로 아라라는 밀회 때 타츠루에게 도망갈 것을 제안했다. 타츠루라면 그 제안을 저버리지는 않을 것이라는 아라라의 예상은 빗나갔다.

"안 됩니다, 아라라 님. 도망가다니 당치않습니다. 저는 승복할 수 없습니다. 무사히 도망친다고 해도 모두가 불행해질 겁니다."

"…허나 타츠루 님, 도망가는 것 이외에 우리가 이번 생에서 맺어질 방법이 있는지요? 당주님은 곧 저에게 사내를 엮어주겠지요. 제가 거부해도 아랑곳하지 않고…."

"실은 저한테 한 가지 복안이 있습니다."

들어보니, 타츠루는 전부터 그 복안을 추진했고 실현시키고자 단련에 전념했다고 한다. 실제로 아라라가 동굴에 갇힐 무렵과 비교하면 타츠루의 몸은 한 둘레는 더 커지고 늠름해졌다.

타츠루가 말하기를, 모든 것은 자신의 무능함이 초래한 사태이니, 당주와 당대 모두가 인정할 수밖에 없는 기량을 몸에 익히기만 하면 모두가 결혼을 반대할 일은 없을 것이다. 무사인 이상은 역시 강해야만 한다. 강함은 이것 보라는 듯이 드러내는 것이 아니지만, 증명하지 않으면 타인은 모르는 것이겠지. 타츠루는 노선을 잘못 선택하고 순서를 잘못 정한 것이었다. 당주의 허락을 얻으려면 먼저 아라라에게 어울리는 무사가 되어야만 한다. 그전에 결혼시켜달라고 부탁한 것이 애초에 잘못인 것이다….

"하지만 모두에게서 인정받는다니, 도대체…?"

"물론, 강적을 무찌르는 것입니다."

"설마."

"그렇습니다, 아라라 님. 작금 우리 촌락 사람들을 두려워 떨게 만드는 적이라고 하면, 단 한 명."

"그 '혈와(피의 소용돌이)' 아놀드를 무찌르겠다고…?"

촌락은 한 곳에 머물러 있지 않는다. 고국을 잃은 이래로 점괘를 내어 길일이 정해지면 촌락을 옮기는 것이 그녀들, 그들의 습관이다. 게다가 모두가 깊은 안개 속에 파묻힌 사우전드 밸리 토지의 이점을 활용하는 데 탁월하기 때문에 촌락이 외적에게 위협을 당하는 경우는 많지 않다. 구 이슈마르 왕국령에서 날뛰는 언데드도, 구 나난카 왕국령에 신생 왕국 반깃슈를 구축한 오크도 굳이 촌락에 손을 대는 일은 없었다.

물론 그것은 촌락 사람들이 경계를 게을리 하지 않고, 끊임없이 절차탁마하고 있기 때문이다. 유비무환. 촌락이 항상 반석처럼 굳건한 태세를 갖추고 있고, 과거에 고국이 멸망한 언데드와 오크도 그것을 알고 있기 때문에 쳐들어오지 않는다.

촌락이 방심한 것은 아니었다. 반년 전쯤 한밤중에 그 다보아름 언데드는 힘으로 방비를 돌파하고 촌락에 침입했었다.

사망자 7명. 중상자 23명.

네 자루의 칼을 휘둘러 무사들을 잇달아 베어 죽이고 사령술사의 손발이 되는 인조인간들을 몇이나 조각내 파괴한 언데드는 스스로 일으킨 피의 소용돌이의 중심에서 명백하게 살육을 즐겼다. 경악할 만한 일은 그 언데드는 단신이었다는 것이다. 혼자서 촌락에 침입해서 많은 사람의 목숨을 빼앗고, 또한 그보다 더 많이 상처를 입히고는 이름난 4무가의 무사들, 밀정들의 추격을 따돌리고 행방을 감췄다.

말할 것도 없이 이것은 촌락에 있어서는 통한의 사건이었다. 어떻게 할 수도 없는 비극이며 큰 굴욕이기도 했다.

언데드의 정체는 금방 드러났다. 오크 잠보가 이끄는 다종족 혼성 독립 집단 포르간의 일원으로 이름은 아놀드. 포르간에서 1~2위를 다투는 실력자라고 한다.

포르간의 행동 범위는 구 이슈마르 왕국령에서 구 나난카 왕국령, 구 아라바키아 왕국령까지로 상당히 넓다. 그 실태가 상세히 알려진 것은 아니지만, 각지의 세력과 충돌하면서 이동 생활을 하고 있는 유민 집단이라고 여겨졌다.

그렇기는 해도, 그들은 그저 유민이 아니다. 다수의 피비린내 나는 사건에 관여되었고, 그중에는 전쟁이라 부르는 편이 나을 만한 규모의 싸움도 포함된다. 그들도 그에 따른 희생을 치르기는 했지만, 그 명성은 높아지기만 하는 것 같았다. 놀랍게도 평판을 들은 반깃슈의 왕이 잠보에게 관직을 제안했으나 매몰차게 거절당했다고 한다. 왕의 체면은 구겨졌다. 이에 원한을 품고 왕은 군대를 보내 토벌하려고 했다. 그런데 포르간의 몇 배나 되는 반깃슈 부대는 분투도 허망하게 괴멸, 오히려 왕의 권위가 실추되는 결과가 되었다고 한다.

기이한 점은 아놀드가 단독으로 촌락에 쳐들어온 것이다. 포르간이 촌락에서 10킬로미터 정도밖에 떨어지지 않은 장소에 정착하려고 한다는 사실은 밀정들에 의해 밝혀졌었다. 그러나 포르간 전체가 아놀드의 뒤를 이어 촌락에 쳐들어오는 것도 아니었다. 오히려 촌락 따위 안중에 없는 것같이 보이기까지 했다.

복수인가? 조용히 지켜보는가?

6가의 당주, 당대는 회의를 열고 결론을 내렸다.

경비를 더욱 엄중히 해서 기습, 요격으로 당한 만큼의 보복을 하고 나서 포르간이 어떻게 나오는지 살핀다.

곧바로 무사와 밀정, 사령술사에 의한 보복 부대가 결성되어 파견되었으나, 사전에 간파당한 듯 포르간은 흩어져버려 붙잡기 힘들어졌다. 이쪽이 공격으로 나선 것을 상대가 눈치 채면 반대로 촌락을 칠지도 모른다. 경호를 단단히 하고 있다고는 해도, 보복 부대를 밖에 내보내면 그만큼 촌락 내부의 전력은 아무래도 저하된다. 보복 부대가 잠복조를 만날 가능성도 고려해야 한다.

촌락이 걸어온 길은 결코 평탄하지 않고 몇 번이나 위기에 봉착했었다. 6가의 현 당주, 당대도 위급 존망의 시기를 극복한 경험이 없는 것은 아니다.

단, 당주와 당대를 포함한 촌락 사람들은 전쟁을 몰랐다. 과거에 그녀들, 그들의 고국은 노 라이프 킹이 이끄는 대군세를 적으로 돌려 용감히 싸우다 쓰러져 덧없이 멸망한 것이다. 때문에 철저히 전쟁을 피한다. 그렇기 때문에 아무도 전쟁을 감행하지 못할 체제를 만든다. 그것이 촌락의 대방침이었다.

6가의 당주와 당대는 보복 부대를 귀환시켜 은밀히 초계하고 임전 태세를 계속 취하기로 결정했다. 그것을 소심하다고 비판하는 목소리도 있었으나, 어쨌든 모두 따랐다.

포르간에서 특별한 움직임은 발견할 수 없었다. 사우전드 밸리에 있는 것은 분명하지만, 촌락 사람과의 접촉을 피하는 것처럼 그들은 조용했다.

그대로 한 달이 지나고, 두 달이 지나고, 석 달이 지나가고… 벌써 반년.

이제 포르간에 싸울 마음이 없는 것은 아닐까 하는 시각이 유력시되고 있다. 그렇다고 해서 마음을 놓을 수는 없다. 아놀드가 촌락에서 난동을 부린 것은, 두 번에 걸친 아라라의 동굴 감금 사건이 있은 지 얼마 뒤의 일이었다. 촌락 전체가 예민해졌고 타츠루는 촌락 사람들에게 있어서 마침 적당한 화풀이 대상이었다는 측면도 있었는지도 모른다.

만약 타츠루가 그 아놀드를 무찌르면 누구도 그 무훈을 무시할 수는 없을 것이다. 그러나 그것을 계기로 전쟁이 시작되어버릴지도 모른다.

상황이 어떻든 아라라는 니기가의 적자다. 순간적으로 그런 우려가 머리를 스쳤지만, 그것을 이유로 포기하게끔 타츠루를 설득하는 것은 망설여졌다. 상대가 나쁘다고도 말하기 힘들었다. 타츠루의 자존심을 상처 입히고 싶지 않았다.

"역시 저와 도망갑시다, 타츠루 님. 당신과 함께할 수만 있다면, 다른 것은 아무것도 필요 없습니다. 모두 다 버린다고 해도 아깝지는 않습니다."

"굳이 버리기를 원치 않습니다, 아라라 님. 특히 당주, 당대님은 아라라 님의 몸을 진심으로 걱정하십니다. 도망감으로써 부모님의 마음을 짓밟으신다면, 반드시 두고두고 후회하실 겁니다."

"그분들은 가문과 촌락밖에 생각하지 않으십니다."

"아뇨. 그렇지 않습니다, 아라라 님. 당주님, 당대님도 자식을 둔 부모. 하지만 4무가 필두를 맡으신 신분이기 때문에 눈물을 머금고 자신의 감정을 죽이고 계신 것입니다. 그걸 모르십니까?"

야단을 맞고 그만 압도당했다. 타츠루의 배려와 의연한 용맹함에 감동하기도 했다.

그래도 보내지 말았어야 했다. 아무리 수련을 쌓아도 타츠루는 검호는 될 수 없다. 숙달된 검술 교사는 될 수 있을지도 모르지만, 그 이상은 무리다. 니기가의 적자로서 부끄럽지 않은 자질을 갖고 태어난 아라라는 타츠루의 재능을, 그 한계를 거의 정확하게 간파했다. 타츠루 정도로는, 뭔가 어지간한 행운이라도 따르지 않는 한 '혈와' 아놀드에게 이길 수는 없다. 알고 있으면서도 아라라는 말리지 않았다. 아니, 말릴 수가 없었다.

무사가 목숨을 걸고 뭔가를 하려고 한다. 무모하든, 무리든, 무사에게 뜻을 굽히라고는 할 수 없다. 사랑하기 때문에 더욱 그것만은 할 수 없다. 무사란 그런 것이기에. 때로는 당주와 당대가 고압적으로 명령해서 제지하는 경우가 있었다. 윗사람이 반론을 못 하게끔 밀어붙이지 않는 한 무사는 멈추지 않는 것이다.

다음 날 타츠루는 혼자 촌락에서 나갔고, 두 번 다시 돌아오지 않았다….

"…이렇게 되어서, 이것이 아라라와 아놀드의 악연이라는 건데."

록은 말하면서 앉았다 일어섰다 하기도 하고 걸어 다니기도 하고 그야말로 정신없었다. 그리고 머리카락이 곤두서 있다. 어떻게 해서 서 있는 걸까? 무슨 머릿기름 같은 것으로 고정한 건가? 어쨌든 에너지가 넘쳐서 못 견디겠다는 듯한 인상을 준다.

입이 길쭉한 호피 무늬 생물이 록의 어깨에 앉아 있다고나 할까, 목에 감겨 있는 것 같은데 용케도 떨어지지 않네. 저 생물은 미루미라고 해서 그림갈에서는 비교적 자주 볼 수 있다. 보아하니 록이 키우는 미루미인 듯, 이름은 게츠라고 한다.

"요컨대 원수를 갚으려는 거야. 그야 원수를 갚고 싶기도 하겠지. 사랑했던 남자가 죽임을 당했으니까. 너희도 그 정도는 이해하지? 안 그래? 하루히로, 유메?"

"…네에." 하루히로는 고개를 숙이고 눈썹을 찡그리고 숨을 내쉬었다. "그야 뭐…."

"응냐…." 유메는 한쪽 볼만 튀어나와 고개를 한껏 갸웃거렸다.

안개는 제법 약해졌지만 대신에 어두웠다. 금방 어둠이 늘어난다.

단, 조금 전부터 여기저기에서 작은 녹색 빛이 난무하기 시작했다. 그것들은 저녁 무렵부터 한밤중까지 빛을 내뿜으며 날아다니는 루라카라는 벌레라고 한다. 상당히 환상적이고 아름다운 광경이긴 했다. 그래서 어쨌다는 거야? 그런 생각밖에 안 든다는 것이 좀 서글프다.

서글프다고나 할까, 솔직히 하루히로는 상당히 조바심을 내고 있다.

록은 부상을 입은 아라라를 안고 도망쳤고, 다른 멤버들도 각각 전력으로 도망쳐 여기에서 합류했다. 여기가 어디인지 하루히로는 짐작도 할 수 없었지만, 아무래도 무슨 일이 생기면 만나는 장소로 미리 정해놓았던 모양이다.

대머리 덩치남 카지타는 거대 버섯검을 바닥에 꽂아놓고서 양반다리를 하고 있다. 얼마 전부터 미동도 하지 않는다. 앉은 채로 자는 것일까? 검은 안경 탓에 확실하지는 않다.

현역 최강의 암흑 기사 모유기는 바닥이 튀어나온 곳에 다리를 꼬고 앉아 컵으로 뭔가 마시고 있다. 별로 상관없지만, 너무 편히 쉬고 있는 건 아닌가? 우아한 한때를 보내는 것 같은 분위기까지 풍긴다. 데이몬 모이라는 근처에는 없다. 때때로 '이야아아아아아아아아…'라는 소리가 희미하게 들리는 걸 보니 어딘가에 숨어 있는 모양이다.

도적 사카나미는 어째서인지 엎드린 채 쓰러져 있다. 괜찮은 건가? 다소 마음에 걸렸지만, 다들 내버려두는 걸 보니 괜찮은 거겠지. 그리고 아마도 저건 괜찮지 않은 사람이겠지. 원래 괜찮지 않으니까, 괜찮지 않아도 괜찮다고나 할까.

스포츠머리 신관 츠가는 아라라의 치료를 마치자 결가부좌를 하고 명상을 하기 시작했다. 그 이후로 계속 눈을 감은 채로 가만히 있다.

참고로 사냥꾼 출신 크로우는 없다. 볼일이 좀 있어서 혼자만 자리를 떴다.

"…타츠루 님의 원수를 갚지 못했다." 아라라는 쓰러진 나무에 앉아 고개를 숙이고 몹시 분해하고 있다. "…내 탓에. 내가 부상을 입은 탓에…!"

"그렇게 낙담하지 마, 아라라." 록은 아라라 정면에 쪼그리고 앉았다. "찬스는 또 찾아온다. 우리가 만들어줄게. 알았지?"

"쿄오…!" 미루미 게츠가 울었다. 주인과 함께 아라라를 격려해 주는 것 같다.

"면목 없소." 아라라는 살짝 숨을 내쉬고는 얼굴을 들었다. "그대에게는 신세만 집니다, 록. 이 은혜를 어이 갚을지…."

"바보네, 아라라. 그런 생각을 할 필요는 없어. 우리가 좋아서 하는 일이니까."

"허나…."

"됐다니까! 우선은 아놀드 놈을 쓰러뜨리는 것에만 집중하자고. 그러기 위한 방법은 모유기가 생각한다. 우리는 모유기의 전략을 따른다. 실패하면, 성공할 때까지 몇 번이고 다시 하면 돼. 간단하지? 안 그래?"

"그대가 말하면 어째서인지 정말로 그렇게 생각됩니다."

"실제로 어려운 일 같은 건 하나도 없어. 우리한테 맡겨. 이 록스에게."

"…허나." 아라라는 또 고개를 숙이더니 자기 오른손으로 왼팔을 꽉 움켜쥐었다. "그대들이 내 복수를 함께 해줄 의리는 전혀 없는데도…."

하루히로는 유메와 얼굴을 마주 보았다. 그거야, 그거. 바로 그 점이라고, 문제는.

아라라의 연인 타츠루는 촌락의 숙적 아놀드를 죽이려다가 반격을 당했다. 아라라는 사랑하는 남자의 원수를 갚고 싶다. 거기까지는 알겠다. 하지만, 록 이하 록스는? 그들은 의용병이다. 당연히 촌락의 사람이 아니다. 관계없지 않아?

"아라라. 아라라. 어이, 아라라!" 록은 갑자기 일어서서 두 팔을 벌렸다. 게츠는 떨어질 뻔했으나 간신히 버텼다. "뭘 그렇게 내외하는 거야? 의리야 당연히 있지! 너무 많지!"

"그리 말씀하시지만, 그대들과는 알게 된 지 얼마 되지도 않았고….'

"그게 뭐 어때서?! 시간 같은 건 상관없어!"

"그때 제가 사정을 털어놓지 않았다면 말려들 일은….'

"나는 말려들었다고는 전혀 생각하지 않아! 그렇지? 모유기?!'

"아니요. 저는 많이 생각합니다만."

"뭣이?!'

"이번뿐만이 아니지만요. 자네들과 함께 행동하는 한, 저는 변변치 않은 일에 말려들기만 합니다."

"핫! 그게 못 견디게 좋아서 록스에 있는 거잖아?!'

"당연합니다. 쓸데없는 일에 시간을 허비할 만큼 인생은 길지 않아.'

카지타가 엄지를 세워 보였다. "그러게, 요."

"…우우…." 사카나미가 신음하면서 바둥거리고 있다. 왠지 괴로운 것 같다….

츠가는 미소를 띠고서 명상하고 있다. 깨달음이라도 얻은 건가…?

이것은… 꽤나, 제법, 딴지를 걸 부분이 많다. 오히려 딴지를 걸 부분밖에 없는 것 같은데?

싸울 이유를 한마디로 말하면, 미친 거다. 그런 말을 모유기가 했었다. 하항. 과연 그렇구나.

이 사람들은 전원 다 이상하다.

괴짜 집단인 것이다.

그런 느낌은 들었다. 하루히로 팀 같은 평범한 사람이 아니니까 정상일 리가 없다. 무엇보다도 평범한 하루히로가 봤을 때 정상인지 아닌지 같은 건 그들에게는 너무나 상관없는 이야기겠지. 평범하지 않은 사람은 어딘가 정상이 아니다. 원래 정상이 아니기 때문에 평범하지 않은 곳까지 갈 수 있는 걸까? 아니면, 평범함의 영역을 넘어서면 정상이 아니게 되어버리는 건가? 혹은 정상이면 평범함에서 탈출할 수 없는 걸까? 하루히로는 잘 모르겠다. 몰라도 별로 지장은 없다. 이런 괴짜들의 성질이나 행동 원리 같은 건 알 바가 아니다. 무슨 인연인지, 어쩔 수 없이 록스와 함께 있게 되지만 않았다면.

"웅… 그럼…." 유메가 억지로 자신을 납득시키려고 하는 것처럼 끄덕였다. "결국 그거네? 로꿍네는 바로 얼마 전에 알게 된 아라랑을 도와줘야겠다고 생각하고 도와주는, 좋은 사람들인 거지?"

"웅? 우리가? 좋은 사람?" 록은 유메를 보고 얼굴을 찡그렸다. 엄청나게 악당 같은 표정인데요, 그거. "…엉? 뭐야? 그게. 우습게 보는 건가?"

"좋은 사람이라고 했으니까 전혀 우습게는 안 보는 거잖아."

"있잖아, 유메. 좋은 사람이란 건 칭찬도 뭣도 아니야. 요컨대 나와는 별로 상관없다는 뜻이니까."

"유메는 그런 생각으로 한 말이 아닌걸."

"그런가. 그래도 우리는 좋은 사람 같은 게 아니야. 그렇게는 안 보이잖아?"

"응. 안 보여."

"핫핫핫. 그렇지? 그런, 저스티스라거나 페어니스라거나 모럴이라거나 우리는 그런 걸로 움직이지 않아."

"그럼, 로꿍네는 뭘로 움직여?"

"여러 가지 있지만, 지금은…." 록은 가슴에 손을 대고 의기양양한 얼굴을 했다. "사랑이다."

하루히로는 넋이 나가버릴 것 같았다. "…사랑?"

"그냥 사랑이 아니야. 사랑이다, 사랑."

뭐가 다른 겁니까? 똑같은데요? 참 내, 별꼴이야. 하루히로는 현기증이 났다. 영문을 모르겠네. "…네? 그보다, 사랑이란 건, 그… 누구에 대한?"

"그야 당연히 아라라지."

"…아니… 하, 하지만…?" 하루히로는 록과 아라라를 번갈아 보았다. 록은 당당했지만 아라라는 창피한 건지, 곤혹스러운 건지 아직도 고개를 숙이고 있다. "하지만, 저기, 아라라… 씨는, 연인이 있고…? 그 연인이 거시기해서, 그러니까…."

"그런 게 상관있어?"

"…없… 습니까? 저는 별로 그런 경험이랄까, 그런 적이 없어서 잘 모르겠지만, 그래도…."

"처음 만났을 때 아라라는 칼을 들고 있었다. 안개 너머에서 뛰어

나와서 갑자기 나를 베려고 들었다."

"그, 그건!" 아라라는 어린 소녀처럼 입을 삐죽 내밀었다. "…저, 저는, 착란 상태였습니다. 타츠루 님의 원수를 갚는 것밖에 머릿속에 없어서, 숙부님이 말리는 것을 뿌리치고 촌락을 뛰어나와, 움직이는 것은 모두 적인 것처럼…."

"예뻤다." 록은 만면에 웃음을 띠었다. "머리가 헝클어지고 엄청 험악한 얼굴에, 약간 울었었다. 녹다운 당했다. 한눈에 반한다는 거지. 이 여자는 왜 눈물을 흘리는가? 무슨 일이 있었나? 내가 뭐 해줄 수 있는 일은? 그런 생각을 안 할 수가 없었다."

"하트에, 불이 붙었다." 카지타가 허스키한 목소리로 중얼거렸다.

"그거다." 록은 카지타에게 주먹을 쥐어 보였다. "사랑으로 불이 붙은 내 마음과 몸은 그 누구도 멈추게 할 수 없어. 다 타버릴 때까지 계속 달린다."

"금사빠입니다." 모유기가 내뱉는 것처럼 말했다. "게다가 매번 어떻게 할 수도 없는 상대만. 품을 수도 없는 여자가 어디가 좋은 건지. 나는 이해가 안 돼."

"네 그런 면은 재미없어, 모유기. 보답을 바라는 사랑은 사랑이 아니야. 그냥 욕심이지. 내 사랑은 말이지, 아낌없이 주는 것이다. 나는 아라라를 사랑해버렸다. 사랑한다. 그러니까 아라라의 바람을 이루어주고 싶다. 그러기 위해서라면 뭐든지 한다. 이런 거, 타오르잖아? 즐겁잖아? 안 그래? 하루히로? 이해가 가나?"

"아뇨. 모르겠습니다."

"모르는 거야?!"

"연애 경험 같은 것이 전 별로 없어서…."

"그렇다면, 동정인가!"

"…그렇게 놀랄 일입니까?"

"동정은 말이지…." 유메는 끄덕끄덕… 마치 뭘 안다는 듯한 얼굴로 끄덕이고 있는데, 제대로 의미를 이해하는 걸까? 다른 사람도 아닌 유메니까 뭔가 착각하는 것 아닐까?

"하필이면 동정이냐?" 록은 혀를 찼다. "동정인가. 동정이라면 뭐…."

"몇 번씩 말하지 말아주십시오…."

"하루히로." 카지타가 하루히로에게 얼굴을 향하고 엄지를 세웠다. "비기너스 럭."

"…의미를 모르겠네."

"캬하하하?!" 사카나미가 갑자기 몸부림치면서 웃기 시작했다. "진짜 웃겼어?! 동정, 동정…! 동정은 동정의 여지가 없다… 캬하하하!"

"…더욱 의미를 모르겠고."

"그야 뭐." 록이 게츠의 목을 손가락으로 쓰다듬어주면서 수긍했다. "방금 그건 나도 잘 이해를 못 하겠다. 사카나미는 맛이 갔으니까. 이 녀석을 화나게 하지 않는 게 좋아, 하루히로, 유메. 무슨 짓을 저지를지 나도 예상이 안 돼."

"…그런 사람과 잘도 같이 다니네요."

"재미있잖아?"

"이쪽은 힘듭니다." 모유기는 컵을 왼손으로 바꿔들고 오른손 가운뎃손가락으로 안경 브리지를 눌렀다. "이런 남자를 계산에 넣어 전술을 짜야 하니까요."

"그러니까 재미있잖아?"

"부정은 하지 않겠습니다만."

결국 이런 뜻인가? 동기는 록이 한눈에 반한 것. 게다가 복수는 재미있을 것 같아서 록스는 아라라를 돕고 있다. 그야말로 미친 거다.

"…그럼, 새벽 연대에 들어간 것도 재미있을 것 같아서? 입니까…?"

"그것도 있어." 록은 눈을 가늘게 뜨고 입 양끝을 올렸다. "이유는 그것 말고도 있지만. 하루히로, 너한테는 안 가르쳐준다."

"어, 어째서…?"

"재미있잖아? 말 안 하는 편이. 오?" 아마도 록보다도 먼저 게츠가 오른쪽으로 고개를 향했을 것이다. "크로우인가?"

그쪽을 보니 루라카의 빛이 오가는 저녁의 어둠 저편에 사람 실루엣 같은 것이 있었다. 사람 실루엣이 다가오는 것 같다. 손을 흔든다. 크로우다.

"없었다." 나른하다는 듯이 하루히로 옆에 앉더니 크로우는 입을 열자마자 그렇게 보고했다. "예의 동굴에, 네 동료는."

"그럴 수가…." 하루히로는 경악했다. "…하, 하지만 뭔가, 다른 동굴을 잘못 알았다거나."

"아니야. 그, 뭐지? 이세계로 통하는 동굴이라는 것은 나도 대충 파악하고 있었으니까. 참고로 사람이 있던 흔적은 있었다."

"…끙." 유메는 복잡한 표정을 하고 관자놀이 양쪽을 검지로 눌렀다. "…그렇다는 건? 그렇다는 건? 뭐지?"

"너희가 좀처럼 돌아오지 않으니까 찾으러 나갔다거나? 그랬다가 조난당했다거나. 있을 법하네."

"가볍게 말하네요…."

"너희가 길을 모른다고 헛소리만 지껄이기에 나 혼자 가는 게 마음도 편하고 안전해서 일부러 보고 와준 거다. 결국 헛수고였어."

"…죄송합니다. 그러… 네요. 고맙습니다. 크로우 씨."

"오냐. 하나 빚진 거다. 이자 붙여서 확실하게 갚아."

빚을 져버린 것은 둘째치고, 예의 출구에 동료가 없었다는 것은 역시 큰 충격이다. 아무 생각도 할 수가 없다. 아니, 생각할 수 없어도 생각해야 한다. 역시 내가 가야 하나? 가서 네 사람을 찾는다. 하지만 이미 어둡다. 게다가 적. 적이 있을지도 모른다. 하루히로는 포르간 같은 건 어찌 되든 아무래도 상관없지만, 상대는 그렇게 생각해주지 않겠지. 하긴 이 손으로 죽이기도 했었고. 놈들에게 들키면 공격당해도 할 말은 없다.

"어이, 어이?"라고 말을 걸어와 깜짝 놀라 그쪽을 보니 사카나미가 바로 옆에서 몸을 배배 꼬고 있었다. "어떤 기분? 어떤 기분? 응? 지금 어떤 기분? 슬퍼? 아니면 힘들어? 괴로워? 울 것 같아? 토할 것 같아? 어때? 어때?"

"우선, 짜증 나는데요…?"

"키힉! 캬하하하하핫! 그거 웃긴다! 배 아파…."

"도대체 뭐야? 이 사람…."

"아, 그 녀석?" 크로우는 유쾌하다는 듯이 말했다. "그저 성격 파탄자."

"말이 너무 심한데?!" 사카나미는 크로우에게 항의했다. "크로우, 당신 같은 악당한테서는 듣고 싶지 않다고! 사람을 무시하는 사내한테서는! 나는! 사람은 안 먹어. 하지만 신은 먹는다! 식신! 멋있다…! 캬하하하하…!"

무시하자. 응. 무시. 이 사람은 무시하기로 하고, 생각해야 한다. 생각하는 거다.

"자, 그럼." 모유기가 일어섰다. "내 견해로는, 슬슬 이 부근도 포르간의 손길이 뻗쳐 와도 이상하지 않습니다. 이동합시다."

"좋아." 록은 일동을 둘러보았다. "가자, 아라라. 너희도."

아무래도 그 '너희'에는 하루히로와 유메도 포함되는 모양이다. 하긴 남겨지는 것도 곤란하니 가는 수밖에 없겠지. 이동하면서 생각하는 수밖에 없다.

"하루 군…." 유메가 하루히로의 옷자락을 잡아당겼다. 과연 불안한 것 같다. "다들 어디로 가버린 걸까?"

"무사할 거야. 틀림없이." 자기가 말해놓고도 그저 빈말인지, 그렇게 믿고 싶은 것뿐인지 잘 모르겠다. "그쪽에는 란타가 있고. 그 녀석, 억척스럽잖아."

"…그러네." 유메는 옷자락을 놓았다… 고 생각했더니 이번엔 하루히로의 소맷자락을 붙잡았다. 유메가 어떻게 해주길 바라는지 알아버렸기 때문에 응해주지 않을 수는 없었다. 하루히로는 유메의 손을 잡았다. 유메는 곧바로 힘주어 맞잡았다.

10. 왜

머리가 어질어질하다. 어둠 속에서 명멸하는 무수한 빛이 엄청나게 흔들려 구역질이 났다. 뭔가에 발이 걸리거나 살짝 파인 곳을 밟거나 해서 넘어질 뻔할 때마다 쿠자크가 부축해준다. 일일이 사과하는 것은 이제 하지 않기로 했다. 목소리를 낼 여유가 없다. 이제 무리다. 더 이상은 뛸 수 없다. 한참 전부터 그렇게 느꼈다. 차라리 날 내버려두고 갔으면 좋겠다. 그런 말을 한다고 해도 쿠자크는 물론이고 카츠하루도 시호루를 두고 가거나 하지는 않겠지. 알고 있으니까 말하지 않는다.

"카츠하루 씨…!" 쿠자크가 앞에서 가는 카츠하루를 불렀다. "…어떻습니까? 이거…?! 도망칠 수 있을 것 같습니까…?!"

"글쎄." 카츠하루는 그리 호흡이 흐트러지지 않았다. "촌락까지 아직 거리가 있으니까 이녁들한테 달렸겠지."

"…젠장! 내가 덜거덕덜거덕 시끄러워서 냐아에게 들켜서…!"

"말해도 소용없는 일이다. 뭐, 이녁들을 끌어들인 것은 나고. 섣불리 놈들에게 너무 다가간 거야. 내 불찰이다."

"그보다, 어떻게 그렇게 여유가 넘치는 겁니까…?!"

"당황한다고 어떻게 되는 것도 아니잖아."

냐아. 뒤는 물론이고 왼쪽에도, 오른쪽에도 냐아가 있다. 루라카라는 빛나는 벌레가 날아다니긴 하지만 그래도 어둡다. 그래서 냐아의 모습은 보이지 않지만 소리가 들린다. 냐아… 냐아… 냐아… 냐아… 냐아… 냐아… 냐아… 냐아… 하고 이쪽에서도, 저쪽에서도 울음소리가. 냐아는 가까이에 있는 건가? 멀리 있는 건가? 몇 마리나 있는 건가? 시호루는 전혀 알 수가 없었다. 카츠하루가 말하기를, 주인에게 길러진 냐아들은 때로는 이렇게 해서 은근히 골탕을 먹이는 것처럼 서서히 표적을 몰아붙인다고 한다. 확실히 그들은 몰리고 있었다. 적어도 시호루와 쿠자크는.

"뭐." 카츠하루는 뛰면서 내는 것치고는 지나치게 느긋한 목소리로 말했다. "지금으로서는 추적자는 냐아뿐인 것 같다. 이대로라면 어떻게든 촌락까지 도착할 수 있을지도 모르지. 최대한 분발하라고."

분발한다. 분발하고 있다. 힘껏 애쓰고 있다. 단, 아무리 해도 한계라는 것이 있다. 기진맥진해서 이러지도 저러지도 못하게 된 후에는 쿠자크와 카츠하루에게 최악의 형태로 민폐를 끼치게 되겠지. 아니, 이미.

갑자기 무릎이 빠진 것처럼 힘이 쭉 빠져나가 발을 앞으로 내밀수가 없게 되었다. 시호루는 반사적으로 지팡이에 몸을 기댔다. 그래서 간신히 넘어지지는 않았으나 이제 뛸 수 없다. 걷는 것도 못할 것 같다. 드디어 와버렸다. 한계가.

"시호루 씨…?!" 쿠자크가 멈춰 섰다. "왜 그래요? 멈추면….."

"어이구." 카츠하루는 되돌아오더니 시호루에게 등을 내밀고 쪼그리고 앉았다. "자. 업어줄 테니 업혀."

"…아, 아니에요. 그건, 아무리 그래도….."

"시호루 씨, 업혀요! 나는 여차할 때 방패가 될 테니까!"

"빨리 해줘. 이 자세는 허리가 아프거든."

"…죄, 죄송합니다. 그럼, 시, 실례하겠습니다…!"

카츠하루의 등은 생각했던 것보다 넓고 안정감이 있었다. 꽤 중량이 있는 시호루를 업고도 발걸음이 전혀 흐트러지지 않는 이 남자는 보기보다 훨씬 믿음직스러운 면이 있는 것 같았다.

"미안하지만 좀 더 꽉 달라붙어주지 않겠나?"

"…네, 넷."

"음, 지복이로세."

"…네?"

"아니, 혼잣말이다. 신경 쓰지 마. 하지만 이런 줄 알았으면 처음부터 이렇게 할 걸 그랬군. 음훗…. 물론 농담이다. 분위기를 편안하게 하려는."

믿음직한 면이 있을지도 모르지만, 어딘가 살짝 몸의 위험을 느끼지 않는 것도 아니다. 위험이라고 하면 냐아들은 어떤가? 시호루가 거치적거리는 존재가 되어버려 아까보다도 상황이 좋아졌다고는 생각할 수 없다. 보통으로 생각하면 악화되었을 것이다.

어딘가에서 늑대가 짖었다.

"…방금 그거…?!" 쿠자크가 발을 멈추지 않고 돌아보았다.

"좋지 않은걸." 카츠하루는 낮게 중얼거리고 재빨리 좌우를 보았다. 왼쪽은 평지지만 오른쪽은 불룩 튀어나와 있다. 앞쪽은 좁은 길이다. "여기서는 조건이 나빠. 우선 좀 더 괜찮은 장소로 나가면 그때 하기로 할까? 내가 혈로를 열 테니까 이녁들은 도망쳐."

"아니, 카츠하루 씨가 그렇게까지 하실 의리는 없습니다!"

"이녁들이 나이가 있다면 나를 위해 희생시키겠지만. 나보다 젊은이가 죽는 것을 보는 건 아무래도 기분이 나쁘다. 뭐, 나도 그리 간단히 쓰러지지는 않아. 이래 봬도 경험치는 꽤 쌓았으니까."

"…저는 어차피 멀리까지는 도망칠 수 없어요." 시호루는 어금니를 악물었다. 모처럼 업혔는데도 아직 호흡도 차분해지지 않았다.

"…함께, 싸우겠어요. 하는 수밖에, 없어. …마법으로, 엄호하겠어요."

"멋있는 척하고 싶었지만, 어쩔 수 없군."

잠시 후 수목이 많은 평지에 접어들자 카츠하루는 시호루를 내려주고 칼을 뽑았다. 쿠자크가 검은 날 검과 방패를 들고 시호루 앞으로 나섰다.

이 주변에는 루라카가 적다. …냐아… 냐아… 냐아… 냐아…. 울음소리로 보아 냐아들은 꽤 접근한 모양이다. 늑대들이 짖고 있다.

"다크…." 시호루가 정신을 집중시켜 이름을 부르자 보이지 않는 세계로부터 문을 열고 나오는 것처럼 엘리멘탈 다크가 나타났다. 새카만 실이 나선형으로 엉켜 사람과 비슷한 형태를 이루고 있다. 다크는 흔들거리며 허공을 걸어 시호루의 어깨에 앉았다.

카츠하루가 다크를 힐끗 보더니 "오호"라고 감탄의 목소리를 냈다. "본 적 없는 마법이로군."

"오리지널 마법입니다, 시호루 씨의." 쿠자크는 주위의 기척을 살피면서 심호흡을 했다. "…냐아라는 건 직접 공격하는 건가요?"

"별로 격투는 하지 않아. 놈들은 동족이 소홀히 취급당하면 일치단결해서 외면하는 습성이 있다. 따라서 냐아 술사도 냐아를 싸우게 하고 싶어하지 않는 모양이다."

"그럼, 오는 것은…." 쿠자크가 말하려던 입을 다물었다.

소리가 난 것이다. 발소리가. 돌진한다. 맞은편 왼쪽에서다. 늑대. 흑랑인가? 시호루는 다크에게 영격을 명하려고 했으나 생각을 고쳐먹었다. 타이밍이 맞지 않는다.

카츠하루가 머리도, 허리도, 위아래로 움직이지 않는 독특한 걸음법으로 왼쪽으로 갔다. 흑랑이 뛰어오르기 직전에 카츠하루는 칼을 내리쳤다. 흑랑은 근사하게 머리가 깨져 엎어졌다. 카츠하루는 같은 걸음법으로 원래 위치로 돌아왔다. "잇달아 온다."

"으럅…!" 쿠자크는 방패로 뭔가를 튕겨냈다. 다른 흑랑이 태클을 한 것인가?

"눈으로 좇으면 늦는다." 카츠하루가 또 움직여 칼을 휘둘렀다. 맞은 모양이다. "보는 것이 아니야. 느낌이다."

될 리가 없다. 시호루는 마법사인 것이다. 아니, 마법사니까 할 수 없다거나 그런 생각은 어설프다. 뒤에서 다가온다. 돌아보면서 동시에 명령했다. "…가라…!"

시호루가 길드에서 배운 마법과 달리 다크는 그저 똑바로 날아가는 것이 아니다. 어느 정도는 유도할 수 있다. 흑랑. 어둠 속에서 덤벼드는 흑랑이 보인 것은 아니었다. 카츠하루의 말이 당장 도움이 되었다. 보는 것이 아니라 느낀다. 뭔가가 확 밀려와 시호루는 거기에 다크를 부딪치게끔 마음속으로 바란 것뿐이었다. 다크는 시호루를 지켜주었다. 흑랑은 아웅… 이라는 울음소리를 내며 굴렀다. 시호루는 즉시 또 다크를 불러냈다. "…오너라, 다크…!"

"미안, 시호루 씨…!" 쿠자크는 검과 방패로 흑랑들을 뿌리치고 위협하면서 간신히 시호루를 보호하려 하고 있다. "많네, 숫자가…?!"

"이럴 때에는 실제 이상으로 많게 느껴지는 것이다." 카츠하루는 여전히 예의 그 걸음법으로 이동하고는 칼을 휘둘러 확실하게 흑랑의 머리를 맞힌다. 화려하지는 않지만, 마법사인 시호루가 봐도 상당한 실력이다. "…일단 멎는다."

카츠하루가 말한 대로였다. 갑자기 흑랑들이 돌진하지 않게 되고, 조금 떨어진 곳에서 으르렁거리기 시작했다. 시호루는 자기도 모르게 한숨 돌릴 뻔했다.

"지금이다!" 카츠하루가 달려 나갔다. "따라와…!"

"…시호루 씨…!" "네, 네…!"

정신없었다. 이렇게 하는 것이 맞는 건지, 틀리는 건지. 생각할 틈도 없었다. 시호루는 카츠하루를 쫓아갔다. 카츠하루는 흑랑을 한 마리 베어버리고 포위망을 뚫더니 그대로 달렸다. 빨려 들어가는 것처럼. 흑랑들이 카츠하루에게 몰려들려고 했다. 카츠하루는 칼을 좌우로 날카롭게 휘둘러 흑랑들을 물리쳐 길을 텄다. 그 길을 쿠자크와 시호루가 돌진한다. 쿠자크도 두세 마리, 검과 방패로 흑랑을 날려버렸다. 시호루는 다크의 힘을 보존한다기보다, 명령할 경황이 없었다. 당장 숨도 제대로 쉴 수 없게 되었다. 심장이 벌렁벌렁 뛰어 파열할 것 같다. 이제 무리인지도 모른다. 그때 카츠하루가 갑자기 멈췄다.

쿠자크와 시호루는 가속도가 붙어 카츠하루를 추월해버렸다. 고꾸라질 듯이 하면서 방향을 틀자, 카츠하루는 칼끝을 중단보다 다소 낮추고서 흑랑들과 눈싸움을 하고 있었다. 흑랑들은 카츠하루를 경계하면서 좌우로 퍼져 다시금 그들을 에워싸려고 하는 건가?

"…이것을 반복하는 느낌인가?" 쿠자크가 신음하듯이 말했다. "정신이 아득해지겠네. 하지만 하는 수밖에 없네요."

시호루는 뭔가 말하고 싶었지만 목소리가 나오지 않았다.

카츠하루가 후퇴하기 시작해서 쿠자크와 시호루도 그에 맞춰 뒷걸음질을 쳤다. 확실히 이래서는 정신이 아득해진다. 이런 일을 앞으로 몇 번 더 반복하면 촌락에 도달할 수 있겠지. …냐아… 냐아… 냐아…. 냐아들이 울고 있다. 있다, 여기에 있다, 이렇게나 많이 있다, 어디까지든 쫓아간다고 위협하고 있는 것이다.

예전의 시호루라면 마음이 꺾였을지도 모른다. 지금도 아슬아슬하긴 하지만, 좀 더 버틸 수 있을 것 같다. 최악의 경우, 카츠하루와 쿠자크를 보내고 혼자가 되어도 포기하지는 않겠지. 강해졌다고는 생각하지 않지만 강해지고 싶다는 마음은 있다.

"…괜찮아." 시호루는 끄덕였다. "모두와, 만나야 해. …만나고 싶은걸."

"넵." 쿠자크는 아주 살짝 웃었다. "이런 곳에서 당할 수는 없지요."

"그 마음가짐이다." 카츠하루는 몸을 돌려 다시금 달렸다. "…간다…!"

시호루와 쿠자크는 카츠하루를 따라가려고 했다. 그런데 정작 카츠하루가 급정지해버렸다. 멈출 수밖에 없었던 것이다.

앞쪽에는 뭔가 커다란 것이 버티고 서 있었다. 처음부터 있었던 것이 아니다. 그랬다면 카츠하루가 그쪽으로 갈 리가 없으니까. 한순간, 호랑이나 사자 종류라고 시호루는 생각했다. 아니다. 윤곽으로 보면, 저것은… 이랄까, 저것도 늑대다. 단, 늑대치고는 지나치게 거대하다. 게다가 그 등에 뭔가가… 타고 있는 건가?

"어이쿠…." 카츠하루는 왼손으로 자기 이마를 때렸다. "짐승술사 등장인가? 유감이지만, 이건 도망칠 수 없다."

"짐승술사뿐만이 아니야." 남자의 목소리가 났다. 뒤, 즉, 처음에 시호루 일행이 흑랑 무리에 포위당했던 부근 근처에서 나는 것이다.

돌아보니 이빨을 드러낸 흑랑들 너머로 사람 실루엣 같은 것이 보였다. 하나가 아니다.

몇 명이나 있다. 하지만, 인간…?

"나도 있다. 수상한 놈들. 심심풀이 겸 응징해주지."

틀림없다. 인간의, 남자 목소리다. 그것만으로도 충격이었는데, 더더욱 엄청나게 놀랄 일이 생겼다.

사람 실루엣이 이쪽으로 다가온다. 선두는 역시 인간 같다. 인간 남자가 오크를 다섯 명인지 여섯 명, 데리고 있는 건가? 그러나 유난히 체격이 작은 자도 있다.

"…그럴… 수가…." 쿠자크가 몸을 떨기 시작했다. "…어떻게 된 거야? 이건…."

시호루는 눈을 깜빡이고는 머리를 흔들었다. "…어째서?"

"어이, 란타." 아까 그 남자가 턱을 까딱거렸다. "당장 한바탕 놀아 봐. 증명을 하라고까지는 안 할 테니까. 동료라면 싸움에는 합세 해야지?"

"당연하지." 키 작은 남자는 투구 바이저를 내리고 안식검을 뽑았다. "나도 싸움은 싫어하지 않으니까. 잘 봐, 타카사기 아저씨. 조만간 부디 제자가 되어달라고 나한테 부탁할 게 뻔하니까."

"…란타 군."

지면이 격렬하게 흔들리는 것 같았다. 분명 이건 무슨 착각이다. 그게 아니라면 고약한 농담이다. 그렇다. 란타니까 심술궂은 장난을 하는 게 틀림없다. 시호루와 쿠자크를 깜짝 놀라게 만들어 비웃으려고 하는 것이겠지. 그게 아니라면.

"아는 사이인가?" 카츠하루가 시호루와 쿠자크에게 묻고, 그와 거의 동시에 맞은편의 남자, 타카사기 아저씨인지 뭔지가 "아는 사이인가?"라고 란타에게 물었다.

"…아는 사이랄까…." 쿠자크는 이를 갈았다. 시호루는 끄덕일 수밖에 없었다.

"뭐, 그래." 란타는 코끝으로 웃었다. "그렇다고 해도 상관없어. 나는 이미 포르간의 일원이니까. 상대가 누구든 우리한테 손을 댄 놈은 박살 낸다. 얕보는 짓은 용서 못 해."

"말뿐이 아니면 좋으련만." 타카사기는 왼팔을 앞섶에 넣고 있다. 오른팔은… 아무래도 없는 것 같다.

"금방 알게 돼." 란타는 고개를 좌우로 굽혔다. "각오해라. 너희, 다 죽인다."

아직 믿을 수가 없다.

뛰어온다. 리프아웃.

란타가.

카츠하루는 받아쳐도 되는지, 아닌지 망설인 듯, 후퇴했다. 거의 멍하게 우두커니 서 있던 쿠자크에게 란타가 맹렬한 기세로 칼을 휘둘렀다. 쿠자크는 반사적으로 방패를 앞으로 내밀어 몸을 지켰다. "…우왓…?!"

"으랴앗!" 란타는 숨도 쉬지 않고 공격을 퍼붓는다. "이 얼간이 덩치…!"

"큭! 우욱?! 앗! 뭐…." 쿠자크는 방패로 막는 것만도 고작이었다. 아니, 몇 발은 맞았다. 쿠자크는 튼튼한 갑옷을 입었기 때문에 그

덕분에 쓰러지지 않은 것뿐이다. "…라, 란타 군?! 기, 기다려…."

"기다리란다고 기다리는 바보가 어디 있냐?" 란타는 리프아웃으로 단숨에 쿠자크의 오른쪽 측면으로 나오더니 안식검을 두 손으로 잡고 크게 휘둘렀다. "으랴아아아압…!"

쿠자크는 왼손으로 방패를 들고 있다. 오른쪽에서 공격당하면 방패로는 막을 수 없다. 검으로 튕겨내기에도 쿠자크의 반응은 늦었다. 쿠자크는 오른팔로 막았다. "…끄악…?!"

팔도 장갑으로 덮여 있어서 베이지는 않았다. 하지만, 쿠자크는 검을 떨어뜨릴 뻔했고, 상당히 타격을 입었다. 곧바로 카츠하루가 사이에 쓱 끼어들어서 란타는 이그저스트로 펄쩍 뛰어 떨어졌다. 살았다. 카츠하루가 엄호해주지 않았다면 쿠자크는 다음 공격에 쓰러졌을지도 모른다.

동료인 줄 알았던 란타에 의해.

"…다크." 시호루는 어깨에 앉아 있는 다크에게 뭔가 명령하려고 했다. 하지만 도대체 뭘 명령해야 하는 건가?

"어디." 타카사기가 왼손으로 등에 차고 있던 칼을 뽑았다. "나도 같이 놀까? 겨우 세 명뿐이긴 하지만, 그중에는 뼈대가 있는 놈도 있는 것 같으니. 할 수 있는 만큼 발악해봐."

오크들도 제각각 무기를 겨눈다.

"아저씨가 등장할 차례는 없어…." 란타가 몸 전체를 굽히는 것처럼 자세를 낮췄다. "이놈들은 내가 해치운다. 특히 쿠자크. 시호루. 너희 두 사람은 말이지. 최소한의 인정을 베푸는 거다. 이 내가 편하게 해주지."

"그런 인정…!" 쿠자크는 버티고 서서 검을 치켜들었다. 역시 오른팔이 아픈 모양이다. 간신히 움직이는 건 어떻게 가능할 것 같다.

"사양한다! 란타 군, 당신, 어떻게 된 거야…?!"

시호루는 퍼뜩 생각났다. "…메리는?"

란타가 머리와 어깨를 움찔 떨었다. 그때였다. 갑자기 냐아들이 냐아 냐아 냐아 냐아 소란스럽게 굴기 시작하고 거대 늑대를 타고 있는 인간형 생물이 뭔가 외쳤다. 타카사기가 "응?"이라며 주변을 둘러보았다. "새로운 적인가…?"

냐아들이 산사태가 난 것처럼 흩어졌다. 보이지는 않지만 울음소리와 기척으로 알 수 있다. 흑랑들은 어찌할 바를 모르고 있는 것 같았으나, 거대 늑대가 무시무시한 소리로 짖자 일제히 몸을 웅크렸다. 타카사기가 의미 모를 말로 고함치고 있다. 오크들은 수비를 굳건히 하려는 모양이다.

"어이." 카츠하루가 시호루 쪽을 보지 않고 말했다. "지금 이틈에 튄다."

"하지만…!" 쿠자크는 발을 굴렀다. "…젠장! 영문을 모르겠어!"

정말 그랬다. 란타가 적이 되다니, 너무나 어이가 없어서 눈물이 나온다.

"란타 군…!" 시호루는 코를 훌쩍였다. 울기 전에 이것만은 물어봐야 한다. "메리는…?! 메리는 어떻게 되었어…?!"

쿠자크가 흠칫 놀란 것처럼 돌아보았다. 란타는 아무런 대답도 하지 않았다. 대답할 수 없는 건가? 대답할 여유가 없는 건가?

"아아아아아아아아아아아아아아놀드ㅡㅇㅇㅇㅇㅇㅇㅇㅇ웃…! 어디 있느냐…?!"

유난히 큰 목소리가 울려 퍼졌다. 그리 멀지 않다. 가깝다.

거대 늑대가 펄쩍 뛰어 방향을 전환했다. 뭔가가… 누군가가 거대 늑대에게 덤벼들었다. 흑랑들이 일제히 움직이기 시작했다. 거대 늑대를 도우려는 건가?

"옷…?" 타카사기는 칼로 뭔가를 쳐냈다. 화살인가? "…저격수가 있군. 부상을 입는 것은 사양하겠다. 디 엔드으으으…!"

디 엔드 하는 것은 후퇴 신호인가? 물러난다. 시호루 일행에게는 눈길도 주지 않고 물러난다. 거대 늑대도, 흑랑들도, 오크들도, 타카사기도, 그리고 란타도.

"기다려, 란타 군…!" 시호루는 자기도 모르게 쫓아가려고 했으나 카츠하루가 말렸다. "…그만둬! 사정은 모르지만, 지금은…!"

"하, 하지만…! 메리가…!"

"어이! 란타 군…!" 쿠자크는 달려 나가다가 곧바로 발을 멈췄다. "…큭! 무리다, 저 녀석! 망할 란타! 줄행랑이 빠른 정도가 아니야 …!"

시호루는 서 있을 수가 없게 되었다. 그 자리에 주저앉아버리자 어깨 위의 다크가 쪼그라들어 사라져버렸다. 이럴 수가. 이런 일이. 너무해. 지독해. 너무 지독해.

"앗…!" 쿠자크가 소리를 냈다.

그쪽을 보니 적의 가장 뒤쪽에 있는 란타에게 옆에서 뭔가가 달려들고… 두 사람은 서로 뒤엉켜, 한쪽이 위에 올라타면 다른 한쪽은 밑에 깔리고, 자세가 다시 뒤집히고, 빙글빙글 회전했다. 그것을 알아차린 타카사기가 칼을 휘둘러 두 사람을 떼어놓으려고 했다기보다는, 두 사람을 한꺼번에 베어버리려고 한 것 아닐까? 칼을 맞아 죽을 수는 없다는 듯이 두 사람은 누가 먼저랄 것도 없이 서로에게서 후다닥 떨어졌다.

란타는 곧바로 뛰기 시작했다.

타카사기도 가버린다.

한 사람만 남았다.

"…하루히로 군."

어두워도 잘못 볼 리가 없다. 저건 하루히로다.

하루히로는 한쪽 무릎을 꿇고서 적의 뒷모습을 바라보고 있다.

뭐가 어떻게 된 건가? 생각할 수가 없다. 생각해도 알 수 있을 것 같지가 않다.

지금은 아무것도 생각하고 싶지 않다.

…정리다. 정리를 해보자.

모유기가 이동을 재촉했다. 미루미 게츠를 어깨에 올려놓은 록 이하 록스와 니기 가문의 적자 니기 아라라, 하루히로, 유메는 모유 기가 가리키는 방향으로 걷기 시작했다. 잠시 후에 이변을 알아차 렸다. 보아하니 포르간이 누군가와 교전하고 있는 모양이다. 적의 적이 반드시 우리 편이라는 보장은 없지만, 아라라와 록스의 목적 은 복수이고 표적은 포르간의 아놀드다. 만약 적 중에 아놀드가 있 다면 기습할 수 있을지도 모른다. 하루히로와 유메 입장에서는 다 른 이유가 있었다. 포르간에게 공격당하고 있는 것이 란타와 멤버 들이라면? 그럴 가능성은 낮지 않은 것으로 느껴졌다. 그렇다면 도 와야 한다.

하루히로는 같은 도적인 사카나미와 사냥꾼 출신 크로우와 함께 앞서갔다. 냐아에게 들킨 것은 사카나미다. 뭐랄까, 사카나미는 무 슨 생각을 한 것인지 냐아를 발견해서 붙잡으려다가 결과적으로 냐 아에게 발각되어 소동이 일어난 것이었다. 단, 사카나미가 기행을 되풀이하는 동안에 크로우와 하루히로는 적에게 접근할 수가 있었 다. 인간 세 명이 늑대와 오크들에게 쫓기는 모양이었다. 한 명은 모르는 인물이었으나 두 명은 아는 사람이다. 시호루와 쿠자크였 다. 무사했던 것이다. 다행이다. 하지만 왜 두 명밖에 없는 건가? 나머지 두 명은? 의문은 잠시 후 절반은 해소되었다. 아니, 해소되 었다고는 말할 수 없나?

적 집단 속에 인간이 있었다. 놀랍게도 두 명이다. 게다가 그중

한 명은 란타였다.

그 뒷일은 솔직히 기억이 혼란스럽다. 순서대로 떠올릴 수가 없다.

록 팀이 포르간을 공격하고, 우선 시호루와 쿠자크는 괜찮은 것 같다고 생각한 듯한 기억은 있다. 시호루와 쿠자크가 란타에게 뭔가 외치고 있었다. 하루히로는 란타를 쫓아갔다. 덤벼들어 찍어 눌렀다. 뭐하는 거야? 너? 라거나, 뭘 생각하는 거야? 라거나, 돌아가자거나, 할 말은 했다.

그리고… 메리는, 메리는 어떻게 된 거야? 라고.

외팔이 남자가 칼을 뽑아 덤벼들었다. 피하지 않으면 란타와 함께 두 동강이 난다. 그렇게 느꼈다. 그 남자는 아마도 진짜 벨 작정이었다. 떨어지는 수밖에 없었다.

란타의 마지막 말은 한 마디, 한 구절 똑똑히 기억난다.

"그 여자는 내 거다! 돌려받고 싶으면 빼앗아봐…!"

정말로, 도대체 뭐냐고? 어떻게 된 일이야…?

그 여자란 건 메리를 말하는 거겠지. 그건 틀림없다. 내 거? 빼앗아봐? 무슨 말을 하는 거야? 그 녀석? 바보인 거야? 바보 맞다. 그런 건 알고 있다. 하지만 그런 종류의 바보라고는 생각하지 않았다. 메리를 내 거라고 부른다거나, 적에게 빌붙거나. 이 경우 빌붙는다는 표현이 맞는 건지 아닌지, 하루히로는 헷갈렸으나, 배신당했다. 그렇게 느끼고 있다. 란타는 하루히로 팀을 배신한 것이다.

란타 때문에 시호루, 쿠자크와 재회할 수 있었지만 기뻐하려야 기뻐할 수가 없었다. 두 사람과 함께 있던 남자가 아라라의 숙부라는 걸 알아도, 아, 그렇구나 하는 생각밖에 안 들었다.

모유기가 뭔가 획책하는 듯, 록스와 아라라, 그 숙부는 숨겨진 촌락으로 간다고 한다. 다른 행동을 취한다는 선택지는 떠오르지 않았다. 그래서 따라왔다.

몇 개의 함정과 방호 철책이며 울타리를 넘어, 보초에게 암호를 대서 통과하고, 촌락에 도착하자 칼을 든 열 명쯤 되는 남녀가 나타나 아라라를 어딘가로 데리고 갔다. 록은 한바탕 난동을 피우려고 했던 모양이었으나 아라라가 말렸다. 아라라의 숙부인 카츠하루가 하는 말에 따르면, 부모님을 만날 것이라고 했다. 만나러 간다기보다는 연행되는 느낌이었으나, 그야 명가의 후계자이니 여러 가지 사정이 있겠지.

록스와 하루히로 팀은 촌락 외곽에 있는 카츠하루의 초막으로 안내받았다. 안내받은 것까지는 좋은데, 카츠하루의 초막인지 뭔지는 바닥도 깔려 있지 않은 급조한 오두막으로 고작해야 대여섯 명밖에 들어갈 수 없었다. 그렇게 되면 선배에게 양보하는 것이 도리라고나 할까, 별로 들어가고 싶지도 않아서 하루히로 일행 네 명은 밖에서 지내기로 했다. 노숙은 다룽갈에서 익숙해졌다. 태평하게 자고 있을 때가 아닌 것 같기도 하지만, 아침이 되기 전에는 움직일 수 있을 것 같지가 않다. 무엇보다도, 움직인다고 해도 어떻게 움직여야 하는 건가?

카츠하루가 장작을 사용해도 된다고 해서 유메가 불을 지폈다. 불은 좋다. 이렇게 네 명이서 불을 둘러싸고 있는 덕분에 간신히 제정신을 유지할 수 있다.

하루히로의 오른쪽 옆에서 유메와 시호루가 어깨를 나란히 기대고 있다. 두 사람 다 초췌해질 대로 초췌해진 것 같다. 왼쪽 옆에 있는 쿠자크는, 어째서인지 정좌하고 두 손으로 무릎을 누르고 있다.

"…쿠자크."

"헤."

"…헤라니."

"죄송합리하."

"…우는 거야?"

"안 웁리하. 울 리가 없지요. …운다고 뭐 어떻게 된다고."

"그야, 그렇지…."

"뭡니까?"

"아니… 왜 무릎을 꿇고 있는 걸까 해서."

"…왠지 그저?"

"그렇구나."

안 되겠다. 안 된다. 긴장을 풀면 머리가 텅 빈다. 생각해야 하는데, 아무것도 떠오르지 않는다. 무엇보다도 생각하다니? 뭘? 란타는 배신했다. 메리의 안부는 불확실하다. 아니, 내 거다라고 란타는 말했다. 그렇다는 건, 살아는 있다. 그렇게 생각하고 싶다. 살아 있다고 생각해도 문제없는 것 아닐까…?

무사한지, 아닌지는 둘째치고, 메리는 죽임을 당하지는 않았다. 그렇다면 란타의 말을 들을 필요도 없이 탈환해야 한다. 구해내는 거다.

란타는 포르간에 가담한 모양이다. 메리는 포르간에게 붙잡혀 있는 것이겠지. 험한 꼴을 당하지 않았으면 좋으련만. …어떻게 되었을까? 그다지 낙관적으로 볼 수가 없다. 어떻게 된 영문인지 타카사기인지 뭔지 하는 인간도 있었지만, 포르간은 두령부터가 잠보라

는 오크다. 그들은 오크와 언데드를 중심으로 한 다종족 혼성 독립 집단인 모양이다. 말할 필요도 없이 오크와 언데드는 인간의 적이다. 그런데도 타카사기와 란타는 가담하고 있다. 이해할 수 없지만, 그들이 메리를 정중하게 대해줄 것이라고는 조금도 생각할 수 없었다. 어느 쪽인가 하면, 거친 짓을 태연하게 할 것 같다. 이것은 하루히로의 편견일까? 차라리 편견이었으면 좋겠다. 그들은 의외로 신사고, 의외로 마음이 너그러운 놈들이고, 메리를 상처 입히거나 이상한 짓을 하거나 하지 않아야 한다. 그러지 않으면 곤란하다.

"괜찮을까?" 유메가 중얼거리듯 말했다. "…메리."

"응…." 시호루는 유메의 어깨며 등을 계속 어루만지며 격려해주려고 하는 건지도 모르지만, 정작 본인은 울먹이고 있다. "…그렇게, 믿어."

"으아아아아아아아아아아아아아." 쿠자크는 땅바닥을 주먹으로 내리쳤다. "란타! 그 자식, 까불고 있어, 젠장할! 그런 놈일 거라고는… 생각하지 않았는데…!"

그렇지. 정말, 바로 그거야.

아니라는 확신이 있는 것도 아니고, 부정하기에 마땅한 근거가 있는 것도 아니지만, 하루히로는 아직 란타가 정말로 배신했다고는 확정하지 않았다. 설령 배신했다고 해도 피치 못할 사정이 있어서 그렇게 하는 수밖에 없었던 것 아닐까? …메리. 메리가 마음에 걸린다. 걱정되는 건 물론이고 란타의 말투가 마음에 걸리는 것이다.

먼저 '그 여자는 내 거다'라는 표현. 액면 그대로 받아들이자면, 메리는 자기 여자라는 선언이겠지. 두 사람이 서로 사랑하는 사이라고는 생각하기 힘들다. 란타가 일방적으로 메리를 자기 여자라고 우기는 거다. 어째서 란타가 메리를? 메리는 미인이고 실은 착하기도 하니 란타가 남몰래 호의를 품고 있었다고 해도 이상할 것은 없다. 하지만 그런 내색을 보인 적은 없었다. 오히려 하루히로가 생각하기에 메리는 란타의 취향에 어긋난다. 좀 더 말하자면, 란타는 분명 메리보다는 유메가 타입이겠지. 아니, 실제로 유메를 꽤 좋아하는 것 아닐까 생각된다. 란타는 의외로 말뿐이다. 걸핏하면 여자가 있었으면 좋겠다거나, 이렇게 하고 싶다 저렇게도 하고 싶다고 말하지만, 직접적인 행동은 우선 하지 않는다.

란타에게 '그 여자는 내 거다'라는 말은 어울리지 않는다. 게다가 '돌려받고 싶으면 빼앗아봐'라니. 그것도 뭔가 이상하다. 란타는 어째서 굳이 그런 말을 한 것일까? 하루히로를 도발한 건가? 그건 뭐, 자주 있는 일이긴 하지만, 뭔가 이상하다. 뭐가 어떻게 이상한 건가? 생각해라. 생각하는 거다.

"…란타는 메리를 자기 거라고 말했다. 그리고 돌려받고 싶으면 빼앗아보라고. 그전에 나는 물었어. 메리는 어떻게 되었냐고. 그 녀석은 그에 대한 대답으로 그렇게 말했어." 하루히로는 가볍게 입술 끝을 물었다. "…한 가지, 이것만은 틀림없어. 메리는 살아 있어. 그렇지 않으면 자기 걸로는 만들 수 없어. 내가 빼앗을 수도 없어."

"란타 군은…." 시호루가 쥐어짜 내는 것처럼 말했다. "그걸, 전하려고…?"

"글쎄." 하루히로는 고개를 가로저었다. "거기까지는 뭐라 단언할 수 없어. 단, 그럴지도 몰라. 가능성으로서는 크게 나누어 두 가지가 있다고 생각해. 란타는 배신했어. 아니면 혹은 이유가 있어서 배신한 척을 하는 거야. 어느 쪽이든 그 상황에서 솔직하게 메리는 무사하다거나 걱정하지 말라거나 그런 말은 할 수 없어. 란타는 저쪽에 붙은 거니까. 하지만 말이야, 돌려받고 싶으면 빼앗아보라는 건 좀 이상해. 왜냐하면 그런 말을 일부러 할 필요가 있을까? 이미 내 거니까 돌려주지 않겠다거나 포기하라거나 그런 말이라면 또 몰라도. 하지만 빼앗아보라는 건… 어쩌면 빼앗으라는 말인지도 몰라. 메리는 자기와 함께 있으니까 구해내라는 의미인지도. 어디까지나 그럴지도 모른다는 것뿐이지만."

"저기 있지." 유메는 시호루에게 몸을 기댔다. "…유메 있지, 란타는 망나니 같은 녀석이라고 생각했고 지금도 그렇게 생각하지만 유메네를 배신한다거나 그런 건 있지, 란타답지 않은 거 아닌가…?"

"아니, 글쎄요…." 쿠자크는 또 무릎을 두 손으로 눌렀다. "적어도 그건 진심이었어. 나를 죽일 작정으로 공격했지. 하루히로가 와주지 않았다면 난 위험했다고 생각해. 하루히로가 때마침 가까이에 있었고 도와주었으니까 망정이지. 그렇지 않다면 란타 녀석, 나도, 시호루 씨도…."

"뭐…." 하루히로는 목덜미를 긁었다. "이상하게 체념이 빠른 면이 있으니까, 그 녀석…."

"체념 같은 것 때문에 당한다면 참을 수 없어요. 그렇죠?"

"응, 그건, 그렇지…."

"…나." 시호루가 손을 들었다. 굳이 손을 들고 발언 허가를 구할 필요는 없는 것 같기도 했지만, 하루히로는 "말해봐"라며 재촉했다. 시호루는 끄덕이고 살짝 헛기침을 했다. "…생각해도 답이 나오지 않는 일은 보류해도 좋다고 생각해. 란타 군의 진의 같은 건 결국 란타 군밖에 모르고. …그보다 이제 어떻게 할지, 우리가 뭘 우선

시해야 할지… 그쪽이 중요하다고 생각해."

"그렇다면 당근 메리잖여."

"…그렇네요."

"그렇네." 하루히로는 한 번 숨을 내쉬고는 시호루를 보았다. 아주 살짝 입가에 미소를 띤 시호루가 유난히 믿음직스럽다. 재주 없고 미숙한 하루히로는 생각하고, 또 생각하고, 거듭 생각하지 않으면 안 되지만, 자기 혼자서 머리를 쥐어짤 필요는 없는 것이다. 때로는 동료의 지혜를 빌려도 된다.

애초에 자신이 평범하고 미숙하다는 것을 알고 있는 거라면 의지할 수 있는 부분은 동료에게 의지해야 한다. 자기가 뭐든지 할 수 있다면 평범도, 미숙도 아니다. 할 수도 없는 주제에 '스스로, 나 혼자서' 하고 혼자 생각해봤자 무슨 의미가 있을까? 그런 건 순전히 자기만족이다.

시호루는 소심하기는 하지만 그만큼 신중하고, 주변을 잘 보고 있고, 사려 깊다. 그 관찰력과 분별력은 하루히로를 능가한다. 하루히로는 좀 더 시호루한테 의지해야 한다.

"메리를 구한다, 그것이 최우선 사항이다. 현재로서는 란타 건은 뒤로 미루자. 메리는 아마도 포르간에게 잡혀 있어. 우리만으로 어떻게 한다는 건 현실적이 아니야. 포르간의 아놀드를 노리는 록스의 협력을 얻어내려면 우리도 록스에게 힘을 보태야 해."

시호루는 생각에 잠긴 듯 눈썹을 모으고 눈을 내리깔고 있었으나, 하루히로의 시선을 깨닫더니 살짝 턱을 당겨 긍정했다. "…그것밖에 없다고, 나도 생각해. 록스에게 포르간을 공격해달라고 하고… 그 사이에 메리를 구해내면…."

"록스를 미끼로 삼는다는 건가요?"

"쿠자크." 하루히로는 목소리를 낮추고 말했다. "그거, 너무 노골적인 표현…."

"아. 그런가." 쿠자크는 초막을 흘끗 쳐다보았다. "…그래도 요컨대 그런 거지요?"

"아니, 그래서는 안 돼. 록스는 같은 새벽 연대 동료고. 힘을 빌려주길 원한다면 그만큼 확실하게 머리를 숙이고 부탁해야지. 당연히 사례도 하고."

"아라랑, 어떻게 되었을까?" 유메는 아라라가 끌려간 방향을 보았다.

"…험악한 분위기였는데." 시호루는 입술을 만지작거렸다.

그렇다. 만약 아라라가 멋대로 포르간에 싸움을 건 일로 처분을 받고, 예를 들어 감금당하기라도 한다면 원수를 갚는 것은 어떻게 되는 걸까? 중지가 된다거나 하면 우리로서는 곤란하다. 하지만 그 문제는 하루히로가 어떻게 할 수도 없다. 우선은 생각을 진행시키면서 사태를 지켜보는 수밖에 없나? …그때 누군가의 배가 요란하게 울렸다.

"우옷." 유메가 눈을 동그랗게 뜨고 자기 배를 눌렀다. "깜짝 놀랐네. 이렇게 큰 소리가 나는 거구나. 안에 무슨 생물이 살고 있나?"

"…아아." 쿠자크는 고개를 푹 떨구었다. "…하긴, 배, 고프네요. 졸리기도 하지만…."

"살아 있다는 증거니까…." 시호루도 비교적 힘들어 보인다.

하루히로는 밤하늘을 올려다보며 한숨을 쉬었다. 란타. 너를 믿어도 돼? 얄미운 얼굴밖에 떠오르지 않는다. 역시 믿지 않는 편이 좋은 것 아닐까…?

아무튼 먹을 것을 어떻게 구하지 않으면. 일어서려고 했더니 초막에서 카츠하루가 나왔다. 뭔가를 잔뜩 담은 자루 같은 것을 안고 있다.

"이녁들, 배고프지 않은가? 누추한 집이라서 별건 없지만, 이거라도 먹어."

쿠자크는 합장을 하고 카츠하루를 우러러본다. "감사합니닷…!"

하루히로는 시호루와 얼굴을 마주 보았다. 괜찮은 건가? 괜찮겠지. 뭐도 식후경이라 했으니.

카츠하루가 가져온 음식은 감자인지 그런 걸로 만든 떡과 무슨 육포, 단맛이 있으면서도 쌉싸름한 무슨 경단으로 다들 정체는 알 수 없지만 못 먹을 맛은 아니었다. 빈말로라도 맛있다고는 할 수 없지만 영양가는 있을 것 같다. 카츠하루는 통에 물까지 떠와주었다. 꽤나 친절한 남자다. 게다가 하루히로 팀이 먹고 마시는 모습을 근처에 쪼그리고 앉아서 싱글벙글 웃으면서 즐거운 듯이 구경하고 있다.

"…저, 고맙습니다."

"됐어, 됐어."

"그런데… 아라라 씨는? 어떻게 되는 겁니까?"

"내가 결정할 일은 아니라서."

"그래도 아라라 씨 숙부님이라면…."

"나는 일개 부랑인이야. 촌락에서는 있으나 마나 한 존재지. 어떻게든 조카가 일을 저지르기 전에 말리고 싶었지만, 늦었어. 이렇게 된 이상 내가 할 수 있는 일은 없다."

"그럴 수가….”

"뭐, 우리 형님도, 니기가의 당주님도 친딸에게 할복을 명령할 정도로 비정하지는 않으니까. 살아 있기만 하면 어떻게든 되겠지. 안 그래?”

"…그런가요?”

"다행히 나는 부랑인이라서 촌락 따위 언제든지 버릴 수 있다.”

아하, 그런 뜻인가? …이 사람은 아마도 이미 각오를 한 것이다. 무슨 일이 있어도 조카딸을 돕고 지지해줄 작정인 것이다. 그러니까 여유가 있을 수 있는 것이겠지.

"저자들은." 카츠하루는 턱짓으로 초막을 가리켰다. 록스를 말하는 것이겠지. "내일 아침 일찍부터 움직일 모양이다. 이녘들도 그들을 따라갈 거라면 조금이라도 자둬.”

"네.”

"에고. 허리가 아프네." 카츠하루는 일어서서 허리를 문질렀다. "가문이다 뭐다 다 번거로운 것이야. 우리는 모두 태어나고, 만나고, 헤어지고, 울고 웃고, 죽을 수 있다는 것뿐인데. 형님도, 형수님도 불쌍해서 견딜 수가 없다. 나 따위가 불쌍해한다고 뭐 어떻게 되는 것도 아니지만.”

유메는 이미 앉은 채로 시호루의 어깨를 베개 삼아 숨소리를 내며 잠들었다. 시호루도 꽤 졸린 모양이다. 하루히로가 유메를 눕혀주자 시호루도 그 옆에 몸을 눕혔다.

"…고마워, 하루히로 군.”

"나야말로.”

"분명… 반드시 괜찮을 거야.”

"응."

쿠자크는 커다란 몸을 웅크리고서 눈을 꼭 감고 애써 잠을 청하려고 하는 것 같다. 메리가 너무나 걱정되어 분명 좀처럼 잠들지 못하겠지. 하루히로는 가슴속으로 중얼거렸다. 나도 알아, 그 심정. 나도 똑같으니까.

캠프파이어라는 말이 문득 떠올랐다. 왠지 과거에 그런 광경을 본 적이 있는 것 같다. 아마도 그 무리 안에 그도 있었다.

모닥불은 하나가 아니다. 여기저기에 몇 개나 있다. 시끄러울 정도로 떠들썩하다.

지참한 술을 서로 나누면서 오크들이 뭔가 이야기하고 있다. 때때로 웃는다. 어깨동무를 한다. 서로 가볍게 쿡 찌르기도 하지만 어디까지나 장난치는 것뿐이다. 거칠게 보이는 것은 그들의 체격이 큰 탓이고, 하는 짓은 인간과 다를 바 없다.

놀랍게도 언데드도 먹고 마시는 모양이다. 오크끼리, 언데드끼리 몰려 있는 그룹도 있기는 있지만 다수파는 아니다. 대부분의 오크와 언데드는 서로 격의 없이 이야기를 나누고, 술을 마시고, 구운 고기며 생선을 먹고 있다. 고블린 온사는 대흑랑과 흑랑들, 냐아들에게 둘러싸여 좀 떨어진 곳에 있긴 하지만 가끔씩 술을 들고 다가오는 오크와 언데드를 거부하지는 않는다. 한동안 이야기를 나누고 웃기도 한다.

수는 적지만 오크나 언데드 이외의 종족도 있다. 반인반마인 센토, 귀가 뾰족하고 잿빛이 도는 피부의 날씬한 놈은 엘프인가? 드워프도 몇 명 있다. 인간을 반 이하 크기로 줄여놓은 것 같은 놈도, 인간의 모습과는 동떨어진, 다룽갈에서 본 것 같은 놈도 있다. 모두가 다 사이가 좋은 것은 아닌 것 같으나 트러블을 일으키지 않고 떠들썩했다.

란타는 쾌활한 동료들로부터 눈길을 돌리고 향초를 넣은 벌꿀주가 든 나무 컵에 입을 대면서 걸었다. 두세 마리의 냐아가 멀리에서 그의 모습을 살피고 있다. 란타를 감시하고 있는 것이다. 짐승술사인 온사가 자발적으로 냐아를 시켜 란타를 감시하고 있는 건가? 아니면 타카사기가 손을 쓴 것인가? 그건 모르지만, 란타는 아직 신용받지 못하고 있다. 당연한 것이겠지.

"어이." 란타는 발을 멈추고 고개를 숙이고 있는 여자의 뒤통수를 내려다보았다. "…부르잖아. 대답 정도는 해."

쾌활한 동료들의 캠프파이어에서 아주 약간 떨어진 장소에서 여자는 꼼짝도 하지 않는다. 손이 묶이긴 했으나 이제 뒤로 묶이지는 않았다. 사슬로 말뚝에 연결했기 때문에, 돌아다닐 수는 없어도 일어서는 정도는 할 수 있다. 그런데도 여자는 옆으로 앉은 자세로 거의 미동도 하지 않는다.

여자의 무릎 옆에는 물통과 접시에 담긴 음식이 놓여 있다. 양쪽 다 전혀 손도 대지 않은 모양이다.

"물 정도는 마셔, 메리. 그러다 죽어."

메리는 살짝 고개를 가로저었다.

란타는 한숨을 쉬었다. "고집 센 녀석이네. 이제 그만 포기하라니까. 내 여자가 되기만 하면 묶인 것도 풀어줄 테니까."

"…차라리 죽는 게 나아." 모깃소리만 한 목소리였다.

"그래? 그럼 그대로 뒈져."

"…배신자."

"뭐라고 하든 난 아프지도, 가렵지도 않아."

란타는 발길을 돌렸다. 어떻게 해서 저 쾌활한 동료들과 친해질지. 자연스럽게 어울리려면 어떻게 해야 좋은가? 대부분은 인간의 말이 통하지 않는다. 우선 그게 문제다. 그야 뭐, 다룽갈에서도 우물촌 주민들과 그런대로 친해질 수 있었지만. 기분을 띄워서 몸으로 부딪치고 와자지껄 떠들어대면 대개는 어떻게든 되는 것이다.

"…기분이 좋아지지는 않지만."

타카사기라도 붙잡을까? 그러나 타카사기는 오크며 언데드와 유쾌한 듯이 마시고 있다. 타카사기 곁에는 센토와 드워프, 엘프, 난장이들도 있다. 인간인 주제에 그들이 꽤나 따르는 모양이다. 아버지까지는 아니어도 모두의 형 역할 같은 느낌인가?

왠지 타카사기를 둘러싼 그룹에 섞일 마음은 들지 않았다. 평소답지 않게 소극적이다. 이런 나는 나답지 않다고 생각한다.

문득 쳐다보니 몇 명의 언데드가 메리를 멀리서 에워싸고 있었다. 메리는 고개를 숙이고 있다. 저놈들, 뭘 할 셈이야? 당장 뛰어가고 싶었지만, 참았다.

저 녀석 잘못이다. 그야, 그렇잖아? 살아남고 싶다면, 험한 꼴을 당하고 싶지 않다면 잠보의 동료가 되면 좋았을걸. 남자 식구들 사이에 여자 한 명. 기이한 상황이긴 하다. 그래도 잠보는 분명 그것도 또한 하나의 풍류라느니 뭐라느니 하면서 받아들였겠지. 잠보만 허락하면 이놈들은 모두 따른다.

포르간의 일원이 되는 건 절대 사양하겠다고 저 녀석은 명언했다. 바보지. 찬스를 뻔히 보면서 놓치다니, 머리가 너무 나빠. 란타는 발끈했다. 그렇다면 마음대로 해. 당해서 만신창이가 되고 죽임을 당하고 버려져라. 이제 난 몰라. 그렇게 생각했는데도, 자기도 모르게 입에서 다른 말이 튀어나와버렸다. 나는 예전부터 저 녀석을 내 여자로 만들고 싶었다. 그러니까 한동안은 아무도 손을 대지 말아줘. 만약 저 녀석이 죽어도 내 것이 되지 않겠다고 버티면 그때에는 너희 좋을 대로 해도 돼. 나도 그땐 미련 없다.

일단은 동료다. 아무런 손을 쓰지도 않고 외면하는 건 과연 찜찜해서 잠이 안 올 것 같다. 어차피 그런 제안을 해봤자 기각당하겠지만, 말은 해보자.

예상외였다. 잠보는 간단히 좋다고 대답했다. 여자는 그대의 마음이 풀릴 때까지 묶어두면 된다고. 그리고 인간 여자는 상관하지 말고 내버려두라고 모두에게 명령했다.

잠보의 명령이다. 저 언데드들도 메리를 잡아먹거나 하지는 않겠지. 뭐, 장난질 정도는 칠지도 모른다. 장난질? 어떤…? 이런 일이나 저런 일을 한다거나…?

"꼬, 꼴좋다." 란타는 억지로 웃었다. "…자업자득이라는 거야. 모처럼 내가 도와주려고 했는데 말이야. 은혜도 모르는 망할 여자…."

마른침을 삼키며 지켜보고 있노라니 언데드들은 메리에게서 떨어졌다. 란타는 안도했으나, 안도하는 자신에게 화가 났다. 내가 왜 저 망할 여자 때문에 일희일비해야 하는 건가? 농담이 아니라고.

갑자기 폭소가 일었다. 그쪽을 보니 타카사기가 거한 오크의 어깨에 들러서, 어이, 하지 마, 그만둬… 라며 바둥거리고 있었다.

저 오크치고도 지나치게 큰 오크는 이름이 고도 아가쟈라고 했던가? 복장을 봐도, 무기를 봐도, 행동거지까지 명백하게 잠보의 흉내를 내고 있는데, 이런 때에는 다른 모양이다. 다른 이들보다도 훨씬 들떠 있는 모습은 보기에 흐뭇하지는 않지만 그야말로 천진하다. 저렇게 보여도 의외로 젊은지도 모른다.

꽤나 즐거운 것 같다. 섞이고 싶다. 아니, 함께 떠들어대고 싶은 것은 결코 아니고, 섞이는 편이 좋지 않을까 싶다. 그러나 결단을 내릴 수가 없다.

잠보가 약간 언덕처럼 된 곳에 걸터앉아 술잔을 기울이고 있다. 우연인지도 모르지만, 혼자인 모양이다. 란타는 "…좋아" 하고 남몰래 기합을 넣고 잠보에게 다가갔다. 혼자라고 생각했는데, 아니었나? 란타는 흠칫 놀랐다. 언덕 발치 부근에 누군가가 몸을 웅크리는 것처럼 앉아 있다.

헐렁한 옷자락에서 네 개의 팔을 빼고 상반신을 드러내고 있지만, 온몸과 얼굴까지 거무스름한 가죽 띠 같은 것이 감겨져 있어서 피부는 노출하지 않았다. 가죽 띠 사이로 엿보이는 입은 그저 금이 간 것 같은 모양이다. 두 눈에는 생기가 없다. 죽은 물고기 같은 눈을 하고 있다. 언데드니까 당연… 한 건가? 하지만 보기에 다른 언데드들은 그렇지도 않은데, 그는 특히 눈이 죽었다고 해도 좋을 것 같다.

"아, 안녕하세요. 아놀드 씨."

비교적 거물인 모양이라 일단 인사해봤으나 대답은 없었다. 무시하는 건가? 약간 겁을 먹으면서 아놀드 옆을 스쳐 지나치려고 했더니 차갑고 축축한 바람이 불었다.

"…오오우….”

혹시나, 목소리…? 인 건가? 아놀드 씨가 대답해준 거야…?

란타는 "하하…" 하고 웃고는 다시 한 번 "아, 안녕하세요"라고 대구하고 언덕을 올라 잠보 옆에 앉았다. 무서웠어, 방금.

아니, 그렇지도 않은가?

그렇다. 무섭지는 않다. 저게 언데드 아놀드 특유의 리액션. 아놀드의 앤서. 그것뿐이잖아. 란타는 그저 약간 놀란 것뿐이다.

헛기침을 한 번 하고 자, 잠보에게 어떻게 말을 걸까나? 생각하고 있었는데, "마시고 있나?"라고 잠보가 조용히 물었다.

"그야, 뭐." 란타는 당황해서 벌꿀주를 한 모금 마셨다. "…아… 어… 저, 다들 모여 있는 곳으로, 안 가십니까?"

"나는 점잔을 빼느라고."

"…네?"

"흥에 겨워 노는 걸 잘할 줄 모른다."

자기가 분위기를 띄우는 타입이 아니라는 건가? 하지만 정말로 점잔을 빼는 자는 스스로 그렇다고 자처하지는 않는 것 같은데? 게다가 잠보는 미소 짓고 있다. 때때로 낮은 웃음소리를 내기도 한다. 동료가 술을 마시고, 말을 하고, 장난을 치는 광경을 보는 것이 진심으로 즐거워서 못 견디겠다. 그런 느낌으로 보인다.

"나와 아놀드는 닮은꼴이라서."

"…아…. 그, 그렇습니까…?"

당신과 아놀드는 다르잖아. 그런 생각이 안 드는 것도 아니다. 왠지 아놀드는 내버려두면 언제까지고 외톨이로 있을 것 같다. 그래서 잠보는 굳이, '이해해, 나도 마찬가지니까…' 그런 구실로 가까이에 있어주는 것이 아닐까? 란타라면 그런 일은 절대로 하지 않지만, 그런 식으로 사람을 살펴줄 만한 녀석을 몇 명 알고 있다. 비교적 싫어하는 타입이다. 혼자 있는 놈 따위 고립시켜두면 된다. 그래서 고독감에 시달려 괴로워한다고 해도 그건 자업자득이다.

의외로 잠보는 섬세한 남자인 건가?

왠지 실망이다. 겉보기와는 다르게 지나치게 보통이다.

하지만 뭐, 장수를 쏘려면 말을 먼저 쏘라고, 아니, 먼저 장수를 쏴버리면 뒷일은 어떻게든 되는 게 맞다. 잔챙이는 아무래도 상관 없다. 빌붙으려면 잠보다.

"…그러니까 좀 어울려보는 게 어떨까 하는데요. 다들 기뻐하지 않을까? 그런 생각이 안 드는 것도 아닌데요."

"흥을 깨고 싶지 않다."

"아니, 무슨 그런 말을. 흥이 깨지다니. 그렇진 않을걸요, 그건. 잠보 씨가 오는 것만으로도 아주 분위기가 무르익는달까, 폭발적으로 뜨지 않을까요?"

"나나 아놀드에게는 이것이 맞다. 패거리도 이해해주고 있다네."

"…아." 란타는 자기 얼굴이 굳는 것을 느꼈다. "…혹시나 나, 주제넘은 참견을 해버린 건가요…?"

"그렇게 신경 쓰지 않아도 된다." 잠보의 목소리는 부드럽다. "그대도 내 패거리다."

"아니, 난, 하지만, 완전 신참이고…."

"패거리는 패거리다."

"그야 그렇… 지만…."

란타는 왼손으로 얼굴을 문질렀다. 이상하다.

아놀드가 거물이라면 잠보는 아무리 생각해도 그 이상이다. 좀 더, 더욱 거드름을 피워도 된다. 오만불손하게 행동해도 참을 수 있다고나 할까, 오히려 그러는 편이 납득이 된다.

그런데, 실상은 어떤가? 잠보의 말투는 어디까지나 솔직하고 거리를 느끼게 하지 않는다. 따뜻함까지 느껴진다.

"…그보다, 어떻게 그렇게 인간의 말이 유창한 겁니까?"

"나는 사람이 키워줬다."

"하아… 사람, 이라고요…." 눈알이 살짝 튀어나왔다. "…넷?! 사람한테?!"

"그래."

"사람이란 건 역시, 인간을… 말하는 거지요?"

"물론 그렇다. 철이 들었을 때에는 그 남자와 함께였지. 이름은 모른다. 죽을 때까지 이름을 말해주지 않았다. 나는 내가 오크라는 자각도 없었던 것이다. 나는 그 남자와 같은 종류라고, 아무런 의문도 품지 않고 그리 여겼었다."

이름조차 가르쳐주지 않았을 정도니까 정체도, 경력도 남자는 일절 말하지 않았다고 한다. 아무튼 남자는 어린 잠보를 데리고 그림갈 안을 온통 누비고 다녔다. 잠보가 기억하는 한에서는 10년이 넘는 동안 북쪽 동토에서 남쪽의 천룡 산맥, 동쪽 푸른 바다에서 서쪽에 펼쳐진 적갈색 바다까지 둘이서 여행을 다녔다고 한다.

남자는 자기 자신에 관한 건 말하지 않았으나 과묵했던 것은 아니었다. 틈이 날 때마다 각지의 전설, 고사, 설화, 이야기, 역사를 잠보에게 들려주었다. 남자는 온갖 언어를 구사할 수 있었다. 험준한 산이건 사막이건 황야건 큰 거리이건, 어디에서도 태연하고, 그러나 조심성을 잃지 않으면서 파고들었다. 위험을 피하는 기술과 위기에 처했을 때 헤쳐 나오기 위한 방법을 남자는 구석구석 꿰뚫고 있었다. 당연히 잠보도 그것을 배우고 몸에 익혔다. 그러지 않는다면 남자와 함께 있을 수 없다. 외톨이가 되어버린다.

남자와 함께 여행을 한다, 잠보에게는 그것이 사는 것이었다. 남자를 따라가기만 하면 여행은 언제까지고 이어지는 것이라고 믿었다.

남자는 어느 날 두통을 호소하며 드러눕더니 두 번 다시 일어나지 못했다. 깨닫고 보니 심장이 멎어 있었다.

죽은 자를 어떻게 장례를 치러야 하는지 잠보는 알고 있었다. 잠보는 그것을 했다.

그리고 자기 몸 하나만 남았다.

"……그렇… 구나. 인간의 말은 그 남자한테서."

"나는 분명 그의 거의 모든 것을 물려받았다."

"정체가 뭐였을까? 그 남자." 란타는 어느샌가 대등하게 대화하고 있다는 사실을 깨달았다. 하지만 말투를 고칠 마음은 들지 않았고 고쳐야 한다고도 생각하지 않았다. "…여러 놈이 있는 거구나. 나는 상상도 못할 그런 삶을 사는 녀석이, 많이."

"그대의 길도 또한 다른 이가 걸을 수 없는 것이다."

"그렇게 말하면 그렇긴 하지만."

"누구나 천차만별의 삶을 살다 죽는다."

"…동료, 오늘 몇 명이나 죽어버렸지."

"패거리들이 애도하고 있다. 나도 아까 술잔을 바쳤다."

"다들 조금도 슬픈 것 같지 않지만."

"우리는 모두 동등하게 죽는다. 목숨을 갖지 않은 언데드조차도 형태를 잃고 소멸한다. 뭘 슬퍼할 게 있나?"

"하지만." 란타는 고개를 숙였다. 뭐야? 이거.

자기도 모르게 속마음이 튀어나올 것 같다. 아니, 진심만 말하고 있다.

아니, 아니다.

진심 말고는 말하고 싶지 않다.

"…친구나 동료랑 두 번 다시 만날 수 없게 된다면 서글프지 않나?"

"이별은 언젠가 반드시 찾아온다."

"그렇다고 해도, 지금은 아직 헤어지고 싶지 않다는 건… 이기적인 건가?"

"많은 오크는 그렇게 생각한다. 우리는 죽어야 할 숙명을 안고 태어났다. 언젠가 죽으면 우리 육체는 스러져 한 줌 흙이 되고, 돌고 돌아 다시 태어나는 거라고."

"당신도 그렇게 생각하는 거야?"

"나는 세상의 구조 같은 것은 모른다."

"흠, 당신도 모르는 일이 있구나. …뭐랄까, 있지, 당신은 뭐든지 다 아는 것 같아."

"모르는 일은 모른다. 살아 있는 동안 알 수 있는 건 아주 미미한 정도다. 그것은 누구나 다름없어."

"잠보."

"뭔가?"

"…여자에 관한 거, 무리한 부탁을 해서 미안. 나…."

"마셔라." 잠보는 술잔을 치켜들고 란타에게 웃어 보였다.

자기가 생각해도 정말 이상하다.

잠보의 웃는 얼굴을 보고서 가슴이 꽉 조이는 것 같고 눈물이 날 것 같다니, 영문을 모르겠다.

이것은… 사랑…?

아니, 아니, 아니야. 그게 아니다. 당연하다. 뭔 놈의 얼어 죽을 사랑? 하지만 격렬하게 감정이 흔들린다. 그것은 사실이다.

란타는 나무 컵을 기울여 벌꿀주를 다 비웠다. "…다네, 이 술."

"입에 맞지 않나?"

"싫다는 건 아니야. 조만간 익숙해져서 맛있다고 느끼게 되지 않을까?"

"그런가."

"…헤이…." 밑에서 습한 바람 같은 목소리가 불어왔다.

그쪽을 보니 아놀드가 이쪽으로 고개를 돌려 뭔가를 던지려고 했다. 뚜껑을 닫은 용기 같다. 란타가 반사적으로 손을 뻗자 아놀드는 용기를 휙 던졌다. 간신히 떨어뜨리지 않고 낚아챘다. 가볍게 흔들어보자 찰랑찰랑 소리가 들린다.

"쥬윙…." 아놀드는 그렇게 말하고 마시라는 듯한 몸짓을 했다.

"어? 이거, 나한테? 마시라고?"

"아아… 얏…."

"그럼, 조금만."

란타가 용기 뚜껑을 열고 내용물을 나무 컵에 따랐다. 벌꿀주는 호박색에 탁한데, 이것은 희뿌옇다. 입안에 머금어보자 산미가 있긴 하지만 그리 독하지는 않다. 비교적 쌉쌀한 맛이 돌다가 쓱 사라진다. "…응. 맛있네."

아놀드는 "히잇…" 하고 기분 나쁜 소리를 냈다. 웃은 건지도 모른다.

란타도 자연스럽게 웃음으로 대답했다. "…생큐, 아놀드."

"…에우캄…."

"헷…." 란타는 고개를 숙이고 작은 목소리로 중얼거렸다. "…난 감하네. 젠장…."

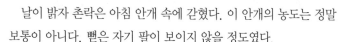

날이 밝자 촌락은 아침 안개 속에 갇혔다. 이 안개의 농도는 정말 보통이 아니다. 뻗은 자기 팔이 보이지 않을 정도였다.

아침이 되면 조금은 촌락의 전모를 볼 수 있지 않을까 생각했었다. 당치도 않았다. 바로 옆에 있는 카츠하루의 초막조차 보이지 않는 상황이라 등을 가볍게 걷어차일 때까지 록스가 있는 걸 깨닫지 못했다.

"간다, 하루히로. 따라와."

"…네? 어디로요?"

"너희, 포르간에 붙잡힌 동료를 구하고 싶지? 우리는 아놀드를 해치우고 싶다. 이해관계가 일치했다고 할 정도는 아니지만, 너희끼리 동료를 구출하는 건 무리다. 우리는 고양이 손이라도 빌리고 싶을 정도로 일손이 아쉽고. 그러니까 협력해. 그러면 우리도 너희를 거들어주지."

이의는 없었다. 바라는 바였지만, 아라라도 돌아오지 않았고 처분이 결정되었다는 이야기도 듣지 못했는데 뭘 하려는 건가? 우선 동행하는 것은 하루히로만으로 좋고 해서 게츠를 어깨에 태운 록, 현역 최강의 암흑 기사 모유기, 스포츠머리 신관 츠가, 하루히로, 그리고 카츠하루까지 다섯 명과 한 마리가 한치 앞도 보이지 않는 안개 속을 걸어갔다.

촌락 안은 상당히 고저차가 있다. 지면은 다져져 짐승이 다니는 길처럼 나 있지만, 안개 때문에 건물이 거의 보이지 않고 사람 실루엣 같은 것도 없었다. 단, 얼마 후에 뭔가 기척을 느끼게 되었다. 아마도 냐아다. 저 고양이 같기도 하고 원숭이 같기도 한 생물이 안개 저편에서 이쪽을 살펴보고 있다. 그것도 한두 마리가 아니다. 좀 더 많다.

곧바로 판명되었다. 하루히로의 감은 맞았다. 그 건물은 높이로 말하면 카츠하루의 초막의 두 배, 폭과 안쪽의 넓이는 세 배 이상이 겠지. 벽에도 지붕에도 모피가 붙어 있다. 그리고 냐아도. 몇 개의 창문에도, 문밖에도, 지붕 위에도 냐아. 사방 천지에 냐아가 있다. 엄청난 숫자다. 모든 냐아가 하루히로 일행을 응시하고 있다. 꽤 무 섭다.

"…냐, 냐아의 집… 이라거나, 그런 겁니까?"

"슈로가의 세토라라는 자의 거처다." 카츠하루가 대답했다. "이 녀들은 기다리고 있어. 이 이상 함부로 들어가면 무슨 일이 일어날 지 몰라. 내가 용건을 전하고 오지."

"귀신이 나올지, 뱀이 나올지 모른다는 거지." 록은 히죽거리고 있다.

모유기는 안경 브리지를 오른손 가운뎃손가락으로 누르고 말이 없었다. 그보다 오늘 아침에는 거의 말을 하지 않았다. 왠지… 랄 까, 노골적으로 기분이 나쁜 것 같았다.

"잠에서 깨면 항상 이래." 츠가가 하루히로에게 귓속말을 했다. "항상 잘난 척하는 주제에 어린애 같거든."

"츠가." 모유기는 무시무시한 목소리를 냈다. "똑똑히 잘 들린 다."

"그렇겠지." 츠가는 태연히 끄덕였다. "들으라고 말한 거니까. 그 러지 않으면 뒷담화가 되잖아."

모유기가 혀를 차자 록은 껄껄 웃었다.

카츠하루가 냐아의 집이 아닌 슈로 세토라의 집으로 다가갔다. 그러자마자 냐아들의 시선이 카츠하루에게 집중했다. 하루히로가 저런 식으로 주목을 받는다면 자기도 모르게 멈춰 서버릴 것이다. 카츠하루는 개의치 않고 발걸음을 옮겼다. 하지만 문까지는 도달할 수 없었다. 그전에 안쪽에서 문이 열리고, 누군가가 나왔다. 인간? 인 건가…? 저것이 슈로 세토라?

얼굴을 포함해서 피부를 전혀 노출하지 않았다. 새빨간 색과 남색의, 천인지 가죽인지 다른 뭔지로 전부 가렸다. 키는 하루히로와 같은 정도일까? 하지만 커 보인다. 실제로 크기 때문이다. 뭐가 크냐 하면, 팔이다. 두 팔이, 긴 것뿐만이 아니라 두껍다. 게다가 금속으로 보이는 것으로 갑옷처럼 보호했다. 슈로 세토라 씨, 도대체 뭐하는 사람…?

"오오." 카츠하루는 반걸음 뒷걸음질을 쳤다. "엠바인가?"

아무래도 슈로 세토라가 아닌 모양이다. 엠바는 잠자코 고개를 오른쪽으로 두 번, 왼쪽으로 세 번 꺾었다. 왠지 무서운데요…?

"엠바." 카츠하루는 더욱 반걸음 물러섰다. "실은 세토라에게 긴히 할 말이 있는데."

"나에게 할 말이란…." 위쪽 창문에서 다른 누군가가 얼굴을 내밀었다.

그 누군가도 엠바처럼 빨강과 남색 천이며 이것저것으로 피부를 숨기고 있었다. 단, 눈 부분에는 커다란 간격이 벌어져 있어 두 눈이 보인다. 목소리로 보아 여자다.

"뭐냐? 부랑인. 어차피 변변치 못한 일이겠지만."

"말이 심하네, 세토라. 네가 어릴 때에는 자주 놀아줬었는데."

"그 당시부터 너는 쓸모없는 한량이었다는 거다. 제대로 된 자라면 어린애와 마냥 놀거나 하지 않아."

"음, 할 말 없다."

"세토라." 록이 말을 걸었다. 갑자기 반말로 이름을 불러? "당신에게 부탁이 있다."

"거절한다." 세토라는 얼굴을 도로 집어넣었다.

"기본적으로 무례합니다, 록. 자네는." 모유기는 얄밉게 한숨을 내쉬고는 앞머리를 손가락으로 털면서 창문을 올려다보았다. "거기 멋진 아가씨. 제발 다시 한 번 그 아름다운 모습을 보여주시지 않겠습니까? 잠시라도 좋아요. 그리고 제발 당신을 칭송하는 노래를 바치게 해주십시오."

우와, 뭐야? 그게. 약간 기분 나쁜데. 그런데 의외도 이런 의외가 없다. 세토라는 잠시 후 다시 창문으로 얼굴을 내밀었다. "…도대체 뭐냐? 그 이방인은. 머릿속에 구더기라도 들끓고 있는 건가?"

모유기는 작은 목소리로 "봐, 낚였다"고 중얼거리고 나서, 세토라에게 웃는 얼굴을 향했다. "슈로 세토라. 나는 모유기. 당신과 만나기 위해서 찾아온 현역 최강의 암흑 기사입니다."

"괴상한 놈…."

"평범한 게 취향이십니까? 그렇게는 안 보입니다만."

"엠바, 그 녀석을 처치해."

어… 놀랄 틈도 없이 엠바가 모유기에게 덤벼들었다. 저런 팔에 맞으면 즉사를 피할 수 없다. 단, 모유기는 예측하고 있던 듯, 느릿한 동작으로 엠바의 오른팔을 피했다. 계속해서 왼팔을 휘두른 엠바에게 록이 바싹 다가갔다. 엠바의 왼팔 밑을 빠져나가 품안으로 파고들어, 어떻게 할지 의아했는데, 놀랍게도… 록은 엠바의 몸에 두 팔을 둘렀다. 그대로 다리에 힘을 주고, 들어 올린다. "으라차아 앗…!"

내던졌다. 엠바는 그리 거대하지는 않지만, 그래도 키가 작은 록보다는 꽤 키가 있다. 저 두께와 폭을 봐서 체중은 두 배 이상이겠지. 그런 엠바를 록은 간단히 내던져버렸다. 엄청난 괴력이다.

엠바는 낙법 자세를 취하고 곧바로 일어섰다. 그리고 다시 록에게 덤벼들려고 했으나, 세토라가 "그만해!"라고 말렸다. "…엠바. 지금의 너로는 그 녀석에게 파괴될 뿐이다. 너를 강하게 만들어주지 못하는 내 역부족을 용서해라."

"아니, 파괴할 생각은 없었는데?" 히죽 웃어 보인 록의 어깨 위에 게츠가 날아와 앉았다. "인조인간이라는 건가? 핑고의 젠마이와 같네."

"…핑고. 너는 소우마의 지인인가?"

"녀석의 클랜에 들어 있다. 클랜이란 게 뭔지 아나?"

"모른다. 허나, 대충 짐작이 간다. 엠바, 나를 받아라." 세토라가 말하자 엠바는 창문 밑까지 달려갔다. 세토라는 창문에서 몸을 훌쩍 날려 엠바의 왼쪽 어깨에 착지했다. "할 말인지 뭔지를 들어줄수도 있다. 그전에 한 가지 확인하자. 그것은 아라라와 관계있는 일인가?"

알고 보니 세토라는 아라라와 같은 연배로 소꿉친구라고 한다. 그녀는 6가 중 하나인, 사령술을 대대로 계승한 슈로가의 3녀로 4무가 필두 니기가의 적자인 아라라와도 친분이 있었다. 사실 아라라는 가문의 어엿한 후계자이지만, 세토라는 언니가 두 명 있기 때문에 그렇지 않다. 게다가 세토라는 사령술을 구사하는 집안에 태어났으면서도 밀정을 다루는 기술에 치우치게 되었다. 주위를 보면 알 수 있듯이, 냐아를 다루는 일이다. 촌락에서는 주로 밀정들이 사육하는 냐아에게 그녀는 흠뻑 빠져 있었다.

사령술사로서 인조인간을 만드는 일은 계속 하면서도 냐아의 육성과 번식에 정열을 쏟는 세토라는 슈라가의 체면에 먹칠을 한다며 따돌림을 받고 있다고 한다. 하루히로가 보기에는 그 정도는 뭐 괜찮지 않나 생각하지만, 그럴 수도 없는 규율 같은 것이라거나, 상식이라거나, 규범이라거나, 그런 여러 가지 사정이 있겠지.

한쪽은 니기가의 적자, 한쪽은 슈로가의 수치. 과거의 아라라와 세토라는 대조적인 두 사람이었다. 그래서 서로를 멀리했냐 하면, 반드시 그렇지는 않았던 모양이다.

"타츠루 같은 약골을 연모하다니, 아라라도 어리석었다. 언젠가 길을 잘못 들 것 같긴 했지만. 군말 없이 니기가를 이어갈 만한 여자라면 나 같은 건 거들떠보지도 않았을 터."

"…나도 잘못했다." 카츠하루는 어깨를 축 늘어뜨리며 말했다. "부랑인은 부랑인답게 아라라에게 관여하지 말았어야 했다. 내가 그 아이한테 나쁜 영향을 끼쳤는지도 모르지."

"정말 그렇다, 부랑인. 네가 모든 악의 근원이다."

"그렇게까지 말하다니. 이래 봬도 반성하고 있다."

"이미 늦었어. 포르간 같은 놈들에게 개인적인 결투를 감행해서 촌락에 불똥이 튈 우려가 생긴다면 동굴 감금으로는 끝나지 않는다. 삭발하고 추방하는 것도 있을 수 있다."

"삭발…." 록은 눈을 부릅떴다. "머리를 잘린다는 뜻인가?! 그건, 어느 정도?! 설마 빡빡 미는 건 아니겠지?!"

"이쯤일까?" 카츠하루는 어깨 근처를 손가락으로 가리켰다. "촌락 여자는 여섯 살이 지나면 머리를 기른다. 머리가 짧은 여자는 촌락 사람이 아니라는 뜻이다."

"…단발 정도인가?" 록은 끄덕였다. "그것도 나름대로 어울릴 것 같네. 뭐, 아라라라면 뭐든지 어울리겠지만."

아무튼, 아라라가 그런 일을 당하려는 상황에서, 무슨 용무가 있어서 사령술사에 냐아술사인 세토라를 방문한 건가? 하루히로도 대강은 짐작하고 있었다. 그 짐작이 맞았다.

"머리카락을 잘리는 것은 예상외지만. 파문, 추방쯤은 대충 예상 범위 내다. 어찌 되든 우리는 타츠루의 원수를 갚는다. 그러기 위해서 세토라, 당신 힘을 빌리고 싶다. 포르간에는 온사라는 고블린 짐승술사가 있어서 냐아도 많이 키우니까. 냐아에게는 냐아. 이건 당신한테밖에 부탁할 수 없어."

확실히 이 냐아라는 생물은 성가시다. 전투 능력은 불명이지만, 유난히 민첩하고 몸을 잘 숨기고 조용히 이동할 수가 있다. 적을 감지하면 주인에게 알리는 재주도 익혔음에 틀림없다. 경비망을 칠 수 있다는 뜻이다. 상대가 냐아의 경비망을 쳤다면, 그때에는 강행 돌파를 꾀하는 수밖에 없을 것이다.

즉, 어디에 포르간이 있는지 정도는 알아낸다 해도 아놀드가 있는 곳까지 밝혀내는 것은 어렵다. 어디에 메리가 붙잡혀 있는지도.

당연히 은밀히 메리를 구해내는 것은 거의 불가능하다.

"포르간의 냐아는 몇 마리 있나?" 세토라는 표정 하나 읽을 수 없었고 퉁명스러운 느낌의 음성도 거의 변함이 없었다.

"열 마리인지, 스무 마리인지…." 록은 두 손을 들고 고개를 갸웃거렸다. "전혀 모른다."

"나는 124마리의 냐아를 키우고 있다. 그중에 쓸 만한 것은 82마리다."

"상대는 30마리 정도가 아닐까?" 카츠하루가 턱을 매만지며 말했다. "내 감일 뿐이니 틀릴지도 모르지만."

"그야말로 그건 믿을 수가 없다." 세토라는 훗 하고 코웃음을 쳤다. "허나, 그 두 배나 되지는 않을 테지. 그 정도라면 내 냐아로 봉쇄할 수 있다."

"해줄 건가?!" 록은 희색을 드러냈다.

"거절한다."

"진심? 받아들여줄 것 같은 분위기였잖아, 방금."

"기분 탓이다. 애초에 그런 일을 해서 나에게 무슨 이득이 있나? 너희도 그렇다. 부랑인은 그렇다 치고, 어째서 이방인이 아라라의 쓸데없는 복수 따위에 함께 어울리지?"

"반해버렸으니까."

"…뭣이?"

"나는 아라라에게 반했다. 반한 여자가 목숨을 걸고 뭔가를 이룩하려고 한다면, 이 한 몸 바쳐야지."

"그렇게까지 해주면 여자 쪽도 너에게 반하기라도 할 것이라고? 고생하는군."

"엉? 왜 그것 때문에 아라라가 나한테 반한다고 생각해? 타츠루가 죽고 아직 시간도 얼마 지나지 않았다. 그럴 리가 없지."

"점점 더 영문을 모르겠다. 그렇다면 무엇 때문인가?"

"반했기 때문이라고 말했잖아. 나는 사랑하는 여자의 바람을 이루어준다. 뒷일은 상관없어."

"알았다. 너는 어이없는 얼간이다. 아니, 너희 전원 얼간이겠지."

"나까지 싸잡아서 취급하지 말아주길 바랍니다." 모유기는 록을 가리켰다. "이 남자는 얼간이인지도 모르지만, 나는 단언컨대 아닙니다."

"그렇다." 록은 약간 까치발을 들고 모유기의 어깨에 팔을 둘렀다. "나는 얼간이인지도 모르지만, 동료는 기꺼이 나를 따라와주는 것뿐이니까. 그렇지? 모유기."

"…떨어져주지 않겠습니까? 나는 동성과의 스킨십을 아주 싫어합니다."

"어떤 의미에서는 우리가 록보다도 더욱 중증인지도." 츠가의 미소는 지나치게 온화해서 조금 무섭다.

"어쨌든." 세토라는 살짝 숨을 내쉬었다. "너희에게 이유가 있다고 해도 나에게는 없다. 아라라가 촌락에서 추방당한다면 그때에는 자유롭게 살아가면 된다. 복수 따위 쓸모없다. 타츠루는 어서 잊어버리라고 그 어리석은 자에게…."

"거, 거래!"

와우….

자기도 모르게 끼어들고 말았다.

하루히로는 록과 모유기와 츠가와 카츠하루를 힐끔 보았다. 아무도 말려주지 않는다. 어쩔 수 없나. 끝까지 말하는 수밖에 없다. "…거래, 하면 안 되겠습니까? 도와주시는 대신에 이쪽은 뭔가 대가를 지불한다. 그러면 세토라 씨한테 이득도 되는 거니까."

"내가 원하는 것을 너희가 갖다 바칠 수 있다고?"

"그건… 모르지만. 그게 뭔지에 따라 달라지겠지만…."

"굳이 말하자면, 재료다."

"재료… 라니, 무슨…?"

"인조인간은." 세토라는 엠바의 머리를 쓰다듬었다. "시체 부위를 이어 붙여서 만든다. 갓 죽은 시체가 좋다고 하는데, 사실은 죽기 전이라도 상관없는 모양이다. 나는 아직 시험해본 적이 없지만, 살아 있는 것에서 취한 부위를 이용하는 방법도 있다고 하더군."

"…요컨대… 신체의 일부를 내놓으라는 뜻입니까?"

"팔 하나." 세토라는 너무나 차가운 눈으로 하루히로의 온몸을 훑어봤다. 저건 이른바 품평을 하는 눈길이라는 것이다. "아니. 어디까지나 실험용이니까, 안구 하나로 봐줄 수도 있다. 그렇지. 안구는 나쁘지 않아. 만지는 맛이 있지."

"참고로." 츠가는 차분하게 말했다. "팔이든 안구든 빼앗기면 광마법으로는 되돌아오지 않아. 샤먼(주술의사)이라도 무리일걸."

"그런 건 상식 아닙니까?" 모유기는 오른손 가운뎃손가락으로 안경 브리지를 누르며 천천히 한숨을 내쉬었다. "…어쩔 수 없군요. 냐아는 포기합시다. 옵션 쪽 목적은 힘겨워질 것 같지만, 메인 쪽은 못 할 것도 없어."

"그렇군." 록은 얼굴을 찡그렸다. "유감이네."

옵션. 옵션 쪽 목적. 그것은 그건가? 하루히로 팀의 목적. 즉, 메리 구출을 말하는 건가?

하긴 모유기 말이 맞을지도 모른다. 냐아들을 교란시키면 하루히로가 스텔스로 적지에 침입해서 메리를 구해서 도망친다는 방법도 짤 수 있다. 상대방 냐아의 경비망을 어떻게든 하려면 세토라의 냐아들이 절대적으로 필요하다.

하루히로는 가드 달린 대거를 뽑았다. 자기 눈에 대려고 했으나, 잘할 수 있을 자신이 없다. 세토라는 엠바의 어깨에 앉아 있다.

"저, 죄송합니다." 하루히로는 엠바에게 다가가 칼자루 쪽을 상대방에게 향해서 대거를 내밀었다. "…이걸로, 해주실 수 있습니까? 내가 하다가 실패하면 아까우니까. 가급적 가만히 있을 테니까. 가능하면 왼쪽 눈이 낫겠네. 나, 오른쪽이 잘 보이니까. 잽싸게 해주시면 고맙겠습니다."

세토라는 약간 눈을 가늘게 떴다. "거래에 응한다는 건가?"

"네. 그렇습니다. 그리고 츠가 씨, 끝나면 상처만이라도 치료해 주십시오."

"좋아." 츠가는 역시 웃는 얼굴이다. 확실히 달관했어, 이 사람.

"…괜찮은 건가? 이녁." 카츠하루는 다소 당황하는 것 같다.

"괜찮지는 않지만. 두 눈이 아니고 외눈이 되는 거니까. 뭐, 괜찮습니다. 동료의 목숨이 걸려 있으니까. 조금이라도 확률을 올리고 싶고. 할 수 있는 일을 하지 않고 나중에 후회하는 건 싫잖아요."

록과 모유기가 서로 얼굴을 마주 보았다. 바보다, 이 녀석… 이라고 생각하는 걸까?

…바보… 인 건가? 글쎄? 어쨌든 방금 말한 것이 전부. 목적을 이루기 위해서 할 수 있는 일이 있다. 그러니까 한다. 하루히로는 별로 냉정하지 않다. 깊게 생각하지도 않았다. 너무 생각하면 무서워질 것 같아서 일부러 생각하지 않으려 하고 있다.

"그건 넣어둬." 세토라는 엠바의 어깨에서 가볍게 내려와 허리에 차고 있던 가느다란 단도를 뽑았다. "내 무기가 익숙하니까. 정말로 괜찮은 거지?"

"네. 하세요." 하루히로는 대거를 칼집에 도로 넣고 헛기침을 했다. "…몸을 낮추는 게 좋을까요? 높이 면으로. 아니면 쪼그리고 앉는 게?"

"앉아라."

"네. 그럼…."

하루히로는 무릎을 꿇고 정좌했다. 그리 긴장은 하지 않았다. 공포감도 없다. 그것도 세토라가 몸을 굽히고 왼손 손가락으로 하루히로의 왼쪽 눈을 벌릴 때까지였다. 오오오오. 이런. 진짜야? 진짜 하는 거다. 무서울까? 아프겠지? 단도 끝이 다가온다. 빨리 끝나라. 번개같이 끝내줘. 하루히로는 숨을 참았다. 그 직후, 차가운 날이 안구와 눈 구멍 사이에 박히고, 아픔이라기보다 강렬한 이물감이 느껴졌다. 아픔은 분명 이제부터일 것이다. 자기도 모르게 몸에 힘이 들어가버렸다. 그 탓에 칼끝이 어딘가를 상처 입힌 것이겠지. 푹… 이라는 듯한 작은 소리가 나고 아픔이 일었다. 빨리 빨리 해버려 해버려 해버려. 어라? 왜?

세토라는 단검을 거두었다. "…나중에 해도 돼."

"어…?" 하루히로는 눈을 깜빡였다. 왼쪽 눈 안쪽이 아프다. 눈물이 나왔다.

"할 일이 있잖아? 재료를 받는 건 그것을 마치고 나서 받으면 된다." 세토라는 등을 돌렸다. "포르간의 냐아는 내가 압박해주겠다. 안심해라. 내 냐아들이 질 리가 없다."

"아…." 하루히로는 왼쪽 눈을 감고 눈꺼풀을 손으로 눌렀다. 아프잖아. "…고맙습니다."

"대가는 받는다. 인사는 필요 없어." 세토라는 엠바를 데리고 건물로 들어갔다.

츠가가 하루히로의 어깨를 두드렸다. "치료해줄까?"

"부탁드립니다…."

"그야말로 내가 의도한 대로의 전개가 되었군요." 모유기는 흡족한 것처럼 그렇게 중얼거렸지만, 아무리 그래도 그건 분명히 거짓말이라고 생각한다.

"어쨌든 잘됐네." 록은 하루히로에게 윙크해 보였다.

윙크로 대답해야 하는 건지도 모르지만, 아직 왼쪽 눈을 치료받지 않았기 때문에 될 것 같지가 않다. 하고 싶지도 않다.

카츠하루는 고글을 이마까지 올리고 팔짱을 끼었다. "…이제 남은 건 아라라로군."

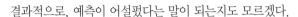

결과적으로, 예측이 어설펐다는 말이 되는지도 모르겠다.

안개 속을 네 명의 남자가 가마를 메고 걸어간다. 가마라고 해도 네모난 판자 밑에 두 개의 긴 막대기를 붙인 것뿐인 간소한 물건이다. 판자 위에는 허름한 소복을 입은 여자가 앉아 있다. 아니, 앉혀져 있다. 여자는 손을 뒤로 묶이고 그 목과 가슴과 허리, 허벅지에 단단히 묶인 밧줄은 막대기에 묶여 있다. 저래서는 움직일 수가 없다. 섣불리 움직였다간 목이 졸려버릴 것이다.

여자는 등줄기를 펴고 정좌하고 있지만 얼굴을 아래로 향하고 있다. 머리는 짧다. 어깨는 고사하고 귀 밑 부분에 맞춰 잘랐다.

언덕에 있는 나무 그늘에 몸을 숨기고 상황을 살피는 하루히로는 가늠할 수 없지만, 상당히 타격을 받았음에 틀림없다. 그야 사정을 잘 모르는 하루히로조차도 처음에 봤을 때에는 생각했던 것보다도 훨씬 짧게 잘랐구나 하고 놀랐을 정도다. 뭐, 머리야 자라니까 괜찮다고 해도, 그녀의 처분은 단순한 추방, 즉 촌락에서의 추방으로는 끝나지 않았다.

가마는 서쪽으로, 서쪽으로 향한다.

냐아를 부리는 세토라의 정보 수집에 따르면, 그쪽에는 포르간이 체재한다. 가마를 멘 남자들도 당연히 그 사실은 너무나 잘 알고 있을 것이다.

참고로, 배웅하는 자도 없이 가마가 촌락을 나간 단계에서 촌락은 바로 임전 태세로 들어갔다. 공격하려는 것이 아니다. 단단히 수비를 굳히고 있다. 올 테면 와봐라 하는 모습이다. 포르간의 습격을 경계하면서도 동시에 자기들 쪽에서 먼저 공격할 의사는 없다고 표명하는 것이다. 얼마 전 어떤 집단이 포르간을 공격했고 그중에는 촌락 사람도 포함되어 있었지만, 그것은 결코 촌락 전체의 뜻이 아닐뿐더러 촌락과는 아무런 관계도 없다. 그 사실을 촌락은 태도로 나타내려는 것이다.

아라라는 이제 니기 아라라가 아니다. 니기가에게서 파문당한 지금은 그냥 아라라다. 현 당주의 여동생에게 딸이 두 명 있는데, 그중 장녀 쪽이 새로운 니기가의 적자가 된 모양이다. 그 이야기를 듣고 그렇게 간단한 것인가 하고 하루히로는 어이가 없어졌다. 4무가 필두인 니기가의 적자쯤 되면, 이 녀석은 틀렸으니 다른 녀석으로 하자고 손쉽게 바꿔버리는 일은 없겠지. 무엇보다도 당주 입장에서는 아라라는 친딸이니 결국은 감싸려고 들지 않을까? 그렇게까지 심하지 않은 처분으로 결정되는 것 아닐까? …그렇게 멋대로 상상했던 것이다.

큰 착각이었다.

촌락은 아라라를 맨몸으로 내쫓으려고 한다. 이것은 사형에 가깝다.

이쪽으로서는, 아라라가 해방되고 나서 태세를 갖춰 아놀드의 목을 노리면서 메리를 구출할 생각이었다. 그런데 아라라가 이렇게 되어버렸으니 완전히 계산이 틀어졌다.

아라라를 태운 가마는 어디까지 가는 건가? 설마 아라라를 직접 포르간에게 넘기지는 않겠지? 촌락 사람들에게도 자존심이라는 것이 있을 테고, 포르간의 비위를 맞추는 짓 따위는 하지 않을 것… 이라고 생각하고 싶지만, 하루히로는 뭐라고도 단언할 수 없다.

아무튼 촌락을 통솔하는 니기가의 당주쯤 되면, 촌락에 있어서 불이익이라고 판단하면 자기 딸조차 인연을 끊어버리는 것이다. 너무 지독하다, 냉혈한이다, 비정하다고 비난하는 것은 간단하다. 그러나 자기 자식이 중하다고 온정을 베풀어 그 탓에 촌락이 위기에 처하거나 하면 질책을 받는 것만으로는 끝나지 않을 것이다. 본심은 어찌 되었든, 당주로서는 그렇게 할 수밖에 없는 건지도 모른다.

"안 좋은데." 하루히로가 있는 장소에서 가마가 보이지 않게 되었다. "…벌써 포르간에 꽤 가까이 갔어…."

이제부터 예상할 수 있는 전개는 크게 나누어 두 가지.

하나는, 포르간과 접촉하기 전에 남자들이 가마를 두고 가버린다. 이럴 경우에는 재빨리 아라라의 신병을 확보해버리면 된다.

그러나 두 번째 쪽, 즉 가마가 포르간과 접촉해버린다면 상당히 일이 복잡해진다. 그러지는 않을 거라고는 생각하지만, 촌락이 어떤 수단으로 포르간에게 이미 통달을 보냈고 아라라를 넘겨줄 준비가 되어 있다거나 하면 더욱 위험하다.

하루히로는 언덕 위를 빠른 걸음으로 서쪽으로, 서쪽으로 달렸다.

이 언덕은 가마가 지나가는 코스 북쪽에 위치한다. 포르간은 여기서부터 북서쪽의 비교적 평평한 일대에 머물러 있고 가마는 역시 그 주변을 향하고 있는 것 같다. 가마의 속도는 비교적 늦기 때문에 별로 서두르지 않아도 앞질러 갈 수 있을 것이다.

자기도 모르게 메리를 생각해버린다. 그리고 란타도. 란타 놈.

지금은 됐다. 머리에서 떨쳐버리자.

안개가 짙어졌다. 보인 것은 아니지만, 맞은편 왼쪽에서 뭔가가 움직인 것 같은. 냐아일까? 기분 탓인가?

하루히로는 발을 멈출 뻔했으나, 생각을 고쳐먹고 오히려 속도를 높였다.

희미하게 늑대가 짖는 소리가 들렸다. 엄청나게 불길한 예감이 든다.

어째서 모든 일이 이렇게 뜻대로 안 풀리는 것일까? 불평 한 마디쯤 하고 싶어진다. 들어줄 상대가 있는 것도 아니니 말은 안 하지만.

언덕은 여기까지다. 가마는 아직 보이지 않는다. 하루히로는 경사면을 내려갔다. 역시 뭔가 기척이 느껴진다. 냐아에게 들켜서 미행당하고 있나? 확인해야겠지? 아니, 지금은 갈 길을 서두르자. 서쪽으로. 다소 발소리를 내도 된다. 서쪽으로. 사우전드 밸리 지면은 눅눅한 흙과 미끄러지기 쉬운 바위 밭이 혼재하고, 게다가 어디나 비교적 평평하지는 않다. 이끼가 낀 나무둥지가 겹쳐져 있기도 하고, 금이 간 것처럼 깊이 팬 곳도 여기저기에 있다. 이상할 정도로 걷기 힘들지만 제법 익숙해졌다. 서쪽으로. 보인다. 가마다.

어느 틈엔가 추월해버린 모양이다. 가마는 하루히로 쪽으로 오고 있다.

안개는 여전히 걷힐 기색이 없다. 시야는 아마 100미터 미만이겠지만, 아주 약간 하늘이 파랗다. 태양 위치도 알겠다. 오전 10시쯤 되었나?

미리 머릿속에 새겨둔 대략의 지도에 따르면, 여기에서 약 1킬로 앞은 골짜기 비슷한 지형이다. 그 골짜기의 땅을 걸어가면 포르간의 거류지다. 과연 가마는 골짜기 앞에서 멈출지, 어떨지. 멈춰주면 좋겠다고 바라면서 하루히로는 가마를 멘 남자들에게 발견되지 않도록 조심하면서 더욱 서쪽으로 갔다.

아, 하지만… 이거, 기분 탓이 아니네. 분명 냐아에게 감시당하고 있다.

갑자기 앞쪽에서 캬 하는 작은 울음소리가 들려 심장이 벌렁거렸다. 뭐지? 냐아인가? 움찔움찔하면서 계속 걸어가니 거무스름한 냐아가 호피 무늬 냐아를 찍어 누르고서 목덜미를 물고 있었다. 호피무늬 냐아는 몸을 뒤틀며 저항하는 것 같았지만 힘이 없었다. 검은 냐아는 이쪽을 힐끔 보았다. 체격은 두 마리 다 비슷한 정도지만, 검은 냐아는 명백히 여유가 있었다.

잠시 후 호피 무늬 냐아가 축 늘어지자 검은 냐아는 꼬리를 흔들면서 목소리를 내지 않고 우는 동작을 취했다. 헛울음이라고 해서우리 편이라는 신호라고 한다. 세토라의 냐아인가? 사실 헛울음으로 사람을 속이는 냐아도 있다고 하지만. 냐아 술사라면 거짓 헛울음은 간파할 수 있다고 하던데 하루히로에게는 무리다. 검은 냐아는 안개 너머로 사라졌다. 우선은 우리 편이라고 생각하는 수밖에 없다.

가마는 계속 전진한다. 안 멈추나? 틀렸다. 전혀 멈출 기색이 없다.

"하루히로." 뒤에서 작은 목소리로 누가 이름을 불렀다. 놀라게 하지 말아줬으면 하는데.

돌아보니 크로우였다. 쪼그리고 앉아 손짓을 한다. 다가가자 귓속말을 했다.

"나쁜 소식과 좋은 소식 중에서 뭘 먼저 듣고 싶어?"

"…그럼 좋은 소식부터."

"좋은 소식은." 크로우는 짓궂은 웃음을 띤다. "없다."

"그렇다면 말하지 마세요…. 나쁜 소식은?"

"포르간이 촌락에서 보내는 소포의 냄새를 맡은 모양이다. 움직임이 있어."

"…뭐, 그런 느낌은 들었으니까."

"골짜기 입구 부근에서 전원 대기하는 분위기다. 소포를 갈취하면 너희는 보물을 빼앗으러 가도 좋다."

"죄송합니다. …고맙습니다."

크로우는 하루히로의 어깨를 가볍게 두드리더니 가자 하고 손짓으로 표현했다. 하루히로는 끄덕였다. 시작되는 것이다. 생각했던 것보다 아라라가 심한 처분을 받은 것 때문에 충분한 준비를 할 여유가 없었다. 불안하지만, 하는 수밖에 없다.

크로우를 따라갔다. 가슴이 두근거리기 시작했다. 몸이 굳지 않도록 해야 해. 여유가 없어도 무턱대고 해서는 안 된다. 생각할 수 있는 한 생각하고 최선책을 선택해야지.

갑자기 시간의 흐름이 빨라진 것처럼 느껴진다. 골짜기까지 눈깜짝할 사이였다.

골짜기는 북과 남의 급경사면 사이에 있는 폭 20미터 정도의 습지다. 북쪽도 남쪽도 경사면에는 나무들이 울창해서 몸을 숨길 장소는 충분히 있다.

이미 록, 모유기, 카지타, 츠가, 사카나미는 북쪽에, 유메, 시호루, 쿠자크, 카츠하루는 남쪽에 진을 치고 있었다. 세토라와 엠바는 어딘가에서 냐아들의 지휘를 하고 있는 모양이다. 크로우는 당연히 록스 쪽에, 하루히로는 유메가 있는 쪽으로 갔다.

유메가 제일 먼저 하루히로를 발견하고 손을 흔들었다. 시호루, 쿠자크, 카츠하루도 하루히로를 본 모양이다. 하루히로는 동료들 곁에 가서 쪼그리고 앉았다.

"아마도 이쯤에서 아라라 씨를 구해내게 될 거야."

"냥." 유메는 턱을 잡아당기고 아랫입술을 꼭 깨물었다.

"…넵." 쿠자크는 갑옷이 소리를 내지 않도록 아무튼 가만히 있다. 투구는 이미 장착했다. 방패도 들고 있다.

"…우리는." 시호루가 속삭이는 목소리로 말했다 "아라라 씨를 구해내면, 메리를?"

"응. 록스는 아라라 씨와 함께 포르간과 교전을 시작한다. 우선 그것을 엄호하면서 메리를 찾는다."

"상황 나름이겠지만… 경우에 따라서는 우리를 미끼로 삼고 하루히로 군 혼자 가는 게 좋을지도."

"그러네. 그렇게 되면, 시호루, 부탁해."

뭘? 이라고도 묻지 않고 시호루는 고개를 끄덕여주었다. "…알았어."

물론 설명을 요구한다면 말해주겠다. 하지만 그럴 필요가 없다는 사실이 무척이나 든든하다. 너무 시호루에게 기대고 싶지는 않고, 기대기만 할 생각은 털끝만큼도 없지만, 파티에 기둥이 하나 더 있는 것과 없는 것은 상당히 차이가 난다.

늑대가 짖었다. 그렇게 멀지 않다.

가마가 아슬아슬하게 보인다. 멈췄다. 골짜기까지 아직 100미터 가까이 있다.

"흠⋯." 카츠하루가 고글을 손가락으로 닦았다.

가마가 다시 움직이기 시작했다. 남자들이 지금 가마를 내려주면 우리로서는 조금이라도 편하겠는데, 그렇게 운 좋게 일이 풀릴 리가 없다.

록스건, 하루히로 팀이건 촌락에서 보기에는 초대하지 않은 손님이다. 두 번 다시 촌락에는 들여보내주지 않겠지. 그렇다고는 해도 촌락에 대한 결정적인 적대 행위는 가급적 피하고 싶다. 만약 촌락이 추적자라도 풀면 촌락 사람들은 사우전드 밸리를 속속들이 알고 있기 때문에 성가신 정도로 끝나지 않기 때문이다. 그래서, 답답하지만, 가마를 덮쳐 아라라를 구할 수가 없다.

기다리는 수밖에 없다.

상황이 바뀔 때까지 기다리는 수밖에.

"왔다." 유메가 중얼거렸다. 짐승이다. 습지 너머에서 달려온다. 늑대인가? 흑랑 무리다.

록스는 아직 움직이지 않는다. 카츠하루는 칼자루에 손을 댔다.

숨이 답답하다. 가슴이 짓눌리는 것 같다.

흑랑들이 연이어 짖었다. 무리의 선두는 이미 가마까지 2~3미터 떨어진 지점에 도달했다.

남자들이 그제야 내팽개치듯 가마를 내려놓았다. 제각각 무기를 들며 후퇴하기 시작했다.

"이제 괜찮겠지." 카츠하루가 달려 나갔다. 좀 이른 것 같기도 하지만, 카츠하루는 조카가 걱정될 텐데도 지금까지 자중하고 있었던 것이다. 어쩔 수 없다.

한 사람이 움직이면 이제 가는 수밖에 없다. 하루히로가 손을 흔들어 신호를 보내자 쿠자크가 뛰어나가고 유메가 그 뒤를 따랐다. 하루히로는 시호루를 지키면서 우선 후위 팀에 붙었다.

록스도 하루히로 팀에 호응했다. 선수를 친 것은 카지타다.

"오오오오오오오오오오오오오오오오오오오오오오오…!"

특대의 워 크라이. 흑랑 무리가 겁을 먹고 발을 멈추더니 일제히 북쪽 경사면을 올려다보았다. 그때에는 이미 카지타 이외의 록스는 뿔뿔이 흩어져 모습이 보이지 않았다.

카츠하루는 똑바로 가마를 향해 가면서, "…이녁들…!" 하고 아직 발길을 돌리려고 하지 않는 남자들을 향해 소리쳤다. "포르간이 밀려온다! 후퇴해…!"

"부랑인 주제에…!" 한 남자가 외치면서 몸을 돌렸다. "…다음에 그 면상을 또 보게 되면 내 칼에 끝장날 줄 알아라…!"

다른 세 사람도 차례로 도망치기 시작했다.

"아니, 이녁의 칼을 맞을 정도로 추락하지는 않았는데!" 카츠하루는 가마로 달려가 아라라를 묶은 밧줄을 칼로 끊어냈다. "…아라라, 다친 데는 없나?"

"네, 숙부님! 저 때문에, 송구합니다…!"

"그렇다! 귀여운 조카를 위해서지…!" 카츠하루는 아라라를 일으켜주고는 자기 것과는 별도로 갖고 있던 칼을 칼집째로 건네주었다. "…일이 이 지경에 이르렀는데 숙원을 달성하지 못하면 후회밖에 남지 않는다. 타츠루의 원수를 갚아라, 아라라. 그래서 한이 풀린다면 그때에는 새로운 사랑이라도 한두 번쯤 하는 것이 좋다."

"새로운 사랑 같은 건…!" 아라라는 칼집을 뿌리쳤다. "하지 않습니다! 이 손으로 원수를 갚고 타츠루 님께 정조를 지킨다…! 그것만이 제 바람입니다…!"

록스는 보답도 요구하지 않겠다고 말했으니 괜찮을지도 모르지만, 아라라가 그렇게까지 분명히 단언하는 것을 들으니 비록 남 일이지만 록이 약간 불쌍하다는 생각이 안 드는 것도 아니었다.

흑랑 무리는 북쪽 경사면을 달려 올라가 카지타에게 덤벼들려고 했다. 후속 부대는? 있다. 온다. 오크. 언데드. 습지 저편에서 우르르 오고 있다.

"나와라, 아놀드…!" 아라라가 맑은 목소리로 소리치며 칼을 겨누었으나, 움직이기 힘든 것 같았다. 옷 때문이겠지. 처음 만났을 때에는 겉옷에 승마 바지 같은, 카츠하루와 비슷한 차림이었으나 지금은 길이가 발목까지 오는 딱 달라붙는 기모노에 허리띠를 묶었다. 보이는 것과 마찬가지로 답답한 듯, 아라라는 갑자기 "에에잇!" 하고 칼로 옷자락을 세로로 찢어버렸다. "…이걸로 됐다…!"

확실히 움직이기 쉬워지긴 했겠지만, 속에 바지를 안 입은 것 같은데, 무방비랄까, 뭐랄까. 뭐 상관없다, 이젠.

하루히로는 남쪽 경사면으로 끝까지 내려가지 않고 서쪽으로 틀었다. 바람이 분다. 갑자기 안개가 짙어졌다. 눈 깜짝할 사이에 시야는 10미터 이하가 되었다.

유메가 활에 화살을 겨누었다.

앞쪽에 뭔가가 있다. 오크인가?

"빛이여, 루미아리스여." 쿠자크가 검은 날 검을 세우고 챙 중앙 부분으로 육망성을 그리는 것처럼 움직였다. "제 칼날에 가호의 빛을 깃들게 하소서."

그러자마자 검은 날 검이 빛을 뿜기 시작했다. 성기사의 광마법

세이버(광날)다. 루미아리스가 초래하는 빛에 의해 성기사가 가진 육망이 새겨진 검의 날이 날카로워진다. 저 빛은 지근거리에서는 직시하면 눈이 부시고, 또 한 가지 중요한 효과가 있다.

검이 빛나고 있으면 아무래도 눈에 띈다.

"우오오오오…!" 쿠자크가 빛나는 검을 들고 돌진하자 적이 그리로 몰려들었다. 마치 불꽃에 끌려가는 나방 같다. 무리는 하지 말라고 말해주고 싶다. 그러나 꾹 참았다. 저것이 쿠자크의 역할이다. 여러 명의 적을 유인하는 것은 중장비를 한 쿠자크밖에 할 수 없다. 하루히로 일행에게는 다른 임무가 있다. 물론 그것은 쿠자크에게 성원을 보내는 일 따위가 아니다.

우선 오크가 세 명. 세 명의 오크가 쿠자크를 공격한다.

"웃…!" 쿠자크는 오크의 칼을 블록(방패 막기)으로 튕겨냈다. "크앗!" 하고 바시(방패 치기)로 밀쳐낸다. 열심히 검을 휘둘러 오크를 물러서게 하려고 한다. "…으랴아아압…!"

오크는 다 키가 쿠자크와 같거나 그 이상, 폭과 두께는 완전히 쿠자크보다 위다. 그런 놈들이 우르르 몰려와 쿠자크 한 명을 집중 공격하려고 하는 것이다. 금방 굴복해버릴 것 같지만, 쿠자크는 견딘다. 그것도 결코 아슬아슬하게가 아니다. 쿠자크는 공격의 강도와 각도를 순식간에 구분하고 방패로 막거나 피하거나 몸으로 막는 등 정확하게 판단하고 있다. 3대1이라면 쿠자크에게 반격할 찬스는 우선 없지만, 반대로 말하자면 방어에만 전념하면 되는 것이다. 지키기만 하면 되는 것이라면 상당히 지킬 수 있다는 것을 쿠자크는 알고 있다. 자신감을 갖고 당당히 수비망을 굳히는 상대를 무너뜨리는 것은 아무리 숙련된 자라도 쉬운 일이 아니다.

"…다크." 시호루가 멈춰 서서 엘리멘탈 다크를 소환했다.

하루히로는 쿠자크의 왼쪽으로, 유메는 오른쪽으로 나갔다. 시호루를 혼자 두고 싶지는 않지만, 네 명밖에 없으니 어쩔 수 없다. 하지만 괜찮다. 쿠자크는 무슨 일이 있어도 적을 막아준다.

유메가 근거리에서 화살을 쏘았다. 안개 때문에 먼 표적에는 맞지 않는 정도가 아니라 아예 보이지도 않지만, 저만큼 가까우면 빗나가지 않는다. 오크 한 명에게 명중한 모양이다. 어디에 맞았는지까지는 모른다. 하루히로는 하루히로대로 스텔스를 하면서 오크들 뒤로 돌아가려고 했다. 쿠자크가 주의를 끄는 동안 유메도 놈들의 시야에 들어갔다. 유메 덕분이기도 하지만 놈들은 하루히로를 알아차리지 못한다.

새로운 적은? 지금으로서는 보이지 않는다.

하루히로는 오크들 뒤에 자리를 잡았다. 놈들이 입고 있는 갑옷은 얇고 가벼워 보이지만 목까지 확실하게 보호한다. 아마 질은 좋을 것이다. 팔꿈치 보호대나 무릎 보호대, 종아리 보호대, 손등 보호대 등의 방호구도 했고 투구는 안면이 노출된 타입이지만 머리는 확실히 보호한다. 키는 하루히로보다 20센티미터 이상 크다. 몸집은 건장함 그 자체다. 힘은 추측할 수 있다. 생각해라. 생각해. 생각해. 재빨리 생각하고 결론을 내려라.

백 스태브로는 해치울 수 없을 것 같다. 스파이더는 실패할 가능성이 높다. 그렇다면.

하루히로는 맞은편 오른쪽, 쿠자크가 봤을 때 왼쪽에 있는 오크 A의 등으로 뛰어 발차기를 날렸다. 버티지 못하고 고꾸라질 뻔한 오크 A에게 쿠자크가 "…이얍…!" 하고 바시. 중앙의 오크 B가 동료를 보호하려고 했다. 쿠자크는 깊이 쫓지는 않는다. 오크 A는 자세를 바로잡으면서 고개를 돌려 하루히로를 찾았다. 그때 이미 하루히로는 맞은편 왼쪽, 쿠자크가 봤을 때 오른쪽인 오크 C를 겨냥하고 있었다.

오크 C의 왼팔에는 유메가 쏜 화살이 박혀 있다. 그래도 칼을 두 손으로 잡고 유메를 베려고 했다. 쓰러뜨리지 못해도 된다. 백 스태브. 스틸레토는 오크 C의 갑옷을 뚫을 수는 없었다. 아니, 애초에 뚫을 생각이 없다. 오크 C는 하루히로를 무시할 수가 없어져 고개를 돌렸다. 그 틈에 유메가 "냣…!" 하고 지근거리에서 쏜다. 접사. 아니, 한 발이 아니다. 잇달아 두 발. 연사다. 접사와 연사의 합성 기술인가? 화살 한 개는 빗나가고 다른 한 개는 갑옷에 튕겨나갔다. 그래도 오크 C를 겁먹게 만드는 데는 충분했다. 상대가 뒷걸음질치는 것을 알면 용감한 유메는 물러서지 않는다. 화살이다. 유메는 화살을 활에 겨누지 않고 손에 든 채로 앞으로 내밀어 오크 C의 오른쪽 허벅지를 찔렀다. 화살 창. 비상수단 같은 스킬인데 그걸 추가 공격에 사용해버리는 게 유메답다.

신음하는 오크 C가 도망치는 것도, 유메를 칼로 베는 것도 하루히로는 허용하지 않았다. 오크 C의 왼팔을 어레스트. 왼쪽 팔꿈치 관절을 꺾고 발을 걸었다. 오크 C는 쓰러지지 않으려고 버티려고 했으나 오른쪽 허벅지에 화살을 맞은 탓에 끝까지 버틸 수가 없었다. 한쪽 무릎을 꿇고 몸을 젖히는 자세가 된 오크 C의 왼쪽 눈에, 거꾸로 고쳐 잡은 스틸레토를 쑤셔 박았다. 유메가 월도 월이를 뽑아 오크 C의 오른손에서 칼을 쳐내 떨어뜨려주었다. 스틸레토를 비틀었다. 살짝 빼고, 다시 쑤셔 박는다.

뽑아내고 다시 찔러도 오크 C는 아직 살아 있다. 하루히로는 "유메, 쿠자크를 엄호…!"라고 외치면서 오크 C에게 결정타를 먹였다.

여전히 새로운 적은 오지 않지만 주의를 게을리 해서는 안 된다. 쿠자크가 "이얏!" 하고 오크 B의 칼을 막으면서 오크 A에게 스러스트(찌르기)를 날렸다. 이것을 오크 A는 칼로 밀쳐냈다. 쿠자크는 이번엔 오크 B에게 배니시먼트(징벌의 일격). 동시에 오크 A의 찌르기를 바시로 쳐낸다. 그래서 약간 뒤로 물러난 오크 A에게 유메가 "후낫…!"이라며 덤벼들었다. 전방 공중제비를 돌고 나서 대담하게 강렬한 일격. 맹호다. 오크 A는 아마 반사적이었겠지, 옆으로 뛰어서 피했다.

"가거라…!" 시호루가 다크를 날렸다. 오크 A는 몸을 틀어 피하려고 한다. 하지만 다크는 휘어졌다. 맞는다. 다크는 빨려 들어가는 것처럼, 쏙… 오크 A의 몸속으로 파고들었다. 경련. 오크 A는 "부훗…" 하고 거품을 뿜었다. 허리가 꺾인다.

모유기처럼 계산대로인지, 의도대로인지, 그런 말은 도저히 할 수 없었다. 서로 미리 말을 맞춘 것도 아니었고, 시호루가 해줄 것이라는 기대는 어디까지나 기대일 뿐이었다. 그야말로 이판사판에 가깝다.

아직 멀었다. 그렇게 스스로를 꾸짖으면서 오크 A의 등에 달라붙었다. 스파이더. 시호루의 다크가 효과를 발휘하고 있어 오크 A는 반응이 둔했다. 단숨에 스틸레토를 오른쪽 안구에서 뇌까지 찔러 넣는다. 그뿐만이 아니다. 온몸의 힘을 구사해서 오크 A의 목을 비틀면서 자기도 함께 바닥으로 쓰러진다. 아무리 육체가 강인해도 기습으로 급소를 공격당하면 의외로 약한 법이다. 오크 A는 힘이 빠졌다. 숨이 끊어지기 직전이다. 하루히로는 오크 A에게서 떨어졌다.

"크아아…!" 쿠자크는 오크 B의 칼을 방패로 막아내면서 수시로 검을 내지르고 있었지만 아직 마무리를 짓는 단계는 아니었다. 오크 A와 C가 쓰러진 지금, 공격으로 전환하고 싶어도 이상할 것 없을 텐데도 쿠자크는 그래도 참는다. 우직할 정도로 자기 역할에 충실한 것은 틀림없는 쿠자크의 강점이다. 하루히로와 동료들에 대한 신뢰의 증거이기도 하다.

시호루는 거리를 두고 있다. 새로운 적은? 없다. 하루히로는 유메에게 눈짓을 했다. 쿠자크와 하루히로, 유메가 세 방향에서 공격하는 방법도 있지만, 다른 방법으로 간다. 하루히로는 재빨리 유메 뒤에 붙었다.

유메는 오크 B의 뒤로 다가간다. 오크 B는 이미 깨닫고 비스듬히 뛰어 뒤로 물러나 쿠자크와 유메, 두 사람을 다 정면에 두려고 했다.

하루히로는 자세를 낮추고 유메의 그늘에서 뛰어나갔다. 바깥쪽으로. 바깥쪽으로.

쿠자크와 유메가 오크 B에게 육박한다. 오크 B는 물러선다. 물러설 수밖에 없었다. 완전히 하루히로를 놓쳤다.

오크 B의 등을 똑바로 볼 수 있는 위치까지 가서는 하루히로는 가만히 숨을 내쉬었다. 상대는 하루히로를 알아차리지 못했다. 하루히로는 빤히 뒷모습을 살핀다. 한순간에 상대를 완전히 이해해버린 것 같은 감각. 물론 착각에 불과하지만, 눈은 입만큼 많은 것을 말한다고 하는데, 등은 입만큼 많은 것을 말한다는 설을 하루히로

로서는 주장하고 싶다. 적어도 이제부터 어떻게 하면 될지는 일목
요연하다.

오크 B가 뒤로 물린 오른발에 체중을 싣고 오른쪽 팔꿈치를 들어
얼굴 오른쪽으로 칼날을 겨누었다. 하루히로가 그 오른손을 스틸레
토로 찌르자 오크 B는 우선 경악했다. 뭐야, 너? 어떻게 여기에? 그
런 표정이었다.

오른손 손가락은 절단되지는 않았지만 엄지 이외는 거의 쓸모가
없어졌다. 오크 B는 왼손만으로 칼자루를 잡았다. 오크 B가 할 수
있는 일은 거기까지였다.

"으라찻…!" 쿠자크가 방패와 함께 태클을 날려 오크 B를 넘어뜨
렸다. 벌렁 자빠진 오크 B의 왼팔을 방패로 짓눌러 칼을 봉인한다.
사이를 두지 않고 곧바로 검은 날 검으로 안면을 마구 베면 오크 B
는 어떻게 할 수도 없다. 일단 정리될 것 같았으나, 가슴을 쓸어내
릴 틈은 없을 것 같다.

"하루히로 군…!" 시호루가 외쳤다. 왔다. 새로운 적.

저건가?

안개 너머에서 뭔가 커다란 것이 돌진한다.

"…거인?" 하루히로는 더스크렐름의 하얀 거인을 떠올렸다. 그
정도로 크게 보였다.

실제로는 그렇게까지 크지는 않은가? 그래도 위험한 느낌만 든
다.

크로우가, 소포를 갈취하면 너희는 보물을 빼앗으러 가도 된다고
말해주었다.

하루히로 팀의 목적은 포르간과 싸우는 것이 아니다. 저 커다란

놈은 이쪽으로 오고 있지만, 가능하면 부딪치고 싶지 않다.

"이리 와." 하루히로는 낮은 목소리로 말하고 남서 방향을 향해서 걷기 시작했다. 동료들은 잠자코 따라온다.

골짜기 남측 경사면을 비스듬히 올라가면서 커다란 놈의 동향을 살폈다. 하루히로는 좋다고 갈채를 보내고 싶어졌으나, 물론 참았다. 커다란 놈은 진로를 바꾸지 않았다. 하루히로 팀을 포착하고 달려온 것이 아닌 모양이다. 그렇긴 해도, 오크들의 사체를 발견하면 놈들은 그들을 죽인 범인을 찾기 시작할지도 모른다. 서둘러 벗어나야 한다.

안개 때문에 전황은 잘 알 수 없지만, 여기저기에서 적과 아군이 격돌하고 있다는 사실만은 틀림없다. 우세인지, 열세인지. 만약 록스와 아라라, 카츠하루가 당하거나 도주하면 하루히로 팀은 그들만 남겨져버린다. 그것은 아주 좋지 않다.

메리를 찾아낼 수 있을까 하는 문제도 있다. 발견한다고 해도 구조할 수 있는 건가? 거듭 생각해봐도 아라라의 처분을 잘못 예측했던 것이 뼈아프다. 너무나 뼈아프다.

경사면의 기복이 심해졌다. 더 이상 올라가는 것은 힘들다.

"거의 아무것도 안 보이네요…." 쿠자크가 중얼거렸다.

하루히로는 뭔가 말하려고 했으나 입을 다물었다.

후두둑… 위쪽에서 돌멩이인지 뭔지가 굴러 떨어졌다.

하루히로는 위를 올려다보고 곧바로 "…위…!"라고 외쳤으나, 어떻게 하면 좋을지 솔직히 전혀 알 수가 없었다.

방금 전의 커다란 놈만큼은 아니지만 저것도 충분히 크다. 저놈이다. 거대 늑대. 훌쩍 몸을 날려 경사면을 뛰어내려온다. 거대 늑대의 등에 올라탄 것은, 고블린. 온사라고 하는 고블린 짐승술사다.

"떨어져…!" 쿠자크가 시호루와 유메를 밀쳐낼 기세로 두 팔을 양쪽으로 뻗었다.

아니, 무리지.

하루히로는 말리려고 했다. 늦었다.

거대 늑대가 "고옷…!"이라고 짖으면서 쿠자크에게 돌진했다. 쿠자크는, 날려가지는 않았다. 달라붙은 건가? 그저 매달린 것뿐만이 아니다. 발에 힘을 주고 버티려고 하다가 도저히 버틸 수 없다는 걸 깨닫고는 몸을 비튼 모양이다. "…으아아아아아…!"

거대 늑대는 쿠자크와 함께 옆으로 쓰러졌다. 그대로 미끄러져 떨어진다. 온사는 고삐를 잡아당기는 것처럼 거대 늑대의 목덜미를 움켜잡았다. 거대 늑대는 일어서려고 한 것이겠지. 하지만 쿠자크가 그렇게 두지 않았다. 구른다.

거대 늑대와 쿠자크가 뒤엉켜 남측 경사면을 굴러 떨어진다.

잠시 후 온사는 떨어져나갔다. 곧바로 벌떡 일어나 거대 늑대와 쿠자크를 쫓아가기 시작했다.

"쿠자… 크…!" 하루히로도 계단을 두 개, 세 개씩 내려가는 요령으로 온사 뒤를 쫓았다. "…유메는, 시호루를…!"

쿠자크. 쿠자크. 쿠자크. 젠장. 움직일 수가 없었다. 아무것도 할 수 없었다. 쿠자크가 구해준 것이다. 온사가 "호우 호우 호우 호우 호우 호우 호우 호우 호우…!"라고 기묘한 소리를 내고 있다. 뭐야? 저건. 불길한 느낌이다. 뭔가 부르는 것 아닌가? 거대 늑대와 쿠자크는 간신히 멈췄다. 거대 늑대가 머리를 흔든다. 쿠자크는? 보이지 않는다. 어디야? 밑에 깔린 건가? 거대 늑대 밑에서 기어 나왔다. 쿠자크. 움직인다, 살아 있다! 아직이다. 기뻐하기에는 이르다. 거대 늑대가 쿠자크 위에 올라탔다. 쿠자크는 "이놈…!"이라고 외치면서 발버둥쳤다. 온사가 이제 곧 거대 늑대와 쿠자크가 있는 곳에 도착한다. 도착해버린다.

"흥냐아아…!" 유메다. 유메 목소리. 화살이다. 화살이 날아간다. 온사의 어깨를 스쳤다. 온사는 뒤도 돌아보지 않고 가까이에 있는 나무 그늘로 도망쳤다. 좋아. 좋았어! 이틈이다.

하루히로는 달린다기보다 펄쩍펄쩍 뛰었다. 한 번에 2~3미터씩 뛰고, 뛰고, 뛴다. 위험하고 엄청나게 무섭지만, 달리는 것보다 이쪽이 훨씬 빠르다. 마침내 온사를 추월했다. 그대로 거대 늑대에게 덤벼든다. "…쿠자크를…!"

하루히로는 거대 늑대의 등에 달라붙어 목덜미에 스틸레토를 찔렀다. 몇 번이고 찌른다. 거대 늑대는 몸부림치고, 버둥거리고, 하루히로를 떨쳐버리려고 했지만, 떨어지지 않는다. 떨어질쏘냐. 거대 늑대는 하루히로를 어떻게든 하는 것이 선결이라고 생각을 바꾼 건지 일어서서 달리기 시작했다. 뭐, 뭐, 뭐야? 어? 왜 나무를 향해서 돌진하는 거야?! 머리가 이상해지기라도 했나? 충돌한다니까. "…응앗…?!"

하루히로는 아슬아슬하게 거대 늑대에게서 떨어져 바닥을 데굴데굴 구르는 꼴이 되었다. 거대 늑대 쪽은 나무에 등을 부딪쳤으나 아무렇지 않은 모양이다. 하루히로가 벌떡 일어났을 무렵에는 이미 이쪽을 향해서 이빨을 드러내고 있었다. 스틸레토도 별로 감촉이 없었고, 아마도 딱딱한 털과 피하 지방 때문에 상처는 그리 깊지 않을 것이다.

쿠자크는 네발로 기는 자세까지는 아니었지만 서 있지는 않았다. 다친 건가? 안 다친 것은 아니겠지. 어느 정도인가? 온사는…?

안 된다. 그럴 때가 아니야.

거대 늑대가 돌진한다.

뭔가 생각하는 건 불가능하다. 정신이 들고 보니 몸이 멋대로 움직이고 있었다.

하루히로 위를 거대 늑대가 지나갔다.

어째서 하루히로는 드러누워 있는 건가? 모르겠지만, 아무래도 자기 스스로 바닥에 미끄러지는 것 같은 형태로 그 자세를 취한 모양이다.

덕분에 간신히 스쳐 지나갔다.

하지만 거대 늑대는 곧바로 방향을 전환해서 다시 덤벼들려고 했다. 하루히로도 황급히 몸을 일으켰지만… 무리인 것 같지 않아?

다음은 피할 수 없다.

당한다.

포기한 것이 아니다. 목이다. 목을 지키자. 목을 덥석 물리면 끝장이다. 섣불리 도망치는 것보다도 치명상을 입지 않도록 태세를 갖추는 것이 좋다. 죽지 않아야 한다. 즉사는 하지 않겠다. 무슨 일이 있어도, 절대로.

거대 늑대가 온다.

온다.

다가온다.

그 오른쪽 눈에 화살이 박혔을 때에는, 유메인가 하고 생각했다. 거대 늑대는 목을 움츠리고 주춤거리고, 고개를 흔들면서 "고양…!"

하고 짖었다.

"후배를 아끼는 마음은 아니다."

크로우인가?

사냥꾼 출신 전사는 깜짝 놀랄 정도로 가까이에 있었다. 하루히로로부터 5미터도 떨어지지 않은 바위 그늘에서 모습을 드러낸 것이다. 크로우는 두 발째를 쏘았다. "…착각하지 마, 후배."

거대 늑대는 재빨리 머리를 왼쪽 방향으로 비켰다. 그 때문에 화살은 거대 늑대의 어깨에 맞았다. 어느 정도 타격인지는 모르지만, 확실하게 박혀 있다. 정말 엄청나게 튼튼한 화살이다.

휘파람 소리가 들려 거대 늑대는 몸을 돌렸다. 휘파람을 분 것은 온사다. 도망치는 건가?

"쿠자크…?!" 하루히로는 쿠자크 쪽을 보았다.

"…괜찮습니다." 쿠자크는 무릎을 땅에 딛고 몸을 세우고 있다. 이쪽으로 얼굴을 향했다. "간신히."

"저놈은 해치워두고 싶군." 크로우가 온사에게 화살을 겨누었다.

온사는 옆으로 펄쩍 뛰어 피하고는 거대 늑대의 등에 올라탔다. 크로우는 다시 화살을 쏘았지만 온사는 머리를 휙 숙여 피했다. "호우 호우 호우 호우 호우 호우 호우…!"

또 저 이상한 소리다. 도대체 뭐지?

하루히로는 쿠자크에게 달려갔다. 쿠자크는 자력으로 일어서서 남측 경사면을 올려다보았다. 하루히로도 그쪽으로 시선을 향했다. 유메와 시호루가 내려온다.

"건방진 고블린 놈." 크로우는 활에 화살을 겨누었다. 활시위를 당긴다. 도중에 손을 멈추고, 하늘을 올려다본다. "…아?"

날갯짓 소리 같은 것이 들린다. 새일까? 가깝다. 가까이 온다. 커다란 벌레? 새? 혹은 박쥐인가? 많다. 하루히로는 몸을 굽히고 "우오오오아아아?!" 하고 외치면서 두 팔을 휘둘렀다. 새인지 박쥐인지 뭔지는 모르지만, 이놈들, 부딪친다. 팔에, 등에, 가슴에, 뒤통수에, 얼굴에도, 팍팍 부딪친다.

확실하게는 아니지만, 보였다. 새가 아니다. 벌레도 아니다. 역시박쥐에 가깝지만, 다르다. 도마뱀? 날개 있는 도마뱀 같은. 두 손을맞잡고 팔꿈치를 벌린 정도 크기의⋯ 용? 마치 미니어처 같지만, 모형 따위가 아닌 것은 확실하다. 움직이고 날아다닌다. 하루히로일행을 습격한다. 단, 이렇게 경쾌하게 날아다니는 걸 보니 몸이 상당히 가벼운 것 같다. 부딪쳐도 다소 아픈 정도로 별일은 아니었다. 몹시 성가실 뿐.

"⋯뭐야⋯!" 하루히로는 스틸레토로 미니 비룡의 날개를 베었다. 미니 비룡은 캬아⋯ 울더니 바닥에 떨어졌다. 그것을 보고 그런 것은 아니겠지만⋯ 도망친다.

미니 비룡의 대군이 흩어져 도망간다.

거대 늑대의 모습이 보이지 않는다. 온사는 그 이상한 소리로 미니 비룡을 불러내서 눈속임을 한 것인가? 아까 날개를 베인 미니 비룡이 뒤뚱뒤뚱 걷고 있다. 발로 걷어차려고 했다가 그만두었다.

"⋯깜짝 놀랐네⋯." 쿠자크는 투구 바이저를 올리고 한숨을 내쉬었다.

"놓쳐버렸나." 크로우는 실실 웃으면서 혀를 찼다. "⋯오. 카지타로군."

확실히 "오에아!"나 "으랴아!"나 "테에이!"나 "웅차!"라는 용맹한

허스키한 목소리가 들린다. "모오오오…!"며 "자아아아…!"며 "가아아아…!"며, 그런 두껍고 지나치게 낮은 땅울림 같은 저 목소리는 누구 것일까? 인간의 목소리는 아니라고 생각한다. 그렇다면 적인가? 가까이에서 카지타가 적과 싸우고 있는 것이다. 분명 만만치 않은 상대와.

"쿠자크 군…!" 시호루가 쿠자크에게 달려갔다. 도중에 떨어뜨린 것을 주운 건지 쿠자크의 방패를 품에 안고 있다. 유메는 시호루 옆에서 활을 겨누고 두리번거리고 있다.

"너희, 우리한테서 너무 떨어지지 않는 쪽이 오히려 좋을지도. 당분간은." 크로우는 그런 말을 남기고 안개 너머로 사라졌다.

생각을 정리할 시간이 필요하다. 알고 있다. 그럴 시간은 없다.

서쪽에서 뭔가가 온다. 적이겠지. 동쪽에서도 온다. 이곳이다. 아마도 잠시 후 이 부근이 격전지가 될 것이다.

"뭉쳐…!" 하루히로는 쿠자크가 있는 곳까지 달려갔다. "…우선은 여기에서 록스를 엄호하자…!"

안개가 눈을 가려 희미하게 보이는 저것은, 카지타인가? "으에이…!" 하고 거대 버섯검을 휘두르고, 그것을 분명 아까 본 커다란 놈, 아마 오크가 "…후우우우우우우누…!" 하고 엄청나게 큰 칼로 막아낸다. 카지타도 상당히 키가 큰데 저 오크는 그보다 머리 하나 정도가 아니라 두 개분, 아니, 그보다 더 키가 크다. 3미터까지는 안 되겠지만 2.5미터는 확실히 된다. 그만큼….

"고아아아아…!" 하고 거대 오크가 비스듬히 휘둘러 올린 거도는 엄청난 위력이 있을 것이다. 아무리 생각해도 만사 제치고 도망쳐야 하는데, 카지타는 이것을 거대 버섯검으로 막으려고 했다. "…

으랴아…!"

막을 수 있을 리가 없다. 카지타의 몸이 허공에서 춤춘다… 고나 할까.

이쪽으로 날아오는데요.

어떻게 하지? 받아주는 게 나을까? 아니, 받을 수 없다니까. 그렇다고 피하는 것도 좀 그런가?

다행인지 불행인지, 카지타는 하루히로의 눈과 코앞 지면에 쿵 내동댕이쳐졌다.

완전히 큰 대자로 뻗었다. 검은 안경이 벗겨지려고 했다.

"…카, 카지타, 씨…?" 하루히로는 조심스럽게 말을 걸어보았다.

거대 오크가 쿵쿵거리며 달려온다.

"하, 하루히로 군, 도망…?!" 시호루가 외쳤다.

거대 오크가 거도를 치켜든다. 진짜야? 벌써 사정거리에 들어와 있어? 거기에서 닿아? 닿는 거야? 닿을 것 같기도 하다. 거대 오크가 지나치게 큰 탓에 원근감이 이상해진 건지도 모른다. 어쩔 수 없나. 도망치는 수밖에.

"홋…!" 카지타가 놀랄 만한 다리 힘, 배 힘, 등근육의 힘으로 부자연스러운 인상까지 줄 만한 방식으로 일어섰다. 거대 버섯검을 가로로 눕혀 거대 오크의 거도를 막아낸다. 이번엔 막았다. 막는 정도가 아니라, 카지타는 도리어 밀어내어 거대 오크의 몸을 뒤로 젖혀지게 했다.

앞으로 내딛고, 비스듬히 내리친다.

거대 오크는 거도로 막는 것이 아니라, "구아…!" 하고 옆으로 쳐냈다. 의외로 재주가 좋다.

카지타는 거대 버섯검을 빙글 돌려 육박전으로 몰고 갔다.

"끄으으으응…! 이이이잇…!"

"구우우우우…! 오오오오오오그…!"

"으아아아…! 흐으응…! 이야아압…!"

카지타는 힘껏 거대 오크를 밀쳐내더니 재빨리 검은 안경 위치를 고치고 거대 버섯검을 낮게 겨누었다. "…흠… 와츠 유어 네임…?"

"가이, 고도 아가쟈…! 단진바…?"

"마이 네임 이즈 카지타."

"덴, 두오가란…."

"흐왓 흐왓 흐왓. 미 투."

뭐야? 저 사람(?)들…?

서로 다른 언어를 쓰는 것으로밖에 보이지 않는데, 대화가 되는 거야…?

저기에는 상관하지 않는 게 좋겠다. 내버려둬야 한다. 뭐, 상관할 수 있을 것 같지도 않고, 어째서인지 둘 다 즐거워 보이니 언제까지고 마음껏 하길 바란다. 우리는 우리대로 할 일이 있을 것 같고.

서쪽에서 오크들이, 언데드들이 계속해서 온다. 동쪽에서는… 저건 아라라일까? 카츠하루도 있다. 그리고 록. 미루미 게츠가 록 바로 뒤를 질주하고 있다. 세 명과 한 마리가 습지를 서쪽으로, 서쪽으로 돌진한다. 그보다 약간 뒤에 스포츠머리 츠가. 그리고 모유기. 도적 사카나미의 모습은 보이지 않는다. 츠가와 모유기는 오크며 언데드에게 쫓기는 모양이다. 아니, 모유기니까 일부러 발을 멈추고 싸우지 않고 저렇게 해서 적을 끌어당기는 건가?

남측 경사면을 다 내려가지 않은 하루히로 팀 쪽으로도 적이 오는 것 같다. 오크가 두 명에 언데드가 두 명. 4대4인가. 벅차다. 하지만 이제 와서 도망칠 수는 없다. 각오를 해. 하는 수밖에 없다.

"…쿠자크, 앞, 부탁해…! 시호루, 유메…!"

"넷…!"

"응…! 다크…!"

"냐앙…!"

유메가 화살을 쏜다. 다크가 날아간다. 쿠자크가 방패가 된다. 하루히로는 빈틈을 봐서 해치울 수 있을 때에는 일격에 해치운다. 해치울 수 있다면 말이다. 눈 깜짝할 사이에 전란이 되었다. 머릿속이 뒤죽박죽이 될 것 같지만, 정신없이 싸우지는 마. 주위를 봐라. 안개 때문에 보이지 않는다. 그것은 하루히로뿐만이 아니라 적도 마찬가지다. 일방적으로 불리한 것이 아니다. 피차 마찬가지라는 것이다. 시야를 극력 넓혀라. 머리를 식혀라. 앞은 쿠자크가 막아주고 있다. 그렇다고 해서 안심해서는 안 된다. 하지만 신뢰해라. 하루히로뿐만이 아니라 시호루도 여기저기를 살펴주고 있다. 유메도 종종 눈치 빠른 행동을 한다. 뭐든지 혼자 하려고 하지 마. 어차피 그렇게는 못 해. 물론 최선을 다한다. 나도, 동료도, 모두가 할 수 있는 일을 하는 것이다.

무리를 해서 적을 쓰러뜨리지 않아도 된다. 살아남는 거다. 우선은 지켜라. 어떻게든 수비하는 것이다. 그리고 버틴다. 상대가 싫어하는 일을 하는 거다.

한 군데에 머물러 있지 말고 움직여라. 적과 정면으로 싸울 필요는 전혀 없다. 아라라, 카츠하루, 록에게 공격당하는 적 집단을, 측면이나 뒤에서 찌른다. 살짝 찌르고는 곧바로 떨어져서 다른 적을 노린다.

흐름을 읽어라. 록스와 아라라가 적을 밀며 전진하기 시작하면 곧바로 뒤를 따른다. 흐름이 정체되면 절대로 앞으로 나가지 마. 기본적으로는 소심한 위치에서 적을 교란시킨다. 직접적인 타격을 주는 건 생각하지 않아도 된다. 오히려 일절 생각하지 마.

몇 번인가 적 때문에 애를 먹었고 시호루를 지켜내는 것이 고작이었다. 아무리 간담이 서늘해지는 상황이라고 해도 당황하지는 않았다. 록스에는 기습을 해서 적을 해치우는 것을 아주 좋아하는 크로우가 있다. 사카나미도 그렇다. 분명 도와줄 거라고 기대하는 건 아니지만, 그들이 절호의 기회를 놓칠 리가 없다고 생각했다. 누구나 기세등등해서 공격할 때가 가장 위험하다. 아무리 방심하지 않겠다고 조심해도 그럴 때에는 자연히 빈틈이 생긴다. 적이 조금이라도 빈틈을 보이면 크로우가 예의 강궁으로 적확하게 해치우고, 사카나미는 어째서인지 원한조차 담긴 것처럼 죽을 기세로 기습 공격을 해서 참혹히 해치워버린다.

점점 알게 되었다. 록스에는 연계 플레이라고 부를 만한 연계는 없다. 페이스는 어디까지나 개인적이다. 록도, 카지타도 자기 마음대로 싸우고 모유기도 어슬렁거린다. 츠가는 신관인 만큼 전체를 둘러보면서 여기에 갔다가 저기에 갔다가 하는 것 같지만, 크로우와 사카나미는 적을 급습하고자 대부분의 시간 동안은 사라지고 없다.

하루히로 파티는 전원이 모여 하나의 유닛이다. 한 사람이라도 빠지면 전력이 현저히 저하된다. 경우에 따라서는 기능 부전 상태에 빠져버린다.

반면에 록스는 다르다. 그들은 한 사람 한 사람이 하나의 유닛이다. 사령탑 역할인 모유기 입장에서 보면, 자기와 그리고 데이몬 모이라를 포함하면 최대 일곱 개의 유닛을 움직여 작전을 짤 수가 있다.

하루히로 팀도 유닛이 늘어나면 선택지가 늘어나겠지. 폭이 넓어진다.

늘릴 수 있을까? 우선은 메리다. 메리는 빠져서는 안 된다. 무슨 일이 있어도 반드시 되찾는다.

그리고… 란타.

란타가 있으면.

아니, 란타는 배신했다. 경위는 불명이지만, 아마도 죽임을 당할 것 같으니 엎드려 조아리기라도 해서 포르간에 들어가게 해달라고 빌었겠지. 란타는 적이다. 아직까지는 마주치지 않았지만, 다음 순간에는 적으로서 눈앞에 나타날지도 모른다. 어쩌면 이미 록스가 쓰러뜨렸을지도 모른다. 그렇다고 해도, 어쩔 수 없다.

하지만, 정말로 배신한 건가…?

그런 녀석이라도 그림갈에 왔을 때부터 함께했고, 그렇게 생각하고 싶지 않은 것뿐인지도 모르지만, 아직 뭔가가 걸린다. 뭐가 마음에 걸리는 건가?

란타 따위 생각하고 있을 때가 아니야. 나도 모르게 생각하게 되어버릴 정도로 여유가 있다는 뜻이다.

록이 선두에 서자 쑥쑥 전진하게 되었다. 적의 저항이 약하다. 하루히로 팀은 거의 적과 칼을 섞지 않고 전진했다.

안개는 약해지지 않는데도 유난히 밝게 느껴진다. 눈부실 정도다. 트인 장소로 나왔다. 드디어 습지를 빠져나온 것이다.

"핫핫핫핫핫핫…!" 록이 엉뚱하게 밝은 웃음소리를 냈다. 저런 식으로 웃는 걸 보면 도저히 당해낼 수 없다는 느낌, 불가능 따위 없는 것 같다. 록을 따라가기만 하면 뭐든 어떻게 될 것 같다. 등을 밀어주는 것뿐만이 아니라, 끌고 간다. 록의 존재가 초래하는 이 추진력은 위험하다. 저건 일종의 카리스마라는 것이겠지. 위험하다고 생각하지만, 그러면서도 나아가지 않을 수가 없다. 하루히로는 달리면서 돌아보았다. 이동할 때에는 하루히로가 선두에 서고, 적과 싸울 때에는 곧바로 쿠자크와 교대하는 형태가 정착했다. 쿠자크도, 유메도 묘하게 발걸음이 가볍다. 두 사람에게 양쪽 어깨를 부축받으며 걷는 시호루만은 좌우로 바쁘게 시선을 보내며, 이래도 되는 건가? 뭔가 문제는 없는가? 하고 자문하고 있는 것 같았다.

"이 앞에 메리가 있을 거야…!" 하루히로는 동료들에게 말했다. "마음을 다잡고, 갈 수 있는 데까지 가자…!"

"…웅냐!" "넵!" "웅…!"

록. 아라라. 카츠하루. 이 세 사람은 하루히로 팀 왼쪽 앞에 있다. 카지타는 아직 어딘가에서 고도 아가쟈와 싸우고 있는 건가? 츠가는 록 일행 뒤에 있다. 모유기는 보이지 않는다. 크로우와 사카나미는 안개 속에 몸을 숨기고 있는 건가?

하루히로 팀도 그렇지만, 아무도 적과 싸우고 있지 않았다. 적이 없는 것도 아닌데도. 오크와 언데드로 보이는 그림자는 여기저기에 있다.

이건, 유인당하고 있는 것 아닌가…?

거대 늑대의 것으로 여겨지는, 흉흉한 짖는 소리가 울려 퍼졌다.

앞쪽에 아담한 언덕이 있다.

언덕 위에, 누군가 있다.

세 명과 한 마리. 그 한 마리의 등 위에 또 한 명이 있으니까, 네 명인가?

그리고 언덕 발치에는 더욱 많이 있었다.

록이… 아라라가, 카츠하루가, 츠가가 차례로 발을 멈췄다.

하루히로 팀도 멈춰 설 수밖에 없었다.

모유기가 유유히 걸어 쫓아왔다. 가느다란 검은 칼집에 들어 있다. 오른손 가운뎃손가락으로 안경 브리지를 눌렀다. "내 계산대로 되었군요."

정말이냐고…?

왠지 거짓말 같다고나 할까, 정말로 그렇다면 그렇게 계산한 결과가 이거란 말이야…?

"우오오오오…!"

뒤쪽에서 뭔가 커다란 것이 날아왔다. 이크, 카지타 씨가 아닙니까?

카지타는 츠가 옆에 낙하했다. 역시라고나 할까, 어김없이랄까, 큰 대자다. 죽지는 않은 것 같지만 움직이지 않는다.

거대 오크 고도 아가쟈가 거도를 어깨에 걸치고 다가온다. 그 뒤에는 오크며 언데드가 우글우글하다. 흑랑들도 있다. 그밖에 뭔지 잘 알 수 없는 종족도 많지는 않지만 섞여 있는 것 같다.

아무리 봐도 록스+아라라+카츠하루와 하루히로는 앞뒤로 협공을 당하고 있다.

게다가 이쪽에는 지금 사카나미와 크로우가 없는 상황이니까 열

명과 한 마리.

상대는 그보다 약 열 배인 백 명 정도가 아니다. 안개 때문에 확실히는 보이지 않지만, 분명 수백 명은 있다.

언덕 위에 있는 네 명과 한 마리는, 맞은편 오른쪽에서 온사를 태운 거대 늑대, 애꾸눈에 외팔이인 인간 중년 남자 타카사기, 그리고 어깨에 검은 독수리를 올려놓은 키 작은 오크, 언데드인 팔 네 개 달린 아놀드다.

언덕 발치에 죽 늘어서 있는 포르간들 중에 아는 얼굴이 있었다. 아니, 얼굴은 보이지 않는다. 투구를 쓰고 있다. 하지만 틀림없다.

놈은 팔짱을 끼고서 가슴을 내밀고 있다. 그 누구보다도 거만하다. 벌써부터 포르간 행세가 익숙해지기 시작한 것 같다.

"…란타아앗!" 쿠자크가 앞으로 나서서 란타를 가리켰다. "잘도 그렇게 우리 앞에 얼굴을 들이미네…! 후안무치라고는 생각했지만! 믿을 수가 없어…!"

란타는 말없이 어깻짓을 해 보였다. 대꾸도 안 하는 건가?

하루히로는 어금니를 갈았다. 그런 건 너답지 않잖아, 란타.

탐욕스럽고, 천방지축이고, 엉망진창에 바보에 얼간이인데, 빈틈 없는 면도 있고, 이상하게 자신만만하고, 입이 험하고, 짜증을 유발하고, 있기만 해도 성가시고, 성질머리가 썩어 빠진 얄미운 암흑 기사니까 이럴 때에는 욕설 한두 마디쯤은 내뱉어야지.

암흑 기사니까.

"발끈…!" 유메가 발을 굴렀다. "란타 같은 거, 진짜 싫엇…!"

"…유메…." 시호루가 손을 뻗어 유메의 등을 쓰다듬어주었다. 유메는 눈물이 맺혀 있었다.

"그래서?" 타카사기는 목을 천천히 돌렸다. "네놈들, 우리한테 싸움을 걸어서 뭘 하고 싶어? 그저 싸우고 싶은 것뿐인가? 그렇다면 상대해주지. 우리도 싫어하지 않아. 할 거면 철저하게 한다. 여기에서 네놈들을 박살낸다. 다 죽여버린다."

"내 바람은 너희와 싸우는 일이 아니다." 록은 웃으면서 아놀드에게 검끝을 향했다. "아놀드…! 나는 너와 1대1 결투를…."

"아니요…!" 아라라가 뛰어나와 록 앞으로 나섰다. "…록! 지금까지 인도해주신 것은 감사드리지만, 역시 이것은, 이것만큼은! 당신에게 맡길 수는 없습니다…! '혈와' 아놀드! 그대가 명예를 업신여기지 않는 검사라면, 나와의 결투에 응하라…!"

카츠하루가 고개를 숙이고 힘없이 고개를 젓는 것을 하루히로는 보았다. 카지타는 아직 일어나지 않는다. 크로우는? 사카나미는? 검은 냐아가 호피 무늬 냐아를 해치우는 장면을 목격한 이후로 냐아의 기척을 느끼지 못했다. 세토라가 포르간의 냐아들을 제압해준 것이겠지.

결투든 뭐든 어서 하라고. 하루히로로서는 한시라도 빨리 여기에서 빠져나가고 싶었다. 메리를 찾아내서 구해야 한다. 네 명에서 빠져나갈 수 있으면 좋겠지만, 어려울까? 최소한 하루히로 혼자라도 좋으니 살그머니 여기에서 벗어날 수는 없을까? 포르간은 앞에도 뒤에도 있지만 좌우에는 없다. 타이밍을 잘 맞추면 못 할 것도 없어? 그렇다. 타이밍. 타이밍이 중요하다. 하지만 하루히로 혼자 탈출에 성공하고, 설령 메리를 구해낸다고 해도 동료들은? 다른 세 사람은 어떻게 돼? 메리는 포기하고 네 명에서 생환을 목표로 해야 하나? 그러면 무엇 때문에 여기까지 온 것인지 알 수 없게 된다. 무엇 때문에 왔든 그건 상관없이, 현 상황에서 최선의 방법을 찾아야 하는 것 아닐까? 하루히로는 파티 리더인 것이다.

왜 일이 이렇게 되었지? 왜는 무슨 얼어 죽을 왜야? 운명이란 건 이런 것이다. 스스로 위기 속으로 뛰어들지 않아도 어느 틈엔가 궁지에 몰려 있다. 그런 건 흔히 있는 일이다. 탄식해도 소용없다. 처한 상황 하에서 어떻게 할 것인가. 혹은 나쁜 상황을 바꿀 수 있는 것이라면 조금이라도 좋은 방향으로 바꾼다. 그러기 위해서는 생각하고 행동하라.

"무엇 때문인가?" 키 작은 오크가 유창한 인간의 언어로 말했다. 이것에는 약간 허를 찔린 느낌이었다. 저것이 잠보. 포르간의 두령 잠보인가? "…촌락 여인이여, 그대는 무엇 때문에 내 패거리 아놀드와의 결투를 원하는가?"

"한 사내가 있었습니다. 나는 그를 사모했습니다. 그도 또한 나를 연모해주었습니다. 그러나 우리는 함께할 수 없었습니다. 그는 촌락에서 경멸받았습니다. 그는 검술로 이름을 떨침으로써 나에 대한 마음을 촌락 사람들에게서 인정받으려고 했던 것입니다."

"야밤의 어둠을 틈타 단신으로 아놀드에게 다가와 도전한 자가 분명히 있었다."

"아아… 타츠루 님…."

"단칼에 결판났다고." 타카사기가 코웃음을 쳤다. "나는 못 봤다. 나중에 들은 것뿐이지만, 시끄러운 파리를 때려잡는 것보다도 간단히, 그 사내는 아놀드의 칼에 당했다고 한다."

"…그는, 돌아오지 않았습니다."

"그야 돌아가지 못하지. 숙련자였다면 우리 언데드가 팔이나 다리 한두 개쯤은 자기 걸로 만들었을지도 모르지만. 잔챙이의 몸은 필요도 없어."

"우롱하는 것입니까…?"

"나는 사실을 말하는 것뿐이다. 그래서? 적반하장으로 아놀드를 원망해서 결투 따위를 하기 위해서 이런 소동을 일으켰다는 건가?"

"적반하장이 아닙니다…! 먼저 행패를 부린 것은 아놀드입니다! 그렇기 때문에 타츠루 님은 촌락의 숙적인 아놀드를 무찌르려고…."

"그러고 보니 있었네, 그런 일도. 뭐, 아놀드 놈은 때때로 피에 굶주려 묘한 짓을 저지르니까. 발작 같은 거야. 그때에는 우리도 말리지 못해. 놈도 그나마 자제하느라 동료에게는 손을 대지 않아. 그러니 내버려둘 수밖에 없어. 악의는 없는 것 같으니 용서해줘."

"요, 용서할 수 없습니다…!"

"그것도 그러네."

저 타카사기라는 남자, 장난을 치는 건지, 진심으로 말하는 건지 좀처럼 파악할 수가 없다. 어느 쪽이든, 격앙해서 당장이라도 머리 꼭대기에서 불을 뿜을 것 같은 아라라는 타카사기의 입장에서 보면 장난감이나 마찬가지겠지. 아라라는 타카사기에게 얕보이는 정도를 넘어 놀아나고 있다. 그야말로 우롱당하는 것이다.

"이제 됐어, 아라라." 록이 조용히 말했다.

그 단 한 마디로 그 자리의 공기가 격변했다.

록은 하루히로에게 등을 향하고 있어서 보이지 않지만, 아마도 웃고 있지 않을 것이다. 조금도. 안 그래도 곤두선 머리카락이 더욱 빳빳하게 서 있다.

"사람이….."

록이 한 걸음 앞으로 내딛었다. 하루히로는 소름이 돋았다.

"인간이든 뭐든, 사람이….."

록은 분노하고 있는 것이다.

"목숨을 걸고 정정당당히 맞서겠다고 왔는데, 그 태도인가?"

록이 발을 앞으로 내밀 때마다 하루히로의 위장이 5밀리미터 정도씩 수축한다. 그런 느낌까지 들었다.

"김새는군, 포르간. 오크며 고블린부터 인간까지 있다고 하기에 좀 더 재미있는 놈들일 거라고 생각했다. 잘못 봤다. 쓰레기잖아."

포르간의 대부분은 인간의 언어를 모를 것이다. 그래도 경멸당했다는 것 정도는 알 수 있는 건가? 포르간이 갑자기 살기를 띠고 소란스러워졌다.

"시끄러워….!"

엄청난 호통이었다. 록은 포르간의 입을 다물게 했다.

록은 언덕을 향해서 걸어갔다. 아라라도, 그 누구도 말릴 수 없었다. 게즈도 뒷다리로 서서 록을 바라보고 있다. 언덕 발치에 있는 포르간 무리는 가위라도 눌린 것처럼 꼼짝도 할 수 없는 것 같았다.

"오너라." 록은 언덕 몇 미터 앞에서 발을 멈추고 손짓을 했다. "너희 전부 한꺼번에 덤벼. 내가 한 명도 남기지 않고 날려주지. 잘 들어. 나는 화났다. 이 나를 화나게 만들고 그냥 넘어갈 거라고 생각하지 마. 나는 온화한 인간이지만, 한번 화가 나면 끝을 볼 때까지는 가라앉지 않아. 내가 뒈질지, 너희가 전멸할지 둘 중 하나다. 죽이는 건 별로 좋아하지 않지만. 나는 너희를 죽인다. 진심을 보여주지. 사실 그러려고 여기에 온 것이다. 살아서 돌아갈 생각은 없

다. 뒈지는 게 무서워서 어떻게 살아. 움찔거리고 있다가는 즐길 수
있는 것도 즐길 수 없으니까. 너희에게 보여주지. 내가 불사르는 목
숨의 불꽃이라는 것을. 너희도 보여라. 살고, 싸우고, 여기서 죽어
라. 나를 즐겁게 해봐. 재미없는 싸움을 했다가는 가만두지 않겠다.
나를 죽여봐라, 죽일 수 있다면 말이지. 나는 너희를 죽인다. 싸우
고 또 싸워 죽인다. 슬슬 시작할까? 준비는 오케이인가? 죽고 싶은
놈은 누구냐? 누가 나를 즐겁게 해줄 거야? 누구든 좋다. 즐겁게 해
주는 놈은 아주 좋아해. 적? 아군? 상관없어. 왜 그래? 왜 아무도
안 나와? 설마 겁을 먹은 건 아니겠지? 너희, 그 정도까지 재미없는
놈들인가? 기합을 넣어. 사는 모습과 죽는 모습, 보여봐…!"

"아이우옹… 도유에위즈… 유우…."

저것은, 목소리… 인가?

아놀드가 언덕에서 뛰어내렸다. 중량을 느끼게 하지 않는 몸놀림
이었다. 사신이 지상에 내려왔다. 그렇게 보였다.

록은 미동조차 하지 않는다. 아놀드는 록에게 다가온다.

이제 서로의 거리는 1미터도 안 된다. 50센티… 아니, 30센티미
터 정도까지 접근했을 때 아놀드는 그제야 멈췄다.

"두 번째로군." 록의 목소리에서 그제야 웃음이 배어나왔다. "하
자고, 아놀드. 지난번의 나와는 다르니까 조심해라. 멘탈도, 피지컬
도 만전의 상태에 쾌조니까."

"아이위우… 큐… 유우…."

"오냐. 해봐라."

시작했다. 서로 다른 언어로 대화하고 있다. 어떻게 통하는 거야?

타카사기는 왼손으로 이마를 때리며 한숨을 내쉬었다. "…하는

거야?"

"…아, 저…." 아라라가 뻗은 손이 허공을 헤맸다. "나는…?"

"분명히 말하지, 아라라." 록은 아놀드에게 얼굴을 향한 채로 말했다. "이 남자는 강하다. 너 혼자서는 도저히 승부가 되지 않아. 너는 패하고 죽어도 좋다고 생각할지도 모르지만, 나는 싫다. 타츠루의 원수는 내가 갚아준다. 나한테 맡겨."

아라라는 항의하지 않고 고개를 떨구었다. 하루히로는 어디까지나 짐작일 뿐이지만, 어쩌면 아라라는 애초부터 아놀드와의 실력 차이를 통감하고 있었는지도 모른다. 이길 수 없더라도 할 만큼은 하고 타츠루의 뒤를 따라갈 작정이었는지도 모른다. 그렇다면 그건 거의 자살 같은 것이다. 그런데 아라라의 마음속에서 심경의 변화가 일어 죽을 각오가 흔들린 것인지도 모른다. 죽을 마음이 사라졌다면 아놀드와는 싸우지 않겠지. 그만큼 위험한 상대라는 것쯤은 하루히로도 안다.

큰 검은 독수리가 잠보의 어깨에서 날아갔다.

시작되어버릴 것 같다.

이제 언제 시작해도 이상할 것 없다.

…하지만, 이건.

어쩌면 찬스 아닐까…?

록과 아놀드의 결투가 시작되면 적이며 아군이며 모두의 의식이 그쪽에 쏠리겠지. 그사이에 여기에서 살그머니 이탈한다. 가능할지도 몰라. 아니, 가능하다. 하는 거다.

남은 건 타이밍이다. 어떤 타이밍에서 움직일까. 동료와는 의논할 것인지. 다 같이 갈지. 혼자서 가는 건지. 잠자코 갈지.

잠보가 허리를 낮추고 한쪽 무릎을 세우고 땅바닥에 앉았다.

검고 큰 독수리는 순식간에 상승해 안개 속에 파묻혀 보이지 않게 되었다.

모두가 숨을 죽이고 그 순간이 찾아오기를 기다리고 있다.

누가 먼저 선수를 치는가? 어느 쪽이든, 저 거리는 지나치게 가깝지 않나?

하루히로는 망설이고 있었다. 지금 움직여도 괜찮을까? 어떻지? 아직 일러?

란타를 본다. 투구를 쓴 채였지만 바이저를 올렸다. 록과 아놀드 쪽을 보는 것 같다. 란타가 완전히 배신한 것이라면 은근슬쩍 하루히로의 거동을 살피고 있을지도 모른다. 뭔가 눈치 채면 잠보나 누군가에게 경고해준다거나 할지도 몰라. 그건 위험하다. 그때.

공격했다.

아놀드다.

저 언데드는 팔이 네 개 있다. 후퇴하면서 그중에서 두 개, 좌우의 손 하나씩으로 칼을 뽑아 휘두른다.

록은 한 발자국도 물러서지 않는다. 검으로 챙강 맞받았다.

돌진한다.

아놀드는 2도를 더 뽑고 발을 멈췄다.

4도와 1검이 서로 얽히는 것처럼 부딪친다.

록도 아놀드도 마치 뿌리가 내린 것처럼 그 자리에서 움직이지 않는다. 오로지 칼을 맞대고 있다.

뭐야? 저거. 어떻게 저런 일이 가능한 건가? 특히 록. 상대는 4도류인데, 어떻게 검 한 자루만으로 튕겨낼 수 있는 거지?

빠르다.

4도도, 1검도 점점 빨라진다.

무섭다.

이런 것, 언젠가 반드시 파탄난다. 어느 한쪽이 조금이라도 늦어지면, 아주 조금이라도 어긋나면, 이 균형은 무너져버린다.

그리고, 늦어진다면 그건 록일 것이다. 보통으로 생각하면, 쉴 새 없이 네 방향에서 밀어붙이는 공격을 언제까지고 막아낼 수 있을 리가 없다.

그것 봐.

근사하게 예상이 빗나갔다.

아놀드의 1도가 부러져 날아갔다.

3도가 되자마자 아놀드는 물이 흐르는 것처럼 왼쪽으로 이동했다. 록은 검을 칼집에 넣고 다른 검을 뽑았다.

바싹 다가가, 공격한다.

록의 연속 공격을 아놀드는 3도로 막는다. 막으면서 록의 기세를 꺾으려는 것처럼 왼쪽으로, 왼쪽으로 흐른다.

갑자기 록이 우두커니 서더니 또 검을 바꿨다. "…물이 올랐어, 오늘의 나. 너는 어떠냐? 아놀드. 슬슬 진짜로 하자고."

하루히로는 제정신으로 돌아왔다. 그만 빠져들어 정신없이 보고 말았다. 이것은 예상외다.

록, 너무 엄청나지 않아?

솔직히, 잘해봤자 호각이거나 아놀드 쪽이 위일 것이라고 하루히로는 생각했다. 본인 왈, 록은 쾌조라고 하는데, 그 때문인지 이건, 이길 수 있어…?

록이 이겨버려? 의외로 쉽사리 결판이 난다거나?

그렇게 되면… 어떻게 되는 거야?

네, 우리가 이겼습니다. 이참에 그쪽이 붙잡은 메리도 돌려주세요 하고 청한다고 해도 받아들여줄까? 과연, 그건 너무 뻔뻔하겠지. 록처럼 결투를 신청해서, 이기면 돌려줘, 이런 것이라면 분위기적으로는 이야기가 통할 것 같기도 하다. 하지만 누가 결투를 해? 하루히로가? 누구와? 란타가 그 여자는 내 거라는 둥 뭐라는 둥 말했었다. 그렇다는 건 란타와…?

"KYYYYYYYYYYYYYYYYYYYYYYYYYYYYYYYYYYYYY."

사고가 강제적으로 중단되었다. 저 소름 끼치는 목소리. 아놀드가 두 팔을 벌리고 몸을 뒤로 한껏 젖혔다. 온다. 왔다. 왔다. 왔다 …!

아놀드는 회전하면서 뛰어올랐다. 회오리바람으로 변한 것 같다.

저것이 바로 아놀드의 진짜 실력이겠지. 무리다. 저건 막을 수 없다. 앞뒤 볼 것 없이 도망쳐야 한다.

하지만 록은 역시 물러서지 않았다. 물러서기는커녕 앞으로 내딛었다. 엄청난 소리가 나더니 아놀드는 밀려났다. 아놀드의 소용돌이 회전 베기를 록은 어떻게 해서 막은 것인가? 튕겨낸 건가? 하루히로는 잘 보이지 않아서 알 수가 없었다. 아무튼 진심으로 놀랐다. 놀라움은 연쇄적으로 일어났다.

밀려나도 아놀드는 계속 회전했다…!

그대로 다시금 록에게 다가간다.

"핫하앗…!"

록이 마침내 웃었다.

부서져 흩어진다.

…도가.

록은 또다시 아놀드를 밀어내고, 그뿐만이 아니다. 아놀드의 도를 한 자루 박살냈다.

"간다."

더욱이 록은 검을 바꾸면서 아놀드에게 바싹 다가갔다. 지금까지는 오른손만으로 검을 쓰고 있었으나 이번엔 두 손으로 쥔다.

"으랴, 으랴, 으랴, 으랴, 으랴, 으랴, 으랴, 으랴, 으랴, 으랴, 으랴, 으랴, 으랴, 으랴, 으랴, 으랴, 으랴, 으랴…!"

눈에 보이지 않을 정도의 검놀림이다. 게다가 하나의 움직임마다 유난히 힘이 들어가 있다.

아놀드가 밀린다. 봉쇄된다고 말해도 좋을지도 모른다. 그렇구나.

도다. 록의 검은 아놀드의 도를 노린다. 아놀드가 도를 휘두를 때록이 검을 내리친다. 아놀드는 회전할 수도 없다. 도저히 그럴 경황이 없다.

록은 검을 두 자루 차고 있는데, 한 번에 한 자루씩만 사용한다. 단, 두 자루는 길이와 두께가 상당히 다르다. 저 두 자루를 마음대로 바꿔 씀으로써 상대가 대응하기 힘들게 만든다. 그런 점은 다소 변칙적이지만, 다른 것은 정공법이다. 록은 기교를 부리는 것이 아니다. 공격도 방어도 실로 분명하다. 어떻게 저렇게까지 강한 건가?

체격은 작지만 신체 능력이 뛰어나다. 그것은 틀림없다고 치고, 분명 눈이다. 록은 눈이 좋다. 동체 시력이 탁월하다.

그저 의기양양한 것이 아니다. 록은 아놀드와 한 번 싸워봤다. 그때 아놀드를 봤다.

록은 이미 아놀드를 파악한 것이다.

분명, 그러니까 의기양양했던 것이겠지.

두 번 싸우면 이길 자신이 록에게는 있었다. 그 정도가 아니라, 처음부터 한 번 가볍게 검을 섞어보고 두 번째에 확실하게 승부를 낼 속셈이었던 건지도 모른다.

세 자루째의 도가 부러졌다.

남은 것은 한 자루.

아놀드의 움직임이 한순간, 멎었다. 패배를 깨닫고 멍해진 건가? 아니면 함정인가?

어느 쪽이든, 록은 성급히 끝내려고 들지는 않았다. 검을 쥔 두 손을 치켜든 채로 온몸을 이완시켰다. 이 격전의 와중에 저렇게 힘을 빼다니, 정상이 아니야. 몸도, 마음도 자기 뜻대로 컨트롤할 수 있다는 뜻이다.

아놀드가 1도로 공격한다.

록은 곧바로 밀쳐냈다.

다음 순간, 하루히로는 눈을 의심했다.

아놀드는 두 개 있는 오른손 중 한쪽 손으로 칼을 쥐고 있다. 아무것도 들지 않은 두 개의 왼손으로 록을 때린 것이다. 그런 짓을 하면….

당연히 저렇게 된다.

록은 아놀드의 왼팔 두 개를 한꺼번에 검으로 쳐올렸다. 잘려 날아가지는 않았다.

하나의 왼팔은.

록의 검은 아놀드의 왼팔 하나를 베고 또 하나의 왼팔에 깊이 파고들었다. 잘라버리지는 못했다.

아놀드는 왼팔을 희생해서 록에게서 검을 빼앗으려고 한 건지도 모른다. 사실 아놀드는 칼을 들지 않은 쪽인 오른손을 록에게 뻗었다. 하지만 빼앗기기 전에 록은 검을 손에서 놓고 또 한 자루의 다른 검을 뽑았다. "…갖고 싶으면 주지."

록의 검이 아놀드의 도를 날려버렸다.

아놀드의 왼쪽 어깨를 가볍게 베었다.

하나의 오른팔을 상당히 깊이 베었다.

아놀드는 비틀거리면서 물러났다. 록은 아놀드가 물러난 만큼 앞으로 내딛는다.

"으아, 으아, 으아, 으아, 으아, 으아, 으아, 으아, 으아, 으아, 으아, 으아, 으아, 으아…!"

일방적이다.

아놀드는 도망친다. 정신없이 도망친다. 등을 보이지 않는 것은, 일부러 안 보이려는 게 아니라 못 하는 것이겠지.

"…어이." 누가 귓가에서 속삭였다. 심장이 멎는 줄 알았다. 외치며 펄쩍 뛰지 않은 자신을 칭찬해주고 싶다. 아니, 칭찬해줄 정도는 아닌지도 모르지.

뒤에 누군가가 있다.

그것도, 밀착하지는 않았으나 달라붙을 정도로 가까이.

이렇게 될 때까지 깨닫지 못했을 줄이야. 록과 아놀드의 대결에 정신없이 빠져들었던 탓이다. 하루히로에게는 해야 할 일이 있는데도. 너무나 어리석다.

목소리로 그것이 누구인지는 짐작했다.

하루히로는 얼굴은 앞을 향한 채로 살며시 말했다. "…사카나미 씨?"

"내가 너 대신이다. 청춘의 빛을 그늘지게 하지 마라. 그건 농도가 진한 저주다. 피까지 탁해져서는 안 돼. 반성할 틈이 있다면 큰 뜻을 품어라. 어차피 마음은 꺾인다…."

"무슨 말인지 하나도 모르겠네…."

단, 의도하는 바는 이해할 수 있었다. 사카나미는 메리를 찾으러 가라고 하는 것이다. 자기가 하루히로 대신이 될 테니까. 대신?

"…아니. 나와 사카나미 씨는 별로 닮지 않았고, 바꿔치기를 해봤자 내가 없다는 것은 딱 봐도 뻔하지 않나…?"

"우리에게는 같은 피가 흐른다."

"흐르지 않아요. 혈연관계 같은 건 절대로 있을 리가 없잖아요 …."

"네 멘토는 바르바라인가? 너는 그 여자에게 묶이고 기절하고 했었나?"

"아아, 같은 도적이라고요? 너무 뭉뚱그렸잖아요, 그건…."

"오크나 언데드를 구별할 수 있어?"

"뭐어, 그건 좀 다르지 않나요."

알고 있다. 하는 수밖에 없다. 록은 아놀드를 밀어붙이고 있다. 승산이 있는 것은 아니다. 예측을 할 수 없다. 그래도 지금밖에 없는 것이다.

란타의 상황은 어떤가? 이쪽을 보고 있지 않다. 록과 아놀드를 눈으로 좇고 있는 것 같다. 쿠자크와 유메, 시호루도 마찬가지다.

검고 큰 독수리의 모습은 보이지 않는다. 그 검고 큰 독수리가 상공에서 하루히로 일행을 감시하고 있다는 것은 지나친 생각일까?

하루히로는 살짝 끄덕였다. "…가겠습니다."

"다섯, 여덟… 하면 교대한다."

"…왜 하나, 둘… 이 아닙니까?"

"다섯, 여덟."

좀 들어, 사람 말을. 그렇게 말하고 싶은 마음을 꾹 참고 하루히로는 몸을 돌려 사카나미와 자리를 바꿨다.

돌아보고 사카나미의 뒷모습을 보고는 놀랐다. 자세, 중심의 위치, 서 있는 모습이 하루히로였다. 행동 모사인가? 도대체 뭐야? 그 특기는? 기분이 나쁘다.

시호루가 오른손을 등 뒤로 돌려 주먹을 쥐어 보였다. 과연 시호루. 시호루만은 눈치 채고 있었던 것이다. 남몰래 하루히로를 배웅하고, 힘내라고 격려해주는 것이다.

하루히로는 끄덕이고… 스텔스. 안개. 이 사우전드 밸리에 충만한 안개다. 안개에 동화된다.

우선은 남쪽으로. 그 부근에는 아무도 없다.

록과 아놀드의 결투에는 가급적 의식을 향하게 하지 않으려고 했다. 아무래도 정신을 빼앗겨버린다.

서두르지 마.

떠도는 것처럼 벗어나자.

조바심내지 마.

결코 호흡을 흐트러뜨리지 마.

두근거림이 멎었다.

갈 수 있다. 이렇게 생각하자마자 당황했다.

"AAAAAAAAAAAAAAAHHHHHHHHHHHHHHHHHHH"

아놀드가 또다시 회오리바람이 되었다. 이번엔 낮다. 몸을 접은 것처럼 해서, 그 이상은 낮아지지 않겠지 싶은 정도까지 낮아지더니 팽이처럼 회전했다.

"…옷…?!" 록이 벌렁 자빠졌다. 아놀드가 다리를 걸었나? 위험한 것 아니야? 저거.

아놀드는 곧바로 칼을 집어 록에게 덤벼들었다. 록은 벌떡 일어나 응전.

록의 검과 아놀드의 도가 양쪽 다 부러지고 부서졌다.

격투가 된다.

몸싸움이 되면 어느 쪽이 유리한 건가? 하루히로는 모르겠다.

단, 치명상을 입히는 검이나 도를 쓰는 것보다는 복잡해질 것이 확실하다. 분명 상당히 처절해질 것이다. 망설이지 마.

가는 거다.

나아가.

마음을 얼어붙게 만들어. 지금은 아무것도 생각하지 마.

사람 실루엣 같은 것이 보이면 아무튼 멀어져. 그 누구에게도 들키지 않도록 남쪽으로.

그리고 서쪽으로.

무작정 찾아도 메리를 발견할 수는 없다. 머리에 들어 있는 대략적인 지도에는 포르간 거류지의 범위가 대충이기는 하지만 그려져 있다. 우선은 그 중앙 부근으로 범위를 좁히기로 했다.

뜬구름을 잡는 것 같다. 무모한 일을 하고 있는 건지도 모른다.

생각이 어설펐던 것 아닐까? 정말로 이걸로 좋은 걸까? 잘못하는 건 아닐까?

망설임은 던져버려라. 일이 여기에 이르러서는 아무런 도움도 되지 않는다. 메리.

메리.

보고 싶어.

목소리를 듣고 싶어. 얼굴을 보고 싶어. 하루라고 불러줬으면 좋겠어. 한시라도 빨리 무사한 것을 확인하고 싶다. 이건 개인적인 감정 아닌가? 그렇다. 개인적인 감정이다. 지워버릴 수 없다고.

안 된다. 마음이 뜨거워져서, 들끓을 것 같다. 식혀라. 개인적인 감정을 배제한다고 해도 동료를 버릴 수는 없다. 무엇보다도 메리는 핵심 요소인 신관이다. 힐러(치료자)의 부재가 파티에 얼마나 큰 제약이 되는가? 광마법을 쓸 수 없었던 이계에서 깨달았다. 모처럼 그림갈로 돌아왔는데 이 꼴이다. 메리가 없으면 곤란한 정도가 아니다.

가자.

포르간 거류지 중심부로….

"냐아."

"…읏…." 하루히로는 자기도 모르게 스틸레토와 가드 달린 대거를 빼들었다.

냐아의 울음소리가 들렸다. 어디야? 멀지는 않다. 가까웠다.

있다.

오른쪽 앞쪽. 덤불 속에서 회색 털의 냐아가 얼굴을 내밀고 있다.

회색 냐아는 하루히로를 향해서 헛울음을 울었다. 우리 편이라고 말한다. 믿어도 되는 건가? 판단이 서지 않는다.

회색 냐아는 덤불에서 나오더니 네발로 걷기 시작했다. 조금 걷다가 돌아본다. 또 헛울음을 울었다. 하루히로는 입술 끝을 깨물었다. "…따라오라는 거야?"

회색 냐아는 다시 앞을 보더니 종종걸음이 되었다. 가는 수밖에 없다.

감… 이라고밖에는 달리 말할 수가 없었다. 이론은 일단 있기는 있다. 포르간의 냐아는 세토라의 냐아에 의해 제압당했다. 그렇다는 건, 저건 아마도 세토라의 냐아일 것이다. 세토라는 하루히로의 목적도 알고 있다. 분명 저 냐아는 알아낸 것이다. 하루히로를 안내해주려는 것이다. 그렇긴 해도, 이러한 생각들은 회색 냐아를 쫓아가면서 한 것이다. 논리적이기는 하지만, 말하자면 나중에 덧붙인 것에 불과하다. 어디까지나 감이 먼저였다.

결과적으로는 감을 따른 것이 다행이었다.

회색 냐아가 안내해주고 있으니까 최소한의 주의를 기울이는 이외에는 걸어가는 것에만 전념했다. 작은 습지를 두 개 넘었다. 그 앞에 작은… 이라고 해도 폭이나 깊이가 100미터 이상은 되겠지만, 분지처럼 된 장소가 있었다.

그 가장자리에, 있다.

메리다.

고개를 숙이고 땅바닥에 주저앉아 있다. 사슬 같은 걸로 묶여 있나?

조금 떨어진 곳에, 인간인가? 인간을 많이 닮은 종족의, 어린아이…? 인 건가? 그렇게 보이는 생물이 팔을 베고 모로 누워 있다.

메리를 감시하는 건가? 만약 그런 거라면 잠든 것은 아니겠지. 할일이 없어서 뒹굴뒹굴하는 건가?

하루히로와 회색 냐아는 지면이 불룩 튀어나온 곳에서 얼굴을 내밀고서 상황을 살피고 있었고, 아직 거리가 있다. 메리도, 감시자도 이쪽을 알아차리지는 못한 것 같다.

둘러본 바로는 그밖에 움직이는 그림자는 없다.

회색 냐아가 하루히로를 응시한다. 하루히로가 끄덕여 보이자 회색 냐아는 또 헛웃음을 울고는 가버렸다.

아직 현실감이 없다. 발이 땅에 붙어 있지 않은 것 같은 감각이다. 저기에 메리가 있다. 살아 있다. 기뻐해도 될 텐데, 감정다운 것이 생기지를 않는다. 묘하다. 냉정한 건가? 어떤 거지? 구해야지. 그렇다. 뭐든 상관없다. 빨리 메리를 구하자.

메리는 얼굴을 북쪽으로 향하고 있다. 어린아이 같은 감시자가 있는 곳은 메리에게서 남동쪽으로 2미터 정도 떨어진 장소다. 몸은 북서쪽을 향하고 있다.

뒤에서다. 뒤에서 감시자에게 다가간다. 놓칠 수는 없다. 소란을 피우고 싶지도 않다. 기절시킬까? 아니야, 안 된다. 와루안딘에서 범한 실수를 잊었어?

죽이는 수밖에 없다. 일격에 숨통을 끊는다. 어린아이… 는 아니지? 감시자로 세울 정도니까 아니겠지. 분명 저런 종족인 것이다. 게다가 설령 저것이 인간 어린아이였다고 해도 할 일은 달라지지 않는다. 한다.

할 수 있다.

하루히로는 스텔스로 주의 깊게 감시자에게 다가갔다. 소리를 내버릴지도 몰라. 그런 일은 머리를 스치지도 않았다. 두려워해야 할 것은, 감시자가 어쩌다가 이쪽을 보는 것. 혹은 어쩌다 메리가 하루히로를 발견하고, 그래서 감시자에게 들키는 것.

우발적인 사건은 피할 수가 없다. 그렇게 되면 신속하게 정리한다. 준비는 되어 있다. 하지만 그렇게 할 필요가 없어서 다행이었다.

어린아이 같은 감시자는 이제 바로 옆에 있다. 짜리몽땅한 체격. 뾰족한 귀. 태평하게 콧노래를 부르고 있다. 이젠 일일이 기합을 넣거나 하지는 않는다. 덮치는 것처럼 해서 스파이더. 왼손으로 감시자의 입을 틀어막고 하늘을 올려다보는 자세로 뒤집어 오른손의 스틸레토를 목구멍에 꽂고 베었다. 감시자는 버둥거리려고 했으나 이미 늦었다. 온몸을 써서 감시자를 제압하고 있노라니 메리가 고개를 들었다. 이쪽을 보고, 눈을 크게 떴다. "…하루."

하루히로는 어떻게 대답해야 좋을지 몰랐다. 우선 웃어봤다. 지독히 볼품없는 웃음이었음이 분명하다. 그야 감시자는 아직 살아 있으니까. 필사적으로 버둥거린다. 당연히 쓸데없는 발악일 뿐이다. 간신히 움직이지 않게 되었다.

숨이 끊어진 감시자에게서 떨어지려고 하다가 마음을 고쳐먹었다. 메리는 쇠고랑을 차고 있다. 열쇠. 아마도 감시자가 열쇠를 갖고 있을 것이다. 감시자의 몸을 서둘러 뒤졌다. 이 녀석, 역시 인간 어린아이가 아니다. 콧등이 두꺼운데도 유난히 낮고, 넓은 이마가 튀어나와 있는 머리 모양에도 특징이 있다. 딱딱해 보이는 체모는 사람보다는 짐승의 것 같다. 목에 건 끈. 있다. 끈에 열쇠가 매달려 있다.

하루히로는 메리에게 달려가 쇠고랑을 풀었다. 두 사람 다 아무 말도 하지 않았다. 쓸데없는 말을 할 틈은 없다. 하루히로는 메리에게 손을 내밀어 일으켜주었다.

촌락에는 물론 돌아가지 않는다. 집합 장소는 미리 정해놨다. 예의 출구다. 여기서부터 가면 북동쪽 방향. 거리는 확실히 8킬로미터 정도였을 것이다. 뛰어가고 싶지만 메리는 체력을 소모했을 것이다. 무리를 하지 않는 편이 좋다. 빠른 걸음으로 그 자리를 벗어났다.

"지독한 꼴을 당했어." 메리가 작은 목소리로 말하고 아주 살짝 웃었다. 농담처럼. 하루히로를 안심시키려고 했던 것인지도 모른다.

안심시켜주고 싶은 것은 하루히로 쪽인데도.

지독한 꼴. 도대체 어떤 꼴을 당한 건가? 무슨 짓을 당한 거지? 궁금하다. 하지만, 물어봐서 어쩌려고? 뭐가 돼? 적어도 지금 할 일은 아니다.

"이제 괜찮아."

"응."

"좀 더 빨리 오고 싶었지만."

"충분히 빨랐어. 다른 사람들은?"

"응….."

솔직히, 전혀 문제없어, 걱정하지 않아도 돼, 이렇게 단언할 수가 없었다. 꼭 그런 건 아니니까. 록과 아놀드의 결투는 어떻게 되었을까? 그 후에 어떤 상태로 전개되고 있을까? 시호루와 유메와 쿠자크는 어떻게 하고 있을까? 모르는 일투성이랄까, 모르는 일만 있다. 그게 어쨌다고?

메리가 무사한 것이다. 다른 일은 어떻게든 될 것이다. 분명 극복할 수 있다. 극복해내겠다. 그러기 위해서는 머리를 움직여야 한다. 정신을 놓지 않아야 한다. 방심하지 않았기 때문에 알아차릴 수 있었다.

하루히로는 멈춰 서서 손을 들었다. 메리도 곧바로 발을 멈췄다. 가까이에 깊이 1미터나 되어 보이는 구덩이가 있었다. 두 사람은 그리로 내려가 허리를 숙였다.

들린 것이다.

희미하지만, 냐아의 목소리였다. 포르간의 냐아가 아직 남아 있는 건가? 아니, 그건 분명 아니다. 세토라의 냐아다. 신호일까? 하루히로에게 알리려는 건가? 뭘?

"어이…!"

저건가?

냐아는 아마도 저 목소리의 주인이 다가온다는 사실을 하루히로에게 가르쳐주려고 한 것이다.

"있지? 하루히로…! 나와, 인마. 빌어먹을 놈…!"

메리가 몸을 가까이 기댄다. 바들바들 떨고 있다. 갑자기 숨결도 거칠어졌다.

하루히로는 구덩이에서 얼굴을 내밀었다. 저건가? 동쪽 방향이다. 사람 실루엣이 보인다. 그리 멀지 않다. 안개 때문에 흐릿하긴 하지만, 50미터도 떨어지지 않았겠지. 한 명이 아니다.

네 명… 다섯 명인가?

좋지 않아. 도망칠 거면 빨리 도망쳐야 한다. 놈들은 점점 가까이

온다. 그만큼 도망칠 수 있는 확률이 떨어지고 만다. 판단을 잘못했다. 숨어서 어쩌겠다고? 바로 도망가면 좋았을걸. 실패했다. 내가 미끼가 되어 메리만이라도 도주시켜야 할까? 메리는 지리를 전혀 모를 테니 십중팔구 길을 잃을 것이다. 그러다가 붙잡힌다. 둘이서 도망쳐야 한다.

어째서 하루히로는 이렇게 망설이고 있는 건가? 알고 있다.

이렇게 되어버리면 아마 도망칠 수 없다고 생각하기 때문이다. 적어도, 당연한 수단으로는 무리겠지. 뭔가가 일어나거나 뭔가를 일으키지 않는 한은 도망칠 수는 없다. 하루히로가 뭔가를 할 수밖에 없다는 뜻이 된다. 아무것도 떠오르지 않지만, 어떻게든 해보는 거다. "…메리, 신호하면 뛰어. 나랑 같이."

메리는 짧게 숨을 내쉬었다. "…알았어."

혼자서 가라고 말해봤자 메리가 받아들일 리도 없다. 어느 쪽이든 함께 있는 거다. 이제 메리를 홀로 있게 하지는 않겠다. 결단코.

"냉큼 나와, 하루히로…!"

"소리 지르지 마."

하루히로는 몸을 일으킨 것뿐만이 아니라 구덩이에서 나왔다. 최악이다.

란타 이외의 멤버들 중에 외팔이에 애꾸눈 중년 남자 타카사기가 있다. 그리고 오크가 두 명, 홀쭉하고 안색이 나쁜 저 남자는 귀가 긴 것을 보니 엘프인 모양이다.

란타 놈.

망할 란타.

오크와 엘프는 그나마 낫다고 해도, 어째서 타카사기 같은 것을 데려온 건가? 저 아저씨는 틀림없이 골치 아프다.

타카사기는 파이프를 물고서 왼손으로 목을 문지르고 있다. 하루히로와 둘 중 누가 더 졸린 눈일까? 타카사기가 멈춰 서서 가볍게 턱을 좌우로 돌리자 두 명의 오크가 오른쪽으로, 엘프가 왼쪽으로 이동하기 시작했다.

"어이, 파루피로링." 란타는 성큼성큼 걸어온다. "메리는 어디 있어?"

"글쎄."

"있잖아. 이 근처에 숨어 있겠지."

하루히로는 대답하지 않고 스틸레토 손잡이를 쥐었다. …하는 건가?

이 녀석과, 싸울 수 있을까?

"뻔히 다 보인다고." 란타는 투구 바이저를 내리고 안식검을 뽑았다. "네가 생각하는 것쯤 전부 다."

"…뭐가?"

"처음부터 몰래 빠져나가 메리를 구하러 갈 속셈이었겠지. 아무리 기다려도 움직이지 않기에 겁을 먹었나 했네."

"누가…."

젠장.

손에 힘이 들어가지 않는다. 손뿐만이 아니다. 여기저기 다. 괜찮은 건가?

란타.

정말로 너, 그걸로 좋은 거야…?

"타카사기." 란타는 몸을 다소 비스듬히 기울이고 안식검을 겨눴다. "이 녀석만은 나한테 하게 해줘. 결판을 짓는 거니까. 불만 없지?"

"좋을 대로 해." 타카사기는 어깻짓을 했다. "말해두겠는데. 나는 별로 네놈을 의심하는 건 아니야."

"거짓말 마. 뭐, 좋아. 당장 확실하게 믿게 해주지."

…아아.

그런가.

그런 거구나.

하루히로는 스틸레토뿐만이 아니라 가드 달린 나이프도 동시에 뽑았다.

란타가 날아온다. 리프아웃.

그리고, 사정거리 밖에서….

"헤이트리드으읏…!"

하루히로는 오른쪽 비스듬히 앞으로 내딛어 종이 한 장 차이로 피했다. 여유를 갖고 피하는 건 도저히 할 수 없다. 기백이 담긴, 무섭다고 해도 좋을 정도의 날카로운 공격이었다. 처음 본 것이었다면 베였을지도 모른다. 이것이 처음이 아니니까.

처음은 고사하고 란타의 헤이트리드는 수백 번, 아마 천 번 이상이 눈으로 봤다. 줄곧 봐왔던 것이다. 그래도 공격당하면 이토록인건가?

찌릿찌릿했다.

신경이 밖으로 노출된 것처럼.

란타는 더욱 리프아웃을 해서 하루히로 옆으로 나오려고 했다. 거기서부터 슬라이스로 연결시키는 것이 장기인 패턴이다. 그렇게

는 두지 않아. 당할 줄 알고. 하루히로는 란타와 항상 정면으로 마주 보도록 움직였다. 움직여도 움직여도 란타는 리프아웃으로 슉슉 날아온다. 안식검을 휘두른다. 찌른다. 숨을 쉴 수가 없다.

빠르다.

아니, 눈이 돌아간다.

싸우기 힘들다.

하루히로는 그의 전법을 알고 있으니까 아직 그나마 대처할 수가 있다. 란타에 대해서 아무것도 몰랐다면 진작 한두 군데쯤은 부상을 입었을 것이다. 간파하기까지 상당히 고전했을 것이다. 끝까지 버티지 못하고 패할지도 모른다.

진심으로 작정을 하지 않으면 위험하다. 아니, 지금도 진지하게, 전력을 다해 피하고 있는 거지만, 그게 아니라.

진짜로 란타를 쓰러뜨릴 작정으로 덤비지 않으면 이쪽이 쓰러질 수도 있다. 죽기 전에 내가 먼저 죽이겠다는 심정으로 덤비지 않으면. 이대로 수동적으로 해서는 안 된다. 공격으로 나가려면 빠른 쪽이 좋다. 몸이 성한 이 틈에.

"우왓…!" 란타가 리프아웃으로 하루히로 왼쪽 측면으로 나오려고 했다.

하루히로는 비스듬히 왼쪽 앞으로 내딛었다.

란타와 엇갈리며, 회전.

파고들었다.

뒤쪽.

곧바로 백 스태브나 스파이더나….

"미싱(떠나는 새는 흔적을 남기지 않는다)…!"

란타가 흔들리다가, 사라졌다. 아니, 독특한 몸놀림과 걸음법으로 상대를, 즉 하루히로를 현혹시킨 것뿐이다. 왼쪽. 왼쪽에서.

왔다.

하루히로는 반사적으로 스틸레토와 대거로 란타의 안식검을 막아냈다. 분명 리젝트(분노의 떨치기)로 밀어낼 것이다. 그전에 하루히로는 스스로 뛰어 뒤로 물러나 거리를 두었다.

곧바로 란타는 다가오겠지. 예상대로다. 이 이상 피했다가는 하루히로가 먼저 숨이 끊어진다. 스와트다.

스와트. 스와트. 스와트. 스와트. 스와트. 스와트. 스와트. 스와트. 스와트. 제장.

란타.

일격 일격이 생각했던 것보다 무겁다.

"약해! 약해! 약해! 약해, 약해! 어떻게 된 거야…?! 씹는 맛이 없네…?!"

시끄러워. 닥쳐. 시끄럽다고. 란타 주제에. 란타 놈. 바보 란타.

궁합이다. 란타와 성격이 맞지 않는 것은 알고 있었으나, 싸우는 상대로서도 성격과 비슷할 정도로 궁합이 좋지 않다. 란타는 민첩성과 변화와 잔손질로 승부하는 타입이다. 하루히로가 란타를 알고 있는 것처럼 란타도 하루히로를 알고 있는 것이고, 1대1로 싸우는 상황에서 뒤로 파고드는 건 불가능에 가깝다. 허점을 노릴 수가 없다. 상대가 걸어온 수를 역이용하는 것도 어렵다. 속도로 능가할 수 없다면, 어떻게 해서 승기를 이끌어내면 좋지? …혹시나, 이길 수 없어…?

란타에게, 진다?

하루히로는 도적이다. 도적은 암흑 기사처럼 전투 전문가가 아니다. 애초에 정면 승부는 장기가 아니다. 장비도 가볍고 얇다. 그 탓이다. 하루히로가 란타에게 뒤질 리가 없다. 아니, 우열 같은 것은 상관없다. 하지만 란타에게 지는 것이 싫다거나, 지고 싶지 않다거나, 그런 일보다도 현실적으로 지면 끝이다. 이겨야 한다.

필사적인 각오로 하는 수밖에 없다. 화룡산에서 오크를 쓰러뜨렸을 때와 마찬가지로. 인정하는 거다. 란타의 역량이 10이라면 하루히로는 7이나 기껏해야 8 정도겠지. 화룡산의 오크 정도는 아니지만 란타 쪽이 하루히로보다도 강하다. 그래도 해볼 만하다. 이쪽도 만신창이가 될지도 모르지만… 괜찮은 거지?

란타, 너는 이걸로? 알고 있는 거지? 봐주거나 할 수는 없거든?

화룡산의 오크를 하루히로가 어떻게 해서 무찔렀는가? 란타는 못 봤다. 하루히로의 진짜 전심전력을 모른다는 뜻이다. 란타는 대처할 수 없다.

스와트.

스와트.

스와트.

스와트.

스와트를 할 때마다 감각이 날카롭고 맑아진다.

란타가 안식검을 크게 휘둘렀다. 이건 일부러다. 유혹에는 넘어가지는 않는다. 아직이다. 아직 그때가 아니야. 하루히로는 그저 스와트만 했다. 란타는 "헷…!" 하고 웃고 가볍게 이그저스트. 똑바로 뛰어 물러나 거리를 두었다. "…너, 뭔가 하려는 거지? 좋아. 해봐. 나한테는 안 통해. 어차피 너는 나한테 이길 수 없다는 걸 지금 여기에서 분명하게 증명해주지…!"

"됐으니까 덤벼, 란타."

"네가 말 안 해도 간다…!"

란타가 이그저스트로 날아온다. 저 자세는 앵거(분개 찌르기)다. 찌르기에서 콤보로 연결시킨다. 그렇게는 두지 않는다.

어설트.

한계를 초월해서 하루히로는 앞으로 나갔다. 란타의 예상을 배신하는 속도로.

앞으로 내지른 안식검 끝이 하루히로의 왼쪽 뺨을 스쳤다.

가드 달린 나이프로 란타의 왼손을 슬랩.

스틸레토 손잡이 끝으로 투구로 보호된 이마 부근을 때리면서 란타의 왼쪽 다리를 퍼 올리는 것처럼 걸었다. 란타는 버티지 못하고 엉덩방아를 찧었다. 그때 이미 하루히로는 란타의 뒤로 가 있었다. 머리로 뭔가를 생각하는 것이 아니다. 생각하지 않아도 몸이 멋대로 움직인다. 란타의 오른쪽 어깨를 스틸레토로 찔렀다. 란타는 "크악…"이라고 신음하며 안식검을 떨어뜨렸다. 스틸레토를 빼내면서 왼팔을 란타의 목에 감았다. 바이저를 내려도 투구에는 시야를 확보하기 위한 구멍이 있다. 거기에 스틸레토를….

스틸레토를.

하지만, 그런 일을 했다가는.

"하루…!"

이름을 불러 하루히로는 스틸레토를 거두었다.

"안 돼…!"

메리.

일어서서 외치고 있다.

"…하루히로!" 란타는 하루히로의 왼팔을 뿌리치려고 했다. "너 이놈…."

"웃…." 오크 한 마리가 안면을 감싸며 맥없이 쓰러졌다.

화살이다.

오크의 얼굴, 아마도 눈에 화살이 박힌 거다.

"어엉…?!" 타카사기가 칼을 빼들고 뭔가를 쳐냈다. 그 뭔가는 화살이었다.

누군가가 어디에서인지 화살을 쏘고 있다.

하루히로는 달려갔다. 누구든, 뭐가 목적이든 아무래도 상관없다. 아무튼 뭔가가 일어난 것이다. 덕분에 천재일우의 호기가 찾아왔다.

메리도 이미 뛰고 있다.

하루히로는 잠시 후 메리를 따라잡았다.

"…으아아아아아아…! 하루히로! 메리이이이이이이…!"

란타의 고함 소리가 점점 멀어졌다. 다른 놈은? 쫓아오는 건가? 만약 쫓아온다고 해도 떨궈주겠다.

옆에 있는 메리의 존재만을 느끼면서 하루히로는 달렸다. 기습 공격의 부작용이라고도 할 수 있는 허탈감 탓에 몸이 무겁다. 무거운 것쯤 뭐가 대수야? 죽는 것도 아닌데.

정신이 들고 보니 안개가 짙어졌다. 태양도 보이지 않았다. 방향 감각을 잃어도 하루히로는 멈추지 않았다. 북으로. 대충 북쪽으로 가고 있는 게 맞는 것 같다.

추적자는 아마도, 없다. 우선 가까이에는 없다고 생각한다.

"은혜는 잊지 마라, 후배." 목소리가 들려 하루히로는 경악했다. 자신의 감지 능력 따위 믿을 수가 없다. 사실 상대가 특별하다는 면도 있을 것 같다.

하루히로는 발을 멈추고 주위를 둘러보았다. "…크로우 씨?"

왼쪽의 나무가 흔들리고 나뭇잎이 쓸리는 소리가 났다. 올려다보니 크로우가 나뭇가지에 걸터앉아 있었다.

"모유기가 가라더군. 너를 도와주라고. 감사해야지?"

"아니, 감사는 물론, 합니다만. …아까 그거 역시 크로우 씨였군요."

"…누구?" 메리는 어깨를 들썩이며 숨을 몰아쉬면서 경계했다.

"아… 새벽 연대의… 요컨대 우리 아군이랄까, 동료라고나 할까."

"생명의 은인이지? 한 마디로 말하면."

"그러… 네요." 하루히로는 한숨을 쉬었다. 곧바로 머리를 흔들었다. 안 되지. 맥이 풀려버릴 것 같다. 긴장을 풀기에는 아직 이르다. "…록 씨네 쪽은?"

"글쎄…. 뭐, 어떻게든 잘하고 있겠지. 늘 그렇듯이 모유기의 계산대로라는 거다." 크로우는 나뭇가지에 손을 대고 매달려 "영차" 하고 바닥에 내려오더니 하품을 하면서 기지개를 켰다. "…좋았어. 그럼 또 보자, 후배들."

"…네? 어디 가시는 겁니까?"

"오늘은 좀 일을 너무 많이 했어. 나는 어디서 한숨 자겠다. 피곤하니까. 그렇지. 너희, 그 동굴에서 만날 거지?" 크로우는 오른쪽 경사면 전방을 가리켰다. "방향은 저쪽이다. 여기에서 가면 6킬로 정도인가? 그럼, 또 보자."

"…네."

크로우는 손을 흔들고 안개 너머로 사라졌다. 붙잡아 동행하자고 부탁하는 방법도 있을 수 있겠지만, 그럴 마음은 들지 않았다. 그럴 마음이랄까, 어떤 마음도 들지 않는다.

손이 살짝 떨리고 있다. 발이 움직이지 않는다.

뭘 멍하니 있는 건가? 아니, 멍하니 있는 것이 아니다.

그렇다면, 뭐야?

"하루, 괜찮아…?"

등에 메리의 손이 닿았다.

하루히로는 끄덕였다. 끄덕여 보이는 게 고작이었다.

메리가 말리지 않았다면 하루히로는 란타의 목숨을 빼앗았을까?

결국 그러지 못했을지도 모른다. 했을지도 모른다.

란타는 하루히로를 죽일 셈이었을까?

그렇게 느껴졌지만, 결국 끝에 가서는 적당히 봐줄 셈이었는지도 모른다.

어느 쪽이든, 하루히로는 스틸레토로 란타에게 상처를 입혔다. 그것은 긁힌 정도의 상처가 아니다. 꽤 깊이 찔렀다. 적절한 처치를 받지 않으면 큰일이 날 가능성도 없지는 않다. 중상이다. 동료에게 할 짓이 아니었다.

하루히로는 쪼그리고 앉고 싶었다. 몸을 웅크리면 분명 메리가 격려해줄 것이다. 위로해주겠지. 심지어 안아줄지도 몰라. 하루히로는 그것을 바라고 있었다. 솔직하게 말하자면, 절실하게 원한다. 하지만 안 된다. 메리의 친절함에 응석을 부리고 싶지 않다. 하루히로에게는 어울리지 않는다. 자격이 없다.

물론 란타는 용서할 수 없다. 란타가 어떻게 되든 당연한 대가라고 생각한다. 그래도 하루히로는 자기 손으로 한 짓을, 이런 자기 자신을, 적어도 현시점에서는 용서 못 할 것 같다. 인정하고 싶지 않다.

　란타가 이제 동료가 아니라는 건.

— 다음 권에 계속 —

작가 후기

애니메이션에 관해서 쓰려고 합니다. 써서 남겨두고 싶기 때문에 여기에 씁니다.

저는 10년 이상 소설가로서 살아왔고 좀 세어봤더니 80권 이상의 개인 작품을 냈습니다만, 애니메이션화는 이「재와 환상의 그림갈」이 처음입니다. 어쩌면 최초이자 마지막일지도 모르겠습니다. 솔직히 소설가로서 죽을 때까지 경험할 일은 없을 것 같다고 절반 정도는 생각하고 있었습니다. 소설가로서 살다가 죽을 수만 있다면 저는 그래도 전혀 상관없었습니다.

그렇기는 해도, 만약 그런 일이 일어난다면 제가 어떻게 느낄지, 뭘 생각할지 상상했던 적은 있습니다. 분명 기쁘거나 속된 말로 짭쌀하네 하고 생각하거나 하겠지. 힘들었던 ××년 인생, 이제야 인정받았나? 그것 봐… 라며 속이 후련해지는 느낌이라거나. 그리 평탄한 길을 걸어온 것도 아니므로 감개무량할지도 몰라. 하지만 역시 여러 가지로 복잡한 심경이 들겠지. 소설은, 적어도 제 경우에는 저 혼자서, 아무튼 본문은 하나부터 열까지 제가 씁니다. 그것이 내 손을 벗어난다. 타인이 관여한다. 해석당하고, 다른 형태로 표현된다. 뭔가 다른 것이 되어버린다.

예를 들면, 그건 좀 아닌 것 같은데? 아니지, 아니야. 그게 아니야. 이거야라거나. 뭐야, 뭘 제대로 이해를 못했네. 아 진짜 열받네. 하지만 어쩔 수 없지. 나도 어른이고, 소설가지만 사회인이니까, 뭐, 괜찮습니다. 네, 네. 납득하지 못해도 납득한 척하는 것쯤은 할 수 있습니다요. 그걸로 괜찮지 않을까요? 여러분. 열심히 하고 있으니까. 사람은 제각각 다르니까. 그런 거겠지요, 뭐. 참고 받아들이겠습니다. 어디까지나 예를 들어서 한 말입니다만, 그런 마음을 품게 되거나 하는 부분도 있을지도 모른다고 생각했습니다. 저도 자아가 강하지 않다고는 말할 수 없는 편이니까 이런 경우가 많든 적든 없을 리가 없겠지요. 있다고 해도 겉으로 드러내지 않고 현명하게 처신하겠지요. 그야 어른이니까요.

그런데 막상 애니메이션 「재와 환상의 그림갈」 제작이 시작되고 보니 예상 밖이었습니다. 그러한 복잡한 심경에 빠질 만한 일이 전혀 없었던 것입니다.

그러기는커녕, 나카무라 료스케 감독님, 캐릭터 디자인을 하신 호소이 미에코 씨, 프로듀서 여러분, 그 외의 제작진을 만나 뵙고 이야기를 나누면 나눌수록, 더욱이 각본과 디자인화와 설정화, 그림 콘티를 보면 볼수록, 저는 오로지 순수하게 애니메이션이 기대되어 견딜 수가 없는 심정이 되었습니다.

첫 회의 때 저는 애니메이션으로 만들 때에는 어디를 어떤 식으로 바꿔서도 상관없다고 말한 것을 기억합니다. 애니메이션으로서 재미를 갖는 것이 제일 중요하기 때문에, 그걸 위해 필요하다면 염려 말고 마음껏 바꾸어주셨으면 한다고.

나카무라 감독님은 이 말을 그 자리에서 부정하셨습니다. 애니메이션이라도 원작 소설에 충실히 하루히로 일행의 이야기를 그려나갈 생각이라고 명언하신 것을 기억합니다. 실례되는 생각인지도 모르지만, 소설 「재와 환상의 그림갈」을 정말 제대로 읽어주셨구나 하고 느꼈습니다. 구상, 이미지, 여러 가지를 들어보고는 이것은 완전히 다 맡겨버려도 좋을 것 같다고, 외람되지만 생각했습니다. 하지만 실제는 그 이상이었습니다.

제작이 진행될 때마다 저는 신기한 느낌에 휩싸였습니다. 왜 이 사람들은 이토록 그림갈에 관해 잘 알고 있는 걸까? 내가 쓴 소설인데? 나는 물론 하나부터 열까지 다 이해하고 있지. 뭐, 글로 쓰지 않은 부분도 있으니 120퍼센트 파악하고 있는 게 당연하지. 어라라? 이 사람들, 나와 비슷한 정도로 이해하는 것 아니야? 이상하네. 이런 일도 있는 건가?

첫 회의 더빙을 견학하고 그 마음은 더욱 커졌습니다. 이제부터 연기하실 성우분들을 앞에 두고 그림갈에 관해서 저보다도 훨씬 명확하게 언어화해서 간결하게, 게다가 풍부하게 논하시는 나카무라 감독님. 저도 일단 인사는 했습니다만, 어른인데도, 사회인인데도 허튼소리밖에 할 수 없어서 부끄러웠습니다. 그리고 드디어 성우분들이 연기를 합니다. 연기? 더빙? 아니, 아니야. 이거, 하루히로다. 하루히로가 있어. 마나토가 있어. 유메가 있고, 시호루가 있고, 모구조가 있고, 브리트니, 바르바라 선생, 렌지가 말하고 있다. 고블린이 있다!

인터넷 라디오와 니코니코 라이브에서 마나토 역 시마자키 노부나가 씨, 유메 역 코마츠 미카코 씨, 시호루 역 테루이 하루카 씨, 메리 역 안자이 치카 씨가 때로는 뜨겁게, 때로는 밝게, 때로는 눈물지으며 이야기하는 것을 듣고, 저는 데굴데굴 구르며 웃기도 하고 또 슬그머니 눈물이 나기도 했습니다. 특히 마나토는 일찌감치 스토리에서 퇴장해버린다는 점도 포함해서 어려운 역이 아니었을까 하고 초심자 나름대로 추측합니다. 하지만 노부나가 씨는 정말로 마나토였습니다. 노부나가 씨는 외모까지 마나토인데요. 그런대로 긴 시간 동안 소설을 쓰면서 이런 생각을 하는 것은 처음입니다만, 마나토가 좀 더 살아 있었으면 했습니다. 노부나가 씨의 마나토를 보고 들으며 그만 그런 생각을 했습니다.

소설가는 고독합니다. 고독하니까 자유가 있다, 자유라는 참으로 얻기 힘든 것을 손에 넣기 위해 소설가는 고독해야만 한다, 저는 그렇게 생각하고 있었고 지금도 변함없습니다. 그래도 애니메이션 「재와 환상의 그림갈」을 접할 때만큼은 저는 혼자가 아닌지도 모른다고 느낍니다. 다시 혼자가 되어 소설을 쓸 용기가 솟아납니다.

페이지가 다 찼습니다. 「재와 환상의 그림갈」을 탄생시킨 부모라고 해도 좋을 키무라 유스케 씨와 시라이 에이리 씨, KOMEWO-RKS의 디자이너님, 그 외에 이 작품의 제작과 판매에 관여해주신 분들, 그리고 지금 이 작품을 집어주신 여러분께 진심으로 감사와 가슴 한가득 사랑을 담고 오늘은 이만 펜을 놓겠습니다. 또 만나 뵐 수 있다면 기쁘겠습니다.

주몬지 아오

역자 후기

저도 6권에서 애니메이션에 관해 아주 간단한 소개를 드렸습니다만, 작가님께서 후기 페이지의 상당 부분을 할애해가며 극찬하신 것을 보면 정말로 애니메이션에 대해 만족하고 감동하신 것 같습니다.

애니메이션은 앞서 말씀드린 바와 같이 일본 시청자들에게 반응이 좋은 편이었으며, 원작 소설을 읽지 않고 애니메이션만 본 분들에게서도 좋은 평가를 받았습니다. 벌써부터 2기가 기대됩니다.

일본에서는 코믹스와 소셜 RPG 게임도 진작부터 배포 중입니다. 아쉽게도 제 주위에 게임을 해본 사람은 없고, 저 역시 사과폰도 아니라 해볼 기회가 없을 것 같아(다른 기기로 가능한지, 아닌지는 저도 잘 모릅니다), 아쉬운 대로 캡처 화면을 보거나 공식 사이트를 들락거려보곤 했습니다. 제가 본 바로는 배틀 장면에 나오는 2등신 캐릭터도 상당히 귀여웠습니다. 게임에서만 등장하는 오리지널 캐릭터도 있습니다.

그러고 보니 저는 한동안 게임을 통 못 했습니다. 시간적으로도, 정신적으로도 여유가 없었습니다. 이제야 늦은 여름휴가를 가게 되었는데, 일부러 노린 것은 아니지만, 우연히도 이번에 갈 휴가지가 바로 화제의 모 게임을 할 수 있다는, 몬스터가 출몰한다는 그 지역입니다. 과연 가서 몬스터를 잡아 올 여유가 있을지는 아직 모르겠습니다. 저희 집에도 지금 몬스터가 한 마리 있는데, 그 녀석을 돌보기에도 벅차기 때문입니다.

절기상은 이미 가을인데도 기록적인 폭염이 좀처럼 꺾일 기색이 보이지 않습니다. 이 책이 나올 때쯤이면 선선한 바람이 불겠군요. 어쩌면 추울지도 모르겠습니다.

더위를 많이 타는 우리 집 몬스터도 그때쯤이면 다시 활기를 되찾고 온 집 안을 휘젓고 다닐 것 같습니다. 그때까지 여러분, 건강 유의하시고 다음 권도 또 함께해주십시오.

2016년 9월
이형진

재와 환상의 그림갈 level. 8
그리고 우리는 내일을 기다린다

2016년 10월 8일 초판 인쇄
2016년 10월 15일 초판 발행

저자 · AO JYUMONJI
일러스트 · EIRI SHIRAI
역자 · 이형진
발행인 · 안현동
편집인 · 황민호
출판사업본부장 · 박종규
책임편집 · 성명신 김지연 장연지
마케팅본부장 · 김구회
마케팅 · 이상훈 김학관 김종국 반재완 이수정 임도환
국제업무 · 이주은 김준혜 오선주 장희정 박경진 위지명 김부희
제작 · 심상운 최택순 성시원
한국판 디자인 · 디자인 우리
발행처 · 대원씨아이(주)

서울 특별시 용산구 한강로3가 40-456
편집부 : 02-2071-2104 FAX : 02-794-2105
영업부 : 02-2071-2061 FAX : 02-794-7771
1992년 5월 11일 등록 3-563호

http://www.dwci.co.kr/

원제 灰と幻想のグリムガル 8
© 2016 by AO JYUMONJI
First published in Japan in 2016 by OVERLAP, Inc.
Korean translation rights reserved by DAEWON C, I, INC.
Under the license from OVERLAP, Inc., Tokyo JAPAN

ISBN 979-11-334-3353-7 04830
ISBN 979-11-5625-426-3 (세트)

N T N o v e l

헤비 오브젝트 7
망령들의 경찰

글 카마치 카즈마
일러스트 나기료
번역 이은주

매우 진지하게 진행되던 제37기동정비대대의 모의 전투는 그들의 상관 플로레이티아의 "나는 처녀다"라는 충격적인 커밍아웃으로 걷잡을 수 없는 전개로 빠지게 되는데…?!
사막에서 만난 미인 소위와의 관계에 플래그를 구축하는 쿠엔타. 여자의 싸움을 벌이는 공주님과 오호호, 그리고 언제나 그렇듯 손해만 보는 헤이비어…. 이윽고 그들은 오세아니아의 뒤에서 준동하는 조직과의 싸움에 휘말리게 되고ㅡ. 근미래 액션!

N T N o v e l

인텔리빌리지의 좌부동 5

글 카마치 카즈마
일러스트 마하야
번역 김빈정

웹에서 연재했던 A면, 남쪽 섬에서 좌부동과 함께 카지노 삼매경. 여우와 너구리, 오소리에게 휘둘리면서, 난치병으로 고통 받는 손녀를 살리고 싶었던 할머니로부터 돈을 가로챈 사기꾼 코다마 료를 상대로 일대 승부를 펼친다!
…정도로는 당연히 끝나지 않고, 무려 같은 책 안에 B면도 수록. 금광섬과 아마노쟈쿠 그리고 암약하는 흑막들. 어쨌든 모든 의문을 풀어야 한다! 게다가 이번에는 형사인 삼촌과 드레스를 입은 마이와 바니걸 엔비까지 함께! …대체 어쩌다 일이 이렇게 되었지…?